本著作获北京市教委资助(项目号:PXM2010_014221_100517)

高校社科文库
University Social Science Series

教育部高等学校
社会科学发展研究中心

汇集高校哲学社会科学优秀原创学术成果
搭建高校哲学社会科学学术著作出版平台
探索高校哲学社会科学专著出版的新模式
扩大高校哲学社会科学学科科研成果的影响力

乔纳森·卡勒
Jonathan Culler

吴建设/著

光明日报出版社

图书在版编目（CIP）数据

乔纳森·卡勒 / 吴建设著 . -- 北京：光明日报出版社，2011.5（2024.6重印）
（高校社科文库）

ISBN 978 - 7 - 5112 - 1246 - 7

Ⅰ . ①乔… Ⅱ . ①吴… Ⅲ . ①卡勒，J. —文学研究

Ⅳ . ①I712.065

中国版本图书馆 CIP 数据核字（2011）第 092475 号

乔纳森·卡勒
QIAONASEN · KALE

著　　者：吴建设

责任编辑：田　苗　钟祥瑜　　　　　责任校对：周飞亚　李　勇
封面设计：小宝工作室　　　　　　　责任印制：曹　净

出版发行：光明日报出版社

地　　址：北京市西城区永安路 106 号，100050

电　　话：010-63169890（咨询），010-63131930（邮购）

传　　真：010-63131930

网　　址：http://book.gmw.cn

E - mail：gmrbcbs@gmw.cn

法律顾问：北京市兰台律师事务所龚柳方律师

印　　刷：三河市华东印刷有限公司

装　　订：三河市华东印刷有限公司

本书如有破损、缺页、装订错误，请与本社联系调换，电话：010-63131930

开　　本：165mm×230mm

字　　数：206 千字　　　　　　印　　张：11.75

版　　次：2011 年 6 月第 1 版　　印　　次：2024 年 6 月第 2 次印刷

书　　号：ISBN 978 - 7 - 5112 - 1246 - 7 - 01

定　　价：65.00 元

卡勒主要著述简写符号对照表

作品		
FU	Flaubert: The Uses of Uncertainty	1974
SP	Structuralist Poetics	1975
FS	Ferdinand de Saussure	1976
PS	The Pursuit of Signs	1981
OD	On Deconstruction	1982
RB	Roland Barthes	1983
FSi	Framing the Sign	1988
LT	Literary Theory: A Very Short Introduction	1997
LTh	The Literary in Theory	2007
编著		
HA	Harvard Advocate Centennial Anthology	1966
OP	On Puns: The Foundation of Letters	1988
JB	Just Being Difficult?	2003
GC	Grounds of Comparison: Around the Work of Benedict Anderson	2003
DC	Deconstruction: Critical Concepts in Literary and Cultural Studies	2003
SC	Structuralism: Critical Concepts in Literary and Cultural Studies	2006

序

　　乔纳森·卡勒一般被认为是结构主义诗学和解构主义理论在英语世界最权威的阐释者，他自己虽然没有提出什么原创性的理论，但他对各种欧陆理论的介绍和创造性阐释却给美国的文学理论批评界带来了新的生机。可以说，没有他这样一个中介，许多流行的欧陆理论也许会延迟几年进入英语世界。同时，他就结构主义诗学、解构主义、文化研究等话题也发出了自己的独特声音，而针对叙事学、理论、施为性、语言学等理论问题，他的精辟见解更是广为人所知。因此对卡勒的学术生涯以及理论研究进行全面考察研究，不仅是比较文论研究的一个重要课题，同时也对当下的中国文学理论批评有着积极的借鉴意义。本书作者吴建设博士于2005年至2009年在清华大学读书期间，翻阅了关于卡勒的大量文献资料，研读了众多批评家对卡勒作品的评论和研究，并与我多次商讨其博士论文的框架结构。总体看来，作者在博士论文准备的过程中，勤于思考，既关注国内外对卡勒作品的新评价，也脚踏实地地仔细研读和分析卡勒本人的著作和论文。由此可见，作者在本书完成过程中付出了很大的努力。本书作为国内卡勒研究的一部"拓荒"之作，全面考察并探讨了卡勒在文学理论、文学研究和文学批评以及后来的文化研究诸领域中的建树，对于我们全面了解和认识卡勒有很大的帮助。

　　作者从形式与实体两个层面，对卡勒的批评理论进行比较系统的梳理和分析，把卡勒置于英美文学批评界的大语境下，在与其他重要批评家进行比较分析的过程中，突出了卡勒理论批评和文学研究的特色，尤其是对其"三次转型思考"进行了重点分析与考察。作者首先对卡勒学术批评道路进行梳理，试图把握卡勒批评思想历程中的固着"锚点"；其次，在与其他文学理论家比较的基础上，分析卡勒的"三次重大转型思考"，以此来关注他在结构主义、解构主义、后理论时代所进行的独特的、多元的思考；次之，通过整理卡勒著述中的"关键词"，系统分析、介绍了卡勒针对叙事学、施为性等理论问题所提出的精辟见解；再次，通过将卡勒与詹姆逊和米勒相对比，试图分析卡勒理论论述中的特色之处；最后，作为结论，作者结合卡勒的批评实践，简略地论述了卡勒对文学理论批评的贡献与他可能的研究走向。

毫无疑问，卡勒在20世纪的西方文学理论发展中起着重要的作用。可以说，他虽然不是某一理论学派的创立者，但却是20世纪重要理论的梳理者、传播者和研究者。正如我在与本书作者讨论时所指出那样，卡勒是当今学者中很少能在文学理论、文学研究和文学批评三个领域间游刃有余同时又都颇有建树的理论大家。他广博的学识和对多种西方语言的掌握使他能在古典和现代理论之间以及文学和文化研究之间游刃有余，这在当今的西方和中国文论界实属罕见。而在中国当代，这三者实际上是处于一种各自为阵的态势。因而要想使中国的文学理论、文学批评和文学研究在国际上发出独特的声音进而产生重大的影响，我们确实应该呼唤卡勒这样的人物出现。

当今中国文学理论研究界面临着多元化的"后理论"时代，各种西方理论思潮及其衍生出的理论研究范式使得中国批评界和文学研究面临着考验和抉择。如何寻找一个应对国内外学术界由"理论热"而造成的文学和教育领域人文价值观衰落的途径，从而使各种文学批评理论范式在文学研究领域最大化地发挥其重要作用是中国文学理论研究者应该面对和解决的问题。本书作者通过较为全面、系统地解读卡勒的学术思想体系（包括其文学理论、文学批评及文学研究）及其在西方文学思想史中的地位，强调了其理论思想和研究实践对中国文学理论研究的一些启迪作用。在此方面，它无疑做出了某些积极的努力，并进行了探索性的尝试。

我和卡勒教授的交往可以追溯至20世纪80年代后期，当时我和陆扬都翻译了他的《论解构》一书，后来因为实在太忙，我主持的译文没有如期完成，我就写信给卡勒同意他授权中国社会科学出版社出版陆扬的译文。在此期间，我们通过许多次信，我也试图邀请他来中国讲学或出席中国比较文学学会的年会，可是他总是因为各种事情而一再延宕他的中国之行。尽管如此，他却始终没有忘记我这位"神交已久"的老朋友。2006年，当我曾指导过的一位硕士研究生（现在康奈尔大学教中文）偶然在他面前提及我时，他立即要她转达对我的邀请，希望我在近期前往康奈尔大学访问演讲。2007年5月，我在结束耶鲁大学的访问演讲后顺访了康奈尔大学，受到卡勒教授的热情接待。令我吃惊的是，他丝毫没有一位蜚声世界文坛的大学者的架子，不仅亲自到伊萨卡机场接我，送我去宾馆，而且还亲自主持我的演讲，之后又陪我参观了美丽的康奈尔大学校园，最后又亲自送我去机场。这一幕幕情景至今仍令我难忘。我一再向他发出邀请，希望他在方便的时候一定来中国访问讲学，并和中国学者面对面地交流。他总是慷慨应允，但最后的日子却仍然没有确定。我希望本书的出版能够促成卡勒的早日访华讲学。

最后需要特别指出的是，学涯茫茫，任何学术研究都无法尽善尽美。吴建设博士是在清华大学就读期间由语言学方向转入文学理论批评研究的，且作为一名大学英语教师，亦需在其工作单位承担较为繁重的教学工作。由于他的具体条件所限，本书关于卡勒的研究，更多是抛砖引玉，书中的某些不足也有待在此后的学术研究进程中去探索与完善。我们期待作者有更高、更深的开拓。

是为序。

王　宁

2010 年 10 月

于清华园

CONTENTS 目 录

第1章

卡勒其人及作品

1.1　引论

乔纳森·卡勒①曾被《文学传记词典》描绘为这样一位大学教授：他借助自身经验，历史性地刻写新批评与自己所处时代的理论研究之间的差异②。事实上，他的重要影响也确实主要体现在（文学）批评理论的学术争论与批评之中，他的相关著述与评论对我们理解结构主义、解构主义、文化研究都甚为重要。在另一方面，尤金·奥布赖恩（Eugene O'Brien）却如此评论卡勒的著述："卡勒试图一边传播那些对一般读者而言较为复杂的概念、有时生僻的术语，而在同时也不把当下理论争议简单化。他将这两种困难做法结合起来"③。以上对卡勒文学批评生涯的总结分别自有其不同的侧重点：前者强调卡勒理论立场的不断变异；而后者则着重指出卡勒著述缺乏独创性，多为对某种理论立场的精确阐释。虽然在某种程度上，上述两种评论确实道出了卡勒在多数文学评论家及学者眼中的印象，但正如卡勒自己在论述时尽量避免将复杂概念简单化一样，就卡勒的整体贡献而言，上述两种评价显然是有将卡勒"简单化"的倾向。首先，它们抹杀了卡勒就结构主义诗学、解构主义、文化研究而发出的独特的、多元化的声音；其次，它们忽略了卡勒针对叙事学、理论、施为

---

① 本书中的译名一般遵照它们在中国的常用译名，但若有多个不同译名版本时，则选择通适性较强的译名，并避免同时使用几个版本的译名。在没有类似译名情况下，则由作者按照相关译名标准自己译出，并在同时会给出英文原文。而其他引用部分译文，除个别例外，则都出自作者本人的翻译。

② Dictionary of Literary Biography, Gale（Detroit, MI）, Volume 67: *Modern American Critics since 1955*, 1988, Volume 246: *Twentieth-Century American Cultural Theorists*, 2001.

③ Contemporary Authors Online, Gale. Reproduced in *Biography Resource Center*. Farmington Hills, Mich.: Gale, 2008,（Document Number: H1000022225）http: //galenet. galegroup. com/servlet/BioRC.

性、语言学种种理论问题所提出的众多精辟见解；最后，它们也未能注意到卡勒批评思想发展历程中亦存在着固定不变的锚点。

有鉴于此，本书试图在某种程度上深层跟踪上述这种"主流"看法，并进而对卡勒进行某种多元解读。就目前对卡勒的研究而言，国外并未有系统的研究①，只有数次访谈以及众多书评②，因而目前关于卡勒的研究较为零散；而国内对卡勒的研究主要仍集中于引用、译介、评述③。因而，本研究试图在阅读卡勒著作、编著作品及重要论文的基础上，结合国内外英美文学及文论界著名学者对卡勒的已有研究与评论，竭力追踪卡勒"如何说"与"为何说"，而较少去关注"说了什么"。

具体说来，本书首先在对卡勒学术批评道路进行梳理的过程中，试图把握卡勒批评思想历程中的固着"锚点"；其次，在与其他文学理论家比较的基础上，分析卡勒的"三次重大转型思考"，以此来关注他在结构主义、解构主义、后理论时代所进行的独特的、多元的思考；次之，通过整理卡勒著述中的"关键词"，系统分析、介绍了卡勒针对叙事学、施为性等理论问题所提出的精辟见解；再次，通过将卡勒与詹姆逊和米勒相对比，试图分析卡勒理论论述中的特色之处；最后，作为结论，结合卡勒的批评实践，简单论述了卡勒对文学理论批评的贡献与他可能的研究走向。藉此，本书站在卡勒学术思想历程这个角度，从纵剖面（三次重大转型思考、关键词溯源研究）、横剖面（学术"锚点"、理论研究特色）这两个层面来交叉把握其学术思想历程。在此之前，本章先略述一下卡勒其人及其重要作品。

1.2 卡勒其人

乔纳森·戴特·卡勒（Jonathan Dwight Culler）1944年10月1日生于俄亥俄州克里夫兰市，其父母都为大学教授。他受教于哈佛大学，于1966年以最

---

① 经查 Proquest 博士论文数据库（PQDD），其中并无研究"Jonathan Culler"的博士论文；经查美国的 the Library of Congress catalog（此目录为中国国家图书馆引进书目所参考的权威数据库）并中国国家图书馆，亦未发现研究"Jonathan Culler"的专著。

② 在查询了 ISI、EBSCO、SDOS、JSTOR、CSA、BLACKWELL、GALE、KLUWER ONLINE、ULRICH、EL IBRARY、NETLIBRARY、SPRINGERLINK 等重要数据库，无直接研究"Jonathan Culler"的学术论文。

③ 四川大学王敬民的博士论文《乔纳森·卡勒诗学研究》则对卡勒进行了较为系统的研究。

优等成绩（summa cum laude）获得"历史与文学"学位，并获得 1966 年至 1969 年的"罗得学者奖"，赴牛津大学求学。在该校的圣约翰学院（St John's College），他于 1968 年获得了"比较文学"学士学位，于 1972 年获得"现代语言"哲学博士学位。从 1969 年起到 1974 年，他在剑桥大学的塞尔文学院（Selwyn College）获得第一份学术教职，其中在 1971 年 4 月与诗人维若妮卡·福雷斯特－汤姆逊（Veronica Forrest-Thomson）结婚（1974 年离婚）。1974 年他前往牛津大学，被任命为布拉斯诺兹学院（Brasenose College）的法语讲师。而在 1975 年秋，他前往耶鲁大学担任"法语与比较文学"的客座教授（这正是德里达在耶鲁大学任教的第一学期）。1977 年起在康奈尔大学任教，在康奈尔大学知名文学历史学家与学者艾布拉姆斯（M. H. Abrams）于 1982 年退休后，"1916 级"讲座教授的职位就由卡勒继任至今，被誉为"对康奈尔大学人文学科研究影响最大的人"①。他近期的主要教授课程与文学理论及抒情诗史诸方面相关。

他自 1972 年起任《新文学史》顾问编辑，1978 年至 1981 年任《现代语言协会会刊》（PMLA）编委，自 1974 年起任《双重批评家》②（Diacritics）、1979 年起任《今日诗学》、1985 年起任《大学英语》编委。

他于 2001 年当选美国艺术科学院（AAAS）院士，2006 年当选美国哲学协会（APS）会员，1999 年～2001 年曾当选美国比较文学协会（ACLA）主席。

1.3　卡勒著作与编著

卡勒第一本著作是《福楼拜：不确定性的运用》（*Flaubert and the Uses of Uncertainty*，1974），主要是对福楼拜小说的分析，而第二本著作《结构主义诗学》（*Structuralist Poetics*，1975）则获得了美国现代语言协会的"洛威尔奖"，也让他收获了美国结构主义重要代言人这个称号。其他著作则包括《索绪尔》（*Ferdinand de Saussure*，1976）、《论解构》（*On Deconstruction*，1982）、《罗兰·

---

① Jonathan Culler and Paul Sawyer, "On Taking Thought as Far as It Can Go, A Conversation with Jonathan Culler", *English at Cornell* (*English department's newsletter*), (fall 2007).

② 又译《特征》。

巴特》（*Roland Barthes*，1983）、《文学理论：简介》（*Literary Theory：A Very Short Introduction*，1997）以及三本论文：《符号的追寻》（*The Pursuit of Signs*，1981）、《符号构形》（*Framing the Sign*，1988）、《理论中的文学性》（*The Literary in Theory*，2007）。

其编著则有早期的《哈佛之声：百年文集》（*Harvard Advocate：Centennial Anthology*，1966）、《论双关：字母基础》（*On Puns：The Foundation of Letters*，1988）、《故意作梗？》［*Just Being Difficult?*，2003，与兰姆（Kevin Lamb）合编］、《比较之根：论本尼迪克特·安德森》［*Grounds of Comparison：Around the Work of Benedict Anderson*，2003，与谢永平（Pheng Cheah）合编］、《解构：文学与文化研究中关键概念》（*Deconstruction：Critical Concepts in Literary and Cultural Studies*，2003）、《结构主义：文学与文化研究中关键概念》（*Structuralism：Critical Concepts in Literary and Cultural Studies*，2006）。

1.4　卡勒重要论文

卡勒关于19世纪的法国文学（特别是福楼拜与波德莱尔）、叙事学、文化研究、语言学以及当代文学批评与理论（特别是结构主义、解构主义与后理论时代）的主要论文都集中发表在主流杂志上①以及他人所编著的选集中②。

对比卡勒的论文集与著述，可以发现卡勒的这些重要论述或是被重新改写收入到上述著作中、或是在其新著中另有所反映。鉴于以上这点，并为了保持卡勒论述的一致性，因而在以下对卡勒学术思想的分析中，将主要依据他的著作而展开。而对于那些著述中未加阐释的内容，以及最新发表的论文，则会合理地将其内容考虑在内。

---

①　如《新文学史》（*New Literary History*）、《批评探索》（*Critical Inquiry*）、《比较文学》（*Comparative Literature*）、《疆界》（*Boundary 2*）、《品位》（*Style*）、《今日诗学》（*Poetics Today*）、《现代语言札记》（*MLN*）、《双重批评家》（*Diacritics*）、《比较批评研究》（*Comparative Critical Studies*）。

②　如朱迪斯·巴特勒等2000年编著的《理论何所在》中的《理论中的文学性》，米克·巴尔1999年编著的《文化分析实践：跨学科解释管窥》中的《文化研究》，柯利尼（Stephano Collini）1992年编著的《诠释与过度诠释》中的《过度诠释辨》，赫尔纳迪（Paul Hernadi）1989年编著的《诠释的修辞与修辞的诠释》中的《诠释：数据抑或目标？》，斯特罗克（John Sturrock）1979年编著的《结构主义及之后》中的《雅克·德里达》。

第 2 章

追寻批评的锚点

卡勒成长于新批评笼罩下的美国，在法国留学后转向结构主义，历经解构主义和文化研究，而在世纪之交又开始关注"后理论时期"的"理论中的文学性"①。可以看出：他的几次思想转型与文学批评思潮的大背景息息相关。比如，他对"结构主义诗学"的眷恋主要来自于对巴特《S/Z》、《文本的愉悦》、"真实效果（Reality Effect）"的理解②与对伊瑟尔、费什读者反应理论的阅读③；而德里达、德曼、女性主义、卡纳普和迈克尔斯（Knapp & Michaels）的论述对他的解构主义与文化研究兴趣亦有着举足轻重的影响④；而2000年朱迪斯·巴特勒等编著的《理论何所在》，2003年伊格尔顿出版的《理论之后》与斯皮瓦克的《学科之死》也鞭策他更多地思考"后理论时代"该何去何从。但尽管文学理论潮涨潮落，卡勒并非总是随波逐流。在对文学理论与文化研究的探索中，他总是立足于自身固有的理念。他凭藉以下四种诉求，来应对新批评之后文学思潮之中千变万化、错综复杂的局面：以"批评之批评"为切入点，以"诗学"为目标，借助"理论旅行"，回归于"非政治化"。

---

① 卡勒的三次转型可详见第3章。在2000年及2007年的《理论中的文学性》中，卡勒重申了让理论回归"文学性"之必要，并在2007年同名论文集中公开声称自己不应在1992年鼓吹种族、性别、身份、能动性的研究而忽略了文学理论，同时以1997年的《文学理论：简介》为例来证明自己向文学理论的再次转向。可参见 Jonathan Culler, LT, 1997; Jonathan Culler, LTh, 2007, p. 5。

② 参见 Jonathan Culler, SP, 1975; Jonathan Culler, FSi, 1988, pp. 3~24; Culler, LTh, 2007, pp. 222~239。

③ 参见 Culler, SP, 1975。

④ 参见 Culler, OD, 1982; Jonathan Culler, FSi, 1988。

2.1 切入点：批评之批评

不同于米勒对文本的钟爱，卡勒较少对某个具体文本展开分析①。无论是考察结构主义、解构主义、文化研究，还是其他形形色色的"理论"，他都从"批评之批评"这个切入点来审视它们相对于文学研究的适切性。在下文中，我们将试图从"批评家之批评"与"理论之批评"这两个方面来把握他的阅读特色。

2.1.1 批评家之批评

在一定程度上说，相比于其他文学理论家，卡勒可名列最热衷于"批评"的批评家中的一位，可与伊格尔顿相提并论。法国结构主义者（特别是罗兰·巴特)②、索绪尔、德里达、德曼③当然是他的幕上之宾，这个名单还包括利法特尔、费什、阿布拉姆斯、燕卜逊、巴什拉（Gaston Bachelard）④ 等其他批评家。他似乎对介绍、评点众多批评家乐此不疲。

在两本专著（《索绪尔》《罗兰·巴特》⑤）中，卡勒对索绪尔与巴特的介绍都立足于他们的结构主义代言人的身份。卡勒在简介完索绪尔《普通语言学教程》的出版过程及其基本理论，从历时的视角强调了索绪尔理论在语言学中的地位后，异乎寻常地突出了"任意性"的地位，这样就触及了德里达解构主义的基础⑥。而同时卡勒对索绪尔关于符号学、字谜、逻各斯中心主义的论述亦给予了其他学者所未有的关注⑦；而在对巴特的介绍中，卡勒声称他

---

① 唯一一例外的是卡勒的第一部作品《福楼拜：不确定性的运用》。但在此著作中，卡勒声明他并不期望将每本小说最终组建成一个尽善尽美的世界，他模仿巴特在《S/Z》中运用的手法，所要做的是将它们打散、分隔开来，从碎片中构成某种可以产生阅读的语境（参见 Jonathan Culler, FU, 1974, p. 24）。他按此方法分别从福楼拜的早期作品、成熟作品及《萨朗波》与《三个故事》着手来展现了如何在阅读困境中把握确切的意义。

② 参见 Culler, SP, 1975 与 Jonathan Culler, RB, 1983。

③ 三者分别参见 Jonathan Culler, FS, 1976；Culler, SP, 1975 与 Culler, OD, 1982；Culler, FSi, 1988 与 Culler, LTh, 2007。

④ 对前三学者的评论参见 Culler, PS, 1981；对后两位学者的评论参见 Culler, FSi, 1988。

⑤ 本书两度出版，分属不同丛书，后来出版的书中增加了有关巴特影响一章。而卡勒对他们的相关评论详见本书 4.1.1 与 4.1.2 两节。

⑥ 德里达称索绪尔的法文例子"fouet（鞭子）"或"glas（丧钟）"为"拟声词或任意性的污染（contaminated effects）"。

⑦ 一般论述索绪尔的著作中，对字谜、逻各斯中心主义都着笔不多或无，可参见 Roy Harris, *Saussure and his Interpreters*, Edinburgh: Edinburgh UP, 2001。

写作中带着以下两个关键问题："巴特会将我们引向何方"，"巴特热会给我们带来什么"①。但卡勒当时（1983 年）"批评"的焦点明显放在作为"结构主义者"与"符号学家"的"前期"巴特身上②，而非已具备解构意味的"后期"巴特。这不仅与"后期"巴特著作要多于"前期"巴特这个事实不相匹配，也几乎与所有巴特研究专家的定位都不同③。

卡勒对法国结构主义者（还包括形式主义者，卡勒未着意区分）的关注自在情理之中。在《结构主义诗学》中，巴特对《流行体系》以及《S/Z》的分析、列维－斯特劳斯对神话的分析、雅各布森的诗学分析、格雷马斯的结构语义学、托多洛夫的"逼真性"、热奈特的诗歌本质、利法特尔的叙事学、俄国形式主义对小说的研究、克里斯蒂娃的"生成文本（geno-text）"与描述情节的基本范畴（"属性副词"）、泰卡尔团体（卡勒也将德里达归于其中）都是卡勒的探讨对象。此外隐约可见的还有艾略特的"非个性化"④，伊瑟尔的"现象学阅读"⑤，托多洛夫的"阅读理论"⑥，费什"熟稔读者（informed

① Culler, RB, 2002, 前言。

② 一般学者将前期巴特定义为写作《S/Z》前的巴特。这部分占卡勒九章写作中的七章，占所有页码的四分之三以上（第十章为总结，未包括在内）。

③ 可参见研究巴特的权威学者 Michael Moriarty, *Roland Barthes*, Oxford：Polity, 1991；Graham Allen, *Roland Barthes*, London：Routledge, 2003。

④ 参见 Thomas Stearns Eliot, "Tradition and Individual Talent", in *The Sacred Wood*, *Essays on Poetry and Criticism*, London：Metheun & Co. Ltd., 1934。卡勒并未在参考书目中将之列入，但在抒情诗诗学的四种规约中，"非个性化"名列榜首。

⑤ 伊瑟尔 1972 年在《新文学史》上发表《阅读过程：现象学方法》，指出："阅读过程中，构成读者与文本之间联系的基础有三个重要方面，期待与回顾过程（anticipation and retrospection），文本作为有生命力的事件徐徐展开过程，以及最终形成的逼真印象。任何'有生命力事件'应在或大或小程度上保持其开放性。在阅读中，这迫使读者不断寻求一致性，因为只有这样他才能对情形进行总体把握并能够理解不熟悉的内容。但一致性的建立本身是一个变化着的过程，在此过程中，我们不断被迫作出选择，而这些选择又作用于那些被排斥的可能性（它们与所建立一致性模式有所冲突）。这就让读者陷于他自己所造成的文本'完形'中"（Wolfgang Iser, 1972, p. 296）。"期待"、"徐徐展开"、"逼真"、"一致性"这些关键词也是卡勒结构主义诗学的关键词。

⑥ 托多洛夫在 1970 年 10 月在《新法兰西评论》发表 "Comment lire"，提出三种传统的文学研究方法，他称之为"投射（projection）"（指沿着作者、社会或其他相关兴趣来穿透文本）、"评介（commentary）"（它是"投射"的补充，前者穿透或超越文本，而它只是留在文本之内，如"细读"）、"诗学（poetics）"（它探讨特定作品中显现出来的一般原则）。而托多洛夫则提倡"阅读（reading）"（它将文学作品视为一个系统，寻求将其各部分之间的联系予以澄清）。参见 Tzvetan Todorov, 1970, pp. 129~143。

reader)"① 的思想。卡勒的结构主义"诗学"实际上成了批评家们跨越时空、跨越地域的绝佳会晤场所。

但卡勒并非是一一介绍所有的结构主义或形式主义批评的流派，雅各布森、格雷马斯、托多洛夫，甚至写《流行体系》的巴特都成为卡勒"结构主义诗学"的对立面或被排斥对象，只有写《S/Z》的巴特才是卡勒建立"结构主义诗学"的精神领袖。他的依据只有两条：（1）是"直接"还是"间接"运用语言学模式？（2）是将语言学视为某种"发现程序（Discovery procedure）"（即提供了具体方法）还是视为某种"总体模式（General framework）"（即仅指明对象性质、假设所处地位、评估手法）？② 间接地运用语言学模式，并将语言学视为提供了某种"总体模式"，成为卡勒建立"结构主义诗学"所遵循的首要原则（即卡勒所谓"诗学之于文学，正如语言学之于语言"），也成为卡勒排斥众多法国结构主义者的确凿理由。由此，卡勒所建立的"结构主义诗学"打上了巴特的明显烙印。其目标正如巴特认为那样：诗学并不关注作品本身，而是关注其智性③。而结构主义诗学的任务，就是让那些产生文学效果的潜在体系显现出来。它不是一种解释学传统上提倡作品解释的"内容科学"，而是内容条件的科学，亦即形式的科学④。

相应地，卡勒"文学能力"概念与费什有千丝万缕的联系⑤；而托多洛夫的"逼真性"概念与巴特的"自然化"则成为卡勒五种自然化方式（"真实

---

① 卡勒的参考书目并未列出费什1970年发表在《新文学史》上的《读者之文学，感受文体学》。费什在上述文章中介绍了乔姆斯基的"语言能力"与沃德霍（Wardhaugh）的"语义能力"概念后，接着论述道："谁是读者？明显的是，我的读者是一种建构，一种理想或理想化读者；某种类似沃德霍的'成熟读者'或弥尔顿的'适当'读者，或以我自己的术语来说，是'熟稔'读者，他应：（1）具有使用文本所采用语言的足够能力；（2）全面掌握一个成熟听众在理解时所必须的语义知识；（3）具备'文学'能力（literary competence）。也就是说，他有足够的读者经验来内化文学话语的特性（从修辞直到整个体裁）"（Stanley Fish, 1970, p. 145）。而卡勒的解释则与费什存在惊人的一致。卡勒认为：任何接触文本的人，都怀着对文学话语运作的潜在理解。如果没有这种理解，完全不懂文学、对阅读小说的规约一无所知的人，面对诗歌就只会不知所措。因为他缺乏那种复杂的"文学能力"。他并不具备内化的语法以使他能将语言序列转换成文学结构与意义。为了识别各种层次的连贯性，并让它们在"寻找文学"的主题或主旨下首尾一致，我们就必须具备诗歌阅读规约的能力（Culler, SP, 1975, p. 114）。

② 参见 Culler, SP, 1975, p. 256。具体介绍可参见 3. 1. 2. 2 节。

③ Roland Barthes, *Critique et vérité* (Criticism and Truth), Paris: Seuil, 1966, p. 62.

④ Culler, SP, 1975, p. 123.

⑤ ibid, pp. 113 ~ 130.

世界"、"共有文化知识"、"文学体裁的模式或规约"、"规约化自然"、"戏拟与反语")的基础①；卡勒的抒情诗诗学的四种规约（"非个性化"、"连贯性或总体性期待"、"主题意义"、"理解中的抵抗与复归"）吸收了艾略特关于"非个性化"、伊瑟尔关于"现象学阅读"的不少建议②；而其小说诗学的构建（包括情节、主题、人物），亦求助于巴特提出的"核心项"与"卫星项"区分、对"命名（naming）"的阐述③。

当我们将目光转向"符号学"（它是卡勒"结构主义诗学"的延续与拓展）时，利法特尔的"诗歌符号学"、费什的"读者反应理论"和阿布拉姆斯的"镜与灯"就成为卡勒阐释自己理论观点的绝佳舞台。这次他的区分标准是"阐释"与"诗学"。他批评了利法特尔的"诗歌符号学"受到阐释的诱惑④。在分析费什的《自我消费的产品》与《因罪生奇》后，卡勒认为实际上有雄辩的证据表明：费什所讨论的就是规约问题，而非其宣称的对文本的自然、创造性经验的转译（transcription）⑤。不难看出，此时萦绕卡勒心头的仍是"诗学"与"阐释"这种二元对立。卡勒对阿布拉姆斯的"批评"则略有不同。卡勒敏锐地指出：阿布拉姆斯意图说服我们从"镜"（即"摹仿论"，指作家对自然的摹仿）转向"灯"（即将思想视为"灯"，它比喻作家投射的情感之光）。卡勒提醒大家注意，如果阿布拉姆斯的上述意图成功，这就表明

---

① ibid, pp. 131～160.

② Culler, SP, 1975, pp. 161～188.

③ ibid, pp. 189～238.

④ 他认为：利法特尔的"诗歌符号学"本质上要描述读者对文本的加工与理解。阅读由此被分成两个阶段，在初始或"探索"阅读阶段，读者主要按指称方式理解语言符号；而在遇到"不合语法"处时，就要进行"追溯"或"解释"阅读，由此从"模仿阶段"进入"符号指号阶段"。卡勒指出，从"模仿阶段"到"符号指号阶段"是文本所强迫的，但读者可能不会进行如此过程转换。虽然所有阐释都依赖互文性、文化性符码，但差异在于，有些阐释过程利用这些符码来重新确立一个第二级的新指称；而有些阐释过程却将修辞主要指向符码自身。卡勒由此批评利法特尔的诗歌符号学也受到阐释的诱惑，其本身成为一种发生学。详见 Culler, PS, 1981, pp. 80～99.

⑤ 卡勒认为：费什在《自我消费的产品》与《因罪生奇》中，既对传统的批评任务进行了完美而优雅的演绎，又对传统描述性与解释性批评作出强烈、印象深刻的抨击。费什似乎宣称文学理论的任务就是，它必须列出读者反应的条件与参数。这就必须通过考察让其成为可能的规约与标准来解释此种反应。但这却并非费什的结论。对于问题"读者是如何创造意义的"，他没有作出总体的答复。这在卡勒看来，明显是一种闪避的策略。费什在宣布批评进入以读者为中心的新时代，坚持意义与价值不在文本本身，而在阅读活动后，转身却告诉我们大家不需要探索这个活动涉及什么。详见 Culler, PS, 1981, pp. 119～131。

我们将《镜与灯》视为一面明镜，因为它正确地表征或反映了所发生的一切。卡勒总结说：阿布拉姆斯的一些分析是对浪漫主义理论进行所谓解构阅读的开始。"镜"阶段的诱惑在于它对整体性的把握并自视为统一的整体。在超越"镜"阶段后，整体性不复存在，身体与自我碎片化。对此超越阶段的探索，或从互文结构着手、或从语言本身开刀。卡勒最终强调：即使对上述对立体系成功解构后、即使我们试图拆解这种体系，我们仍应继续在此体系下耕耘、思考①。这已明显是解构阅读了（卡勒自己也承认），但卡勒给出的解释是，他要考察解构所解放出来的文学意义对符号学的影响。他认为解构并非拒斥结构主义批评与符号学，解构阅读所揭示的文学语言的矛盾之处对符号学来说，正是其基本方法论所作区分（语言/言语、系统/事件、共时/历时、能指/所指、隐喻/转喻）的结果。即使上述区分在某处分崩离析，或产生无法综合的两种视角，它们仍是符号学的要件。② 不难看见，卡勒此时仍拒绝滑向解构，他仍竭其所能地保持"诗学"或"符号学"的地位。

而德里达与德曼的引力还是无可抗拒。但卡勒在介绍他们及解构主义对理论与批评的影响时，并非一脸的虔诚。在 1982 年《论解构：结构主义之后的理论与批评》中卡勒声明：他写此书并非"为了介绍不熟悉的问题、方法与原则，而是要介入到一场热烈但却迷雾重重的辩论中来。本书目的是描述最近理论写作中最富有活力、最为重要的内容，并对那些经常不易理解的问题作出阐释"③。卡勒也同样分析了德里达的"逻各斯中心主义"的批判、"意义的不确定性"（有限的意义与无限的语境）、"嫁接"方式（解构的方法与途径）、"二元对立"的颠覆这四个方面的观点④。但在其后的说明中，他指出：解构主义并非要引导我们去认可意义的自由游戏［如韦恩·布思（Wayne Booth）及哈特曼（Geoffrey Hartman）所认为的那样］。因而，它并非、也不赞成女性主义那种视读者的创造性经历为意义本身的读解方法。卡勒经过分析认为：解构主义更确切地说，它是一种"嫁接（graft）"，解构主义批评不是将其哲学话语应用到文学研究中，而是探索文学文本中的文本逻辑（textual

---

① Culler, PS, 1981, pp. 155 ~ 168.
② ibid, pp. ix - x.
③ 参见 Culler, OD, 1982, p. 7。
④ 参见 Culler, OD, 1982, pp. 89 ~ 179。

logic)①。卡勒强调：解构主义阅读的结论明显是分裂性的、自相矛盾的、任意性的或不确定的，但这并非它的主旨所在。相反，它的成就在于对文本中逻辑的梳理与剖析。由此，它的目标并非是揭示特定作品的意义，而是探索阅读与写作中重复出现的作用力与结构（forces and structures）②。至此，我们可以清楚地注意到：经卡勒"批评"后的德里达，已经历"理论的旅行"，解构主义批评被赋予了类似"诗学"的形式化目标。

而卡勒对德曼则极为推崇。他对德曼的论述进行了梳理，认为德曼50年代的写作与法国对海德格尔的接受有关③；而1960年的《浪漫主义意象的意向结构》则批判了"天真"与"救世"诗学④；在《盲目与洞见》中，他全部的观点可被浓缩为："批评家最大的洞见源自这些洞见所否定的假设"⑤；而在1979年《阅读的寓言》中，德曼阐述了解构性阅读在识别出传统的错误，并表明文本会将其基本概念自我揭示为修辞失误后，自身又是如何在下一环节

---

① 参见 Culler, OD, 1982, pp. 180~227。

② 同上：259~260。

③ 最突出的海德格尔式问题是诗歌语言的本体论地位以及它与此时（temporality）的关系。德曼觉察到诗学意识在本质上是分裂的、痛苦的、悲剧的，由此区分了三种批评方法，历史诗学（在真正时间维度内思考精神与对象的分裂）、救世诗学（通过诗歌想象来希求对矛盾的化解与拯救）、天真诗学（通过诗歌的感性形式来实现与物质的调和）。他后期关于批评的写作强烈反对在当代批评中出现的"天真诗学"的高级形式，那种认为美学形式能调和物质与精神的假设。他的事业的重心就基于这样的假设，对诗学语言运作的细读会揭示出这些幻觉。

④ 他认为：语言并非代表了指定的某物，而是对其进行定位。世界仅仅通过否定才进入语言。语言并不给出物体，而是否定物体，由此在主体与客体之间存在着不可救赎的鸿沟。在其早期的语言本体论中，德曼把存在称为分裂、断裂、一种连续不断的冲突，它也就是历史。当海德格尔把诗学语言与大地相连时，认为它是人类诗学居住的"共同场所"时，德曼却把它视为分裂与斗争的场地。

⑤ 它表明了"盲目"是文学语言修辞本质的一个必要的关联词。他总结到：卢卡奇的预言、布莱（Poulet）对原始"我思"力量的信仰、布郎肖的元－马拉美式非个人性的声明，都为其自身的批评结果所取消。当然，其中他最为关注的是有关德里达对卢梭的阅读。德曼解释说，德里达的重要性在于：一方面，他以新批评细读未能达到的方式分析了哲学问题；而另一方面，不同于布郎肖那样，利用了哲学反思的范畴，却抹去了实际解释性阅读的功效，他把阅读的复杂性带回到哲学问题的庄重之中。而德里达对卢梭研究的贡献则在于：它揭示卢梭自己的文本成为他所声称教条的强大反证。这里的关键是：文学语言，通过采用必定被误读的修辞策略，预示着其自身的误读。其中德曼对文学性的定义也值得关注，他认为，文本，只要具有高度修辞性，且不管是通过确认或反驳来表明其自身的修辞模式，就是文学的。

继续被质问的①；在下一本书《浪漫主义修辞》中，德曼表明了他一以贯之的关注，浪漫主义被视为是对语言修辞性探究、是对自然物体优先性的批判②。由此卡勒总结到：德曼作品最大特点是修辞性阅读。这不仅意味着对文本中修辞格的研究，也是对语言的修辞性力量（它们不能被改写或简化为语法式代码）的探讨。进言之，德曼的作品提出了文学批评中的有关语言的地位与运作的哲学问题，包括其意义的定位、与认知的关系，并从哲学角度思考了用美学范畴来将知识与行动、认识论与伦理关联起来这个问题。③ 这样，卡勒对德曼的"批评"实际上认可了解构的批评策略，但也再次重申了文学批评的目标不应是"阐释"。

而对燕卜逊与巴什拉的"批评"则彰显了卡勒超越文学文本，开始借助解构主义来探究非文学文本中的"修辞结构"、"语法"、"文本逻辑"、"形式机制"。卡勒如此评价燕卜逊：在《含混的七种类型》中，燕卜逊寻求表明

---

① 在此前的《时间的修辞》中，德曼采纳了象征与寓言这两种修辞方法，它们被浪漫主义及其后的批评视为有机与机械、理据与任意的对立。考察18世纪后期诗歌中从寓言意象转换到象征意象这种假设后，德曼挑战了这样一种观点：浪漫主义文学通过象征造就了人与自然之间的调和。他在其中最热情、最明晰的段落中，找出运作中的寓言结构。但是德曼是从意识的词汇转向修辞术语，这使得他不再关注意志与明晰性，而是转向语言结构问题。由此在象征与寓言之间的张力，成为一种在"假设文本存在可读性（即符号与意义之间的调和）这种企图"与放弃这种企图之间的张力。语言修辞性的特点使理解成为一种误读的过程，揭示它为某种强加事物，它表明指称并非是指定的，而是由阅读与误读产生的。德曼声称由修辞的解构（即采用必定被误读的修辞策略，文本预示着其自身的误读）到阅读的寓言（即不可读性）的转变内在于修辞自身逻辑之中。而这种不可读性的寓言显示出解构叙事不能产生确定的知识。文本中构成意义却又不断侵蚀意义的这种力量是历史的源泉，它首先表现在伟大的个人作品中，其次表现在语言的施为功能与表述功能之间的结构张力中。

② 他通过对济慈有关象征物诗歌的分析，指出它们并非如想象那样，提供了物体与精神之间的综合。相反，它提供了一种振荡，强化了两者之间的分裂与裂痕。而其他论文也具有相类似的主题。上述两本书集中强调并探讨了对文学的"语言学导向、或修辞性处理方法"与"美学、现象学与解释学的方法"之间的张力。传统上，美学试图在现象与智性之间、在感性与概念之间架起一座桥梁。而文学则被德曼视为由细读揭示出的语言修辞性，它架空而非确认了美学范畴。按德曼的理解，文学理论，因其关注语言的运作，提出了美学价值是否能与产生它的语言结构相容这个问题。有人把政治视为国家的塑造艺术，一如油画是颜色的塑造艺术。这种政治美学化寻求将形式与思想结合起来，它只是对席勒美学国家的一种严重误读。而意识形态则是把指称效果当做现象的事实，假设存在着某种由语言的指称功能产生的东西。而语言学的观点则强调在单词与事物之间的关系并非现象的，而是规约的。这就有助于识别出意识形态将指称视为自然的、感知的、并因而是指定的这种倾向。修辞阅读揭示出意识形态所强加意义的两个层次的方法，一是由语言来定位，二是通过修辞来赋予这种定位意义。由此德曼的作品将对文本的尊重与对意义的怀疑结合起来。

③ 以上一段关于德曼的论述可参见 Culler, FSi, 1988, pp. 107～135。

"在阅读诗篇时，一个合格读者的大脑是如何运作的"。他用明示的、认知的术语来描述意义。而其中最为激进的做法是：他深入探讨了一般词语使用时产生的复杂假设。此中燕卜逊提出他称为"机制"的东西：一套代表着意义和单词暗含意义的象征符号。他宣称：单词不仅具有意义，而且自身也暗含某种主张或等义表达式（assertions or equations）、浓缩的教条、潜在的提议。燕卜逊最伟大的原创性更在于他持续表明：参考单词的社会与语境用法不是为了简化解释，而是为了减少其含混性。考虑其社会用法并未结束对意义的探索，而是开始了这个过程。而《复杂单词的结构》因为其对意义与语境、文学与社会及历史关系这种种争论作出的特殊贡献，而与今天有很大的相关性。它与当代批评进一步的联系则在于对华兹华斯"序曲"中"sense"的讨论。它与德里达对柏拉图的"药"、马拉美的"处女膜"、卢梭的"增补"的处理异曲同工。燕卜逊所巧妙显示的是：语言是如何从根本上受到修辞结构的影响，虽然在同时，他也作出了最为重要的认知上的假设。他说：复杂单词有着像句子语法那样的内在的语法。而这正是最近那些批评作品所追寻的问题，探索卢梭的"增补、许诺、借口"、柏拉图的"药"、康德的"附录（parergon）"、华兹华斯的"外观（face）"及其他词中的语法。单词被证明不再是工具，而是机器。它具有复杂的内部结构，经常能产生其使用者不能预测到的后果。① 而针对巴什拉，卡勒认为若把巴什拉的科学研究与文学研究结合起来很困难，因为巴什拉以最纯粹、最极端的形式来对待科学与诗歌。他在这两方面的努力不同，或许是互补性的。他把心理分析作为一种分析意象而非分析作者的方式，引入到文学研究之中。他将诗人的任务定义为：释放那种存在于我们自身的"幻想元素（matter that would dream）"，而其工具就是意象。他似乎还想把握住其中的"形式机制"，但在其最后作品中，他对形式网络或体系的兴趣削弱了，他不再追踪意象直到它的心理源头，以便解释其力量。② 卡勒在对燕卜逊、巴什拉的"批评"中，分别探讨了词语中的"语法"与意象的"形式机制"。由此，解构主义在这里已不再被视为一种局限于文学研究的批评策略，它本身已

① Culler, FSi, 1988, pp. 85~95.

② 最终巴什拉拒斥心理分析，寻求某种现象学式的经验，去体验意象对存在的直接显示。他借此揭示，文学作品与文学研究也许是由情感反应与批评分析之间的冲突构成的。因此，批评理论也许应更加注意考察，美学是如何和谐地调和情感与知识，而文学又是如何扰乱这种假设存在于诗歌与批评中的和谐的。Culler, FSi, 1988, pp. 96~106.

经成为卡勒进行文化研究的"理论"。

总而言之，卡勒借助"批评家之批评"，对其"结构主义诗学"与"解构主义批评"立场进行了二次阐述。在这两种立场之间卡勒保持着自己的连续性：对形式的追寻与对实体的拒斥。

2.1.2 "理论"之批评

自《符号的追寻》起，卡勒就已经开始"理论"之批评了。卡勒不再拘泥于结构主义抑或解构主义，首先审视了美国英语系研究生课程。面对培养计划"扩大化/自由化"与"专业化"这两种互不相容的观点，卡勒认为应在与其他文化产品、其他写作话语（如哲学、心理学、社会学、人类学和历史）的关联中讨论文学。[①] 因而文学教育不仅应涉及文学经典作品的知识，还应培养一种将文学与其他政治、伦理、社会、心理关切结合起来考察的能力，将文学与文化中其他形式与影响关联起来分析的能力。可以采取一种比较的视角，将文学与其他形式的话语和其他表征模式进行比较。由此，文学研究可以集中于某个理论话题：如对叙事中基本模式的探索，或对那些话语中实现意义生产的修辞类别的识别；亦可以利用当代批评中最有力、最有意思的成果来探索文学与非文学之间的关系：如德曼的寓言阅读、德里达的解构阅读、赛义德的批评与历史解读。但若仅将这些当代批评理论视为一种解释性方法，那就错失这些理论成果的力量与关注所在了。由此，卡勒强调，文学理论应是对文学本质问题的研究：其形式、其组成、其关系。文学理论不是解决阐释问题的方法，而应被视为有关文学语言的本质、或表征、或文类、或叙事、或修辞这些主题或问题的研究。通过对文学与哲学、文学与心理分析此类话语的互动研究，我们并非利用其他类批评理论来解释文学，刚好相反，文学针对此类学科所涉及的问题，提供一种不同的视角来揭示其中的修辞结构与角力，以及其文本性。[②] 这可被视为是卡勒后来"理论"的雏型。

此后，在1982年的《论解构》中，卡勒响应理查德·罗蒂（Richard Ror-

---

① 但他也同时声明：他并非提倡在英语系开设其他文化产品的课程，也不是建议将非文学课程加入到文学培养计划中，而是提议在设置培养计划时，不应将文学视为空洞的作品序列，而是作为一种样类，一种表征模式。

② 参见 Culler, PS, 1981, pp. 210~226。

ty）的说法①，名正言顺地提出了"理论"这个概念。他声称：这个领域并非"文学理论"，因为它们并非明显地为文学而设。它也不属于"哲学"，因为它包括索绪尔、马克思、弗洛伊德、高夫曼（Goffman）、拉康、黑格尔、尼采以及伽达默尔。是否有利阐释并非是衡量这些"理论"的标尺，它们是一种模糊的混合体。② 在《符号构形》中，卡勒进一步指明了"理论"的动向。第一，批评家所从事的领域在扩大，其注意力延伸到新的对象、新的文本类型。在这些新型的文学研究下，其一致性并非来自戏剧、诗歌、小说的经典，而是出于对意指机制的关注，它可以在各种广泛的文本范围内及类似文本情景中被研究。而第二种倾向则源自一种批评政治化的愿望。一方面，它涉及到对文学作品本身的政治维度、它在推动变革方面所扮演的角色、对权威的颠覆、对社会力量的包容等诸多兴趣；另一方面，批评政治化的愿望也催生了对批评本身的制度与意识形态维度的兴趣。而所有这些研究的公分母则是：批评的制度语境（institutional context）。卡勒同时强调了"理论"的"动态"特征——由于批评所指现象是具有社会构建意义的符号及形式，所以所需思考的不是语境，而是符号的构造，即：符号是如何由各种话语实践、制度设置、价值观、符号机制所铸成的。③

在《文学理论》中，卡勒开始总结"理论"的本质、功能与特点。他指出：多数人将文学理论视为一系列的批评"流派"。"理论"成为一些你争我斗的派别，各种理论立场与认同也似乎各不相同。但卡勒认为这些思潮有着一些共同的特点："理论"的兴趣所在、力量所聚就在于对常识发起广泛挑战、探究意义如何成形及身份如何构建。他总结了"理论"的四个特点④、介绍了文学五种可能的本质及其功能⑤、从"文学经典"与"分析方法"这两方面

---

① 罗蒂认为：从哥德、麦考雷（Macaulay）、卡莱尔（Carlyle）、爱默生时代开始，就出现了一种新型写作，它既非对文学作品的短长的评价，也非对智性历史、道德哲学、认识论、社会预言的议论。它是所有这些混合在一起的新文类。见 Richard Rorty, 1976, pp. 763 ~ 764, 转引自 Culler, OD, 1982, p. 8。

② 参见 Culler, OD, 1982, p. 8。

③ Culler, FSi, 1988, pp. xii – xiv.

④ Jonathan Culler, LT, 1997, p. 15.

⑤ ibid, pp. 28 ~ 42.

探讨了文学与文化研究的关系①、分析了文学研究中的两种路线：解释学与诗学②、说明了文学中的诗学：修辞、体裁、诗歌欣赏③，此外还详述了叙事小说理论及小说功能④、施为性语言⑤以及身份、识别与主体⑥。应该说，这是卡勒对"理论"较为完整全面的"批评"。

在其最近的著作《理论中的文学性》中，面对后理论时代"理论"的肆虐以及应该向"理论"灌输非文学价值的种种意见，卡勒大声疾呼：不要幻想埋没文学性。卡勒指出：在不同的话语中，自有不同类型的文学性在运作。他由此再次确认了文学性的中心地位⑦。他分别从理论层面、概念层面、批评实践层面阐述了自己的诉求。

理论之"批评"标志着卡勒学术思想逐渐走向成熟。自此，批评或"理论"自身的规律与功能、现状与未来成为卡勒的关注点。

2.1.3 小结

简而言之，卡勒在其几十年的学术生涯中，坚持卡勒式的"批评"方式。他较少关注具体文本的"批评"，而更多是从批评家的"批评"开始，逐渐走向一个新阶段："理论"的批评。虽然他很少如米勒那样精辟阐释维多利亚时期的文学，但在他所有"批评之批评"的学术生涯中，他总能很好地将文学理论、文学史、文学批评结合起来。他在评论芭芭拉·约翰逊时曾这样提到："我总是感到我应该给出背景信息［解释克伦威尔（Cromwell）是谁，马韦尔（Marvell）的'贺拉斯体颂歌'是关于什么的等等］，或试图说明我的例子有代表性而不是特例，这对芭芭拉·约翰逊来说根本不会是问题。她略去所有背景、过程（filling）、理由，并认为如果读者认为她的例子不具有说明性，那加

---

① Jonathan Culler, LT, 1997, pp. 48~54.

② ibid, pp. 60~69.

③ ibid, pp. 59~80.

④ ibid, pp. 84~94.

⑤ ibid, pp. 95~109.

⑥ ibid, pp. 111~122.

⑦ 参见 Jonathan Culler, 2000, p. 273［收入 Judith Butler, John Guillory, Kendall Thomas（eds），*What's Left of Theory*? London：Routledge, 2000.］；Culler, LTi, 2007, p. 5。卡勒此种观点最初可隐约见于《符号构形》（参见 Culler, FSi, 1988, pp. 15~17），简略表述于《文学理论：简介》（参见 Culler, LTh, 1997, p. 18）。

上一段补充性的说明也于事无补"①。它不仅很好地说明了卡勒对于"客观性"和"说服力"的重视，还准确地描述了卡勒对"文本"的依赖与强调。他的常规做法是将逻辑论述与文学批评结合起来，在横向的理论论述中又融合了纵向的文学分析，这种批评之批评的结合在卡勒身上体现得颇为完美。

2.2　目标：诗学

"诗学"的探寻并非是卡勒的独创，而是一个源远流长的故事。但在结构主义时代，自雅各布森在前人基础上提出"语言六功能模型"并突出详细解释诗学功能的运作后，"诗学"问题不再是抽象的思辨问题。在当时的北美文学批评界，燕卜逊曾试图在《含混的七种类型》中说明：在阅读诗篇时一个合格读者的大脑是如何运作的。弗莱则走得最远，主张文学研究应走向规范和科学体系。在《批评的解剖》②中，他把探求文学原型及置换规律视为文学批评科学化的主要内容。弗莱提出了两种不同的体裁系统："模式（mode）"系统③与"形式（form）"系统④。按照弗莱的设想，前者从神话降落至浪漫故事、到高度模仿、再到低度模仿、讽刺、再到神话的重生；此外，后者四种形式则分别对应四种特性组合：外向与个人、内向与个人、内向与智性、外向与智性。而费什也曾宣称文学理论的任务是：它必须列出读者反应的条件与参数。

而在当时的法国批评界，托多洛夫的"阅读理论"指出了三种传统的批评方式：投射、评论、诗学，并进而提倡以"阅读"（将文学作品视为一个系统来研究其各部分的关联）作为文学研究的目标。⑤这个目标可以与两种不同的批评立场相联系："阐释"与"描述"。前者指以一个文本代替另一文本，

---

① Culler, LTh, 2007, p. 239.

② 他曾想将之命名为《结构主义诗学》。参见［加］诺思洛普·弗莱：《批评的剖析》，陈慧、袁宪军、吴伟仁译，天津，百花文艺出版社，1998年版，第4页。

③ 包括神话、浪漫故事、高度模仿、低度模仿、讽刺。

④ 包括"口头叙事（epos）"与"书面小说"的区别，还包括四种形式：小说、浪漫故事、自传、讽刺。

⑤ 参见3.1.1节有关托多洛夫的"阅读理论"的注释。

即寻找隐藏的意义①；而后者则指与"文体学（stylistics）"类似的东西（如雅各布森和列维－斯特劳斯对《猫》的分析②）。他还区分了两种阅读过程：叠合（superposition）与辞格（figuration）。两者都试图分析文本之间或文本各部分之间某个形式特征与其他特征的关联。③ 而巴特除提出"文学科学"这个概念外，还在《S/Z》中对巴尔扎克的小说《萨拉辛》进行了代码分析，他意在批评巴尔扎克的"现实"总是如何来自某些事先业已存在的代码④。而热奈特则综合各家之长：他的修辞观突出了读者的自身意识，他认为与阅读过程相关的"系统"比文本所指向的"文化代码"更为重要。由此，在研究《追忆逝水年华》中，他选择的是形式意义上的普鲁斯特，而非社会学意义上的普鲁斯特。⑤ 他讨论的是叙事学的整个系统，将叙事话语分成三个层面：故事（描述内容）、话语（描述本身）、叙事（描述呈现方式）。⑥

在上述这种大环境下，生在美国、留学英伦、专攻法国文学的卡勒对"诗学"的热衷就不出意外了。而遍览卡勒的所有著作，他只在《论解构》、《索绪尔》中未将"诗学"列入索引，在其他所有著作中⑦，"诗学"总领有一席之地，它制约着卡勒全部论述的主旨。

在卡勒对结构主义"诗学"的总体构建中，我们首先必须理解他的语言学背景对他的显著影响。索绪尔的语言学理论区别了"语言"与"言语"、"能指"与"所指"、"组合"与"聚合（联想）"、"共时"与"历时"这几对二元关系。而卡勒的"诗学"框架正是上述理论的重演。几种"自然化"方式对"规约"与"规约文本"的区分效仿了"能指"与"所指"的区分⑧，更为重要的是：它由此强调了规约的自足性（一如语言系统的自足性），而与文本及外部事实（即实际的生活世界）无涉。应该注意的是：卡勒在这里作

① 托多洛夫认为这是个人判断的问题。任何复杂一点的文学作品都不会有一个"正确"的阅读。"阅读"所做的不过是不同读者挑选他所认为最重要的部分而已。

② 即：将结构语言学的工具运用于文学文本上。

③ 以上参见 Todorov, 1970, pp. 129～143。

④ 这些代码是：行动代码（proairetic code）、解释代码、文化代码、内涵代码、象征代码。

⑤ 他通过追踪隐喻与借代的差异，引领我们深入到作品的结构与主题。

⑥ 参见 Gérard Genette, Figures III, Paris：Seuil, 1972。

⑦ 在第一本著作《福楼拜：不确定性的运用》中，"诗学"多以"规约"、"阅读"这个条目出现。

⑧ 卡勒认为：通过"规约"，我们才能理解文本。而"规约文本"若去除"规约"，即为"自然文本"。参见 Culler, SP, 1975, pp. 131～140。

了一个巧妙的修正。因为卡勒对"能指"（规约）与"所指"（规约文本）的研究只能得出文学中的"集体意识"与"系统"（它与卡勒在后期提及的"文学性"较为接近①），而非文学读者的"集体意识"与"系统"（即卡勒所谓的"规约"）。最终卡勒借助"读者反应理论"完成了这种修正：即加入"读者"这个新维度。这样，卡勒有意或无意地套用了皮尔斯（Peirce）的符号理论框架：符号不再是由"能指"与"所指"构成，而是由"表征项（Representamen）"、"对象（Object）"、"解释项（Interpretant）"三项组成。卡勒这里只是借用了皮尔斯的"解释项"（卡勒所谓的"读者解释"），却仍是索绪尔式的"能指／所指"②。

卡勒的"文学能力"虽看似与乔姆斯基大有关联，但从卡勒把乔姆斯基的"能力／表现"与索绪尔的"语言／言语"这对区分混为一谈来看③，卡勒对乔姆斯基的理论了解并不深入，兴趣也不太大④。费什所强调的理想读者的"文学能力"才更靠近乔姆斯基的"能力"概念，而卡勒"文学能力"的样板则是索绪尔的"语言"。因而，我们可以注意到，卡勒不断地解释道："文学能力"这个概念并非是声明具备此种能力的读者只能得出一个众所接受的解释⑤。因为他如同索绪尔关注语言一样，关注的是文学中的"集体意识"和"系统"，而非文学中理想化或个人化的"能力"。

而卡勒的各种抒情诗及小说的具体规约依然与"组合"、"聚合"密不可分。"情节"与"主题"规约只不过是组合关系在时间、意义维度的投射；而"人物"、"代码"概念则分别是聚合关系在功能与形式维度的投射。同时，与索绪尔构建的语言学相同，卡勒结构主义"诗学"也是典型的"共时"诗学，"历时"的演变与外部的影响被逐出了卡勒的"诗学"王国。综观卡勒的结构

---

① 值得注意的是，卡勒后期的"文学性"不限指文学文本，而是泛指"理论"。可参见本书相关分析及 Culler, LTh, 2007。

② 因为皮尔斯符号体系中的"表征项"与"对象"分别为独立的符号实体，而卡勒在结构主义"诗学"中所阐述的"规约"与"规约文本"并未将两种文本视为相互独立的实体，而仍是一个整体，"规约文本"只是"规约＋自然文本"而已。

③ 可参见 Culler, SP, 1975, pp. 9～10。索绪尔强调了"语言"的社会性与集体性，受到涂尔干（又译：杜克海姆）社会学及"无意识"概念的影响；而乔姆斯基的"能力"则强调"理想化的个人"。

④ 乔姆斯基在卡勒的作品中鲜有提及。

⑤ Culler, SP, 1975, pp. 113～130.

主义"诗学",结构主义语言学的影响根深蒂固。但这种影响并非是语言学的简单套用,而如他自己所言:语言学仅仅为文学提供了某种类比模式而已①。"它只是借鉴了语言学所寻求的方法清晰性,而拒斥了词汇的借用。"②

若要理解卡勒在学术生涯中为何对"诗学"倡议情有独钟,我们似乎还应了解一下维若妮卡·福雷斯特–汤姆逊③在《诗歌巧技》(*Poetic Artifice*)中的观点。在这本书中,作者并非是要介绍最新的诗歌技巧,而是对诗歌整体进行了理论的读解。她试图揭示那些让诗歌从古至今、从传统到现代生衍不息的潜在特征。而这本书也非全篇宏观巨制,作者将自身的思考与当代英国的现代性争论、对诗歌理解与阅读本质的精确分析结合起来。从批评角度来看,维若妮卡对阅读的分析极具见识,她聚焦于诗歌阅读的实际程序,以此反对阐释型批评的坏习惯——它们经常去阐释诗歌的文本丰富性,却丢失了其愉悦之处。她所反对的是那种将诗歌简化为"内容"、潜在"主题"的阐释型阅读。如此一来,诗歌所借用的语言选择、词语搭配及形式变得毫不相关,也无法理解。从简单的层面来说,诗歌并非散文,并非像散文那样传达信息,也不像散文那样被读解。在更复杂的层面来说,她以"自然化(naturalisation)"、"扩展(expansion)"这样的批评术语来探索一般语言中对世界的命名与其在诗歌中更为具体的命名。"以现实世界的直接指称来判断诗歌的真理,这是表现不佳的'自然化'。在此种阅读下,所有诗歌成为对世界的评价、意外插曲与描述。经验语言就已是全部的、本身自足的、准确的语言。"④ 维若妮卡在其开篇就说得很清楚:她写作本书的目的是要"探讨诗歌最为典型、也是最难以捉摸的特征,所有让诗歌不同于散文的韵律、音位、文字以及逻辑技巧。这些我们可以统称之为'诗歌巧技'。如果散文类似于一般言语的'自然'语言,那么诗歌即使欲模仿一般言语的选词与停顿也肯定是人为的。……诗歌不仅使用那些在散文中看来稀奇古怪、不合时宜的技巧,它还取决于那些仅出现在诗歌阅读与写作中适用的规约"⑤。

---

① Culler, SP, 1975, pp. 255~259.

② Culler, PS, 1981, p. 257.

③ 诗人(1947~1975),与卡勒相识于剑桥大学,后来与卡勒结婚,1974年离婚。

④ Veronica Forrest-Thomson, *Poetic Artifice: A Theory of Twentieth-Century Poetry*, Manchester University Press, 1978.

⑤ ibid, p. ix.

可以看出：维若妮卡的核心主张，亦即找出诗歌中的"规约"。这个术语我们当然很熟悉。暂且不论谁是阅读"规约"的始作佣者，但两者的学术著述如此一致，至少可以在一定程度上说明卡勒对"诗学"的提议并非仅仅是一时热情①。就卡勒目前为止的著述来看，"诗学"更像是一种终生的承诺②。

关于卡勒对"诗学"的阐释在第 4 章中自有详细说明，但在此我们还是简略扫描一下卡勒的"诗学"历程。在《福楼拜：不确定性的运用》中卡勒多次提及"规约"、"解释运作"③，但只是在《结构主义诗学》中，才明确提出要研究"诗学"，抛弃"阐释"。他给出的理由是：虽然作品的阐释多多，人们还会继续如此下去，但我们仍未非常明了文学是如何运作的④。他建构出"文学能力"、"规约类型"和"自然化方式"这三位一体的诗学模式。他声称：任何接触文本的人，都怀着对文学话语运作的潜在理解；如果没有这种理解，完全不懂文学、对阅读规约一无所知的人，面对小说、诗歌就只会不知所措⑤。在《符号的追寻》中，卡勒进一步发展了"诗学"概念，提出"符号学"思想。卡勒将批评定位于对符号的追寻，认为所有批评家的目标在于抓住、理解、把握那种难以捉摸的意指结构。卡勒把自己的目标锁定于考察文学符号中的问题和情况。他认为文学符号学的首要任务是考察文学意指的方法与手段。因为对单个作品的阐释依赖于对符号运作系统及过程的掌握，这就要求我们了解叙事的本质与规约、故事与话语间的关联、主题性结构的各种可能性，当然还包括像"读者反应理论"那样对作品如何与读者交流所作的分析。有鉴于此，"阅读"的符号学目标应为智性，即文学作品是如何产生意义的，读者是如何理解文学作品的。他进一步重申：若要考察文学的意指过程，我们就应分析解释机制⑥。

---

① 就如他对抒情诗情有独钟一样。在 1975 年，卡勒研究了抒情诗"诗学"，1997 年又谈及抒情诗诗学（参见 Culler, LT, 1997, pp. 71 ~ 82），而在 10 年后的 2007 年，卡勒仍声称下一步专著将是《抒情诗理论化》（参见 Culler, LTh, 2007, p. 14）。

② 事实上，卡勒在后来的论述中（如 Culler, OD, 1982；Culler, LT, 1997；Culler, LTh, 2007），几次提到"诗学"概念时，只承认那是一个失败的尝试，但从来没有言过放弃。相反，在最近（如 Culler, LTh, 2007），"诗学"在一段沉寂后，似乎又被重新立为他的奋斗目标（参见有关"理论中的文学性"与"文化研究"章节）。

③ Culler, FU, 1974.

④ Culler, SP, 1975.

⑤ Culler, SP, 1975, pp. 113 ~ 130. 详见第 4 章。

⑥ Culler, PS, 1981, pp. 47 ~ 79.

　　这种熔合后的"诗学"概念虽然在《论解构》中并未提及，但他试图把握住解构主义的形式结构的企图亦很是成功，而同时其"诗学"倡议通过"文本逻辑"这个概念得到进一步的彰显。卡勒在该书中最终指出解构主义的核心，就是对二元对立置换、意义有限而语境无限、意义嫁接这三种文本逻辑的强调（它会产生某种不可预知的批判意义）。① 这里我们可以看出，卡勒全然抛开了哲学顾虑及激进政治内容，完全从阅读文本的逻辑这个角度剖析了解构。正如卡勒在《符号的追寻》中对"解构"的态度那样，他仅仅关心解构与符号学（"诗学"）的关系，仅仅关注文本中的某些困境是如何切合符号学、以及他们会对符号学产生何种影响。② 对卡勒来说，将解构主义运用到文学研究中，则是一种"探索文学文本中的文本逻辑"的方法。应该说，卡勒在《论解构》中所采取的论述方式本身是"结构式"而非"解构式"的，自有其总体性③。而他在分析德曼时，细读后所作的补充内容则进一步指明了自己对解构的"结构式"理解："我对德曼批评的描述，一如其他解构的众多解读，会给人带来误解。这不是说我对解构主义批评知之不详，或是胡言乱语，而是因为结论和阐述其本身就会让人只注意结论内容以及最终定论。这样大家就会注意到德曼的自我颠覆、他的两难境地、他悬置文本而产生的空白（suspended ignorance）。由于解构将任何立场、主题、始源或目的视为一种构建，要分析其中生成它们的话语力量，解构主义的论述将会置疑任何实质性结论，也会让自己的话语停留在明显分裂、自相矛盾、任意或不确定的终点。也就是说，这些终点虽然会因结论本身对阅读目的的强调而被关注，但它们并非是解构主义阅读的目标本身。解构主义阅读的成就在于阐明文本之中的逻辑，而非是其结论中的立场"④。这应是卡勒在《论解构》一书中对解构主义及解构主义态度最明显的表白。但卡勒意想不到的是：他在《论解构》中的上述观点以及潜在的类似观点却几乎为读者所完全忽略，读者在《论解构》中所关注的仍是那种解构主义的"两难"境地及自相矛盾的立场。

　　而在《符号构形》中，卡勒的"诗学"概念逐渐从静态走向动态。在

---

　　① Culler, OD, 1982, pp. 89～179.

　　② Culler, PS, 1981, pp. vii－xi.

　　③ 他的方法是将解构主义视为一种阅读的实践，他的手段是描述这种阅读实践的逻辑或阐释的运作，而他的目标则是探索解构主义被运用到文学研究当中的可能性。

　　④ Culler, OD, 1982, pp. 259～260.

《福楼拜：不确定性的运用》《结构主义诗学》《符号的追寻》《论解构》中，卡勒强调的多是阐释运作、规约、符号的意指机制、文本逻辑；而在《符号构形》中，卡勒开始关注"符号的构造"而非语境，突出强调了这是一个"生成"的过程①，由此铸成了一种动态的"诗学"观。②

而从《文学理论：简介》③ 开始，卡勒对"诗学"的理解又经历了一次蜕变。卡勒在书中开始明确主张要探讨各种理论中的"文学性"问题。卡勒在阐述有关抒情诗诗学时，将阅读诗歌简化为两种不同方式："词语结构"④与"事件"⑤。相应地，前者关注意义与非语义特征之间的互动（文本方面）；而后者则关注诗人的行动与诗歌中说话者行动之间的关联（事件方面）。⑥ 由此可见，卡勒将自己从文化研究的迷途中又拉了回来，回归到以"文学性"为中心。⑦ 而在《理论中的文学性》中，他进而认为只有其中关于叙事的"全知视角" "才是本书中纯粹对文学理论、诗学本体的探讨"⑧。换言之，"文学性"（literary）业已成为宽泛意义上的卡勒式"诗学"。此时，卡勒原初的"诗学"概念已逐渐蜕变成为"理论"之下的"二级学科"。

总之，由以上卡勒"诗学"追寻历程可以发现：在理论层面，卡勒一直保留着自己的"诗学"概念。无论是《福楼拜：不确定性的运用》，还是《理论中的文学性》，卡勒都未放弃他的形式化"诗学"理想；在实践层面，他一步一步从具体的"诗学"诉求（"结构主义诗学"）滑向抽象的、形而上的"诗学"（"理论中的文学性"）。而与之同时，可以察觉的是：曾在其思想体系中占重要地位的"读者"离卡勒也是渐行渐远。这样，作为一位有着结构主义思想的"诗学"推崇者，在很大程度上他的影响和知名度却更多得助于

---

① 参见 Culler, FSi, 1988, pp. xiii – xiv。

② 卡勒后来在《文学理论：简介》中仍提到现代思维强调两个问题：（1）"生成"或"给定"；（2）"个人"或"社会"。可参见 Culler, LT, 1997, p. 110。

③ 《文学理论：简介》应处于前一阶段与后一阶段的结合部。它既可被视为卡勒对"理论"与文化研究的总结（参见 Culler, LT, 1997, pp. 1~17；pp. 43~54；pp. 110~122），亦可被视为"理论"中的"文学性"主张的具体形成（此时仍是"literariness"，具体参见 Culler, LT, 1997, pp. 18~19；p. 36；p. 42；p. 123）。

④ 视为"文本"来阅读。

⑤ 视为诗人的行动、读者的经验、文学史上的事件来阅读。

⑥ Culler, LT, 1997, p. 75.

⑦ 这是卡勒自我评价，可参见 Culler, LTh, 2007, p. 5。

⑧ 参见 Culler, LTh, 2007, p. 16。

他对德里达、德曼关于解构理论的阐释。对卡勒来说，这也是一件无可奈何之事。

2.3　方式："理论旅行"

赛义德的"理论旅行"建立在这样一个设问基础上：假设一种理论或一个观念作为特定历史环境的产物出现了，当它在不同的环境里和新的理由之下被重新使用时，乃至在更为不同的环境中被再次使用时，会发生什么情况呢？他以卢卡契为例，由此提出：一种思想观念、学说在流传和迁移过程中必然会出现强调、意义转化、改造、越界。① 显然，赛义德指的是"某种"理论的旅行。但若以卡勒在写作中对理论的不同态度作一观照，似乎在他个人身上也能找到这种"理论旅行"的足迹。

赛义德用"起点"、"途径"、"条件"、"改造"来描述"理论旅行"四个阶段的形态②。我们参考赛义德的旅行"要素"将卡勒的写作方式进行了如下区分：拼装、嫁接、挪用③。其中"拼装"指源理论仍被借用到同一目标领域，而"嫁接"指源理论未加变动地被借用到另一目标领域，"挪用"则指源

---

① 参见 Edward Said, "Traveling Theory", *Raritan*, 1 (3) (Winter 1982), pp. 41 ~ 67 以及 Edward Said, "Traveling Theory Reconsidered", in *Reflections on Exile and Other Essays*, Cambridge, Mass: Harvard University Press, 2000, pp. 436 ~ 452。

② 首先，有一个起点；其次，有一段必须穿行的距离；再次，有一些接纳/抵制条件；最后，完全（或部分）地被容纳（或吸收）的观念受到某种程度的改造。参见 Said, 1982。

③ 本书中这三个概念与后现代艺术与批评中的"拼装"、"挪用"略有不同。"挪用"始自20世纪80年代，作为一种艺术创作手段被莱文（Sherrie Levine）等许多艺术家大量用于后现代艺术活动中，美国艺术理论家道格拉斯·科瑞普（Douglas Crimp）和阿比盖尔·格杜（Abigail S. Godeau）认为"挪用"已成为后现代艺术的精髓，于是将其命名为"挪用理论"。从后现代的眼光看来，一切现象上的整体都是拼贴起来的，作为整体的部分在本质上都是碎片，这些碎片都是可以被挪用的。"挪用"就是把别人那里的东西，本是别人整体之中一部分的东西挪过来为我所用。"拼贴"是一种后现代原创性的创作，着重在对碎片的选取，"挪用"则强调从别人作品中去巧取豪夺。别人作品的一个部分被取过来之后，离开了原来的整体，进入了新的整体，必然会产生形态和意义的变化。从形态上说，在原来的整体中，形成了一种被观看的形态，与以前整体的其他部分在一起，在对照比较中形成了一种定式形态；当进入一个新的整体，进入一种新的观看形态后，又与新整体的其他部分形成一种新关系，在新的结构中呈现另一种形态。从意义上说，在旧整体里，部分因整体而具有一种意义，脱离旧整体进入新整体，新整体就给予了新的意义。但这套理论针对的是特定历史阶段的艺术现象，它仅以"后现代"艺术为研究对象。可参见张法：《走向全球化时代的文艺理论》，合肥，安徽教育出版社，2005年版。

理论被借用到另一目标领域，但经过重大的框架修改。这三种方式并不像它们的"后现代"术语那样关注整体与部分之间的关联，而仅是关注"理论"源领域与目标领域之间的联系。此外，这三种方式还存在从简单到复杂的递进关系。

2.3.1 拼装方式

卡勒的"结构主义诗学"即是一种"拼装"的结果。卡勒自己也承认："在《结构主义诗学》中，我聚焦于法国结构主义的作品，特别是罗兰·巴特、热奈特、托多洛夫。但在同时也吸收了俄国形式主义者的研究结果，特别是雅各布森、什克洛夫斯基以及列宁格勒诗词语言学社（Opojaz）、鲍里斯·埃亨鲍姆（Boris Eichenbaum）、尤里·蒂尼亚诺夫（Youri Tynianov）"①。而在《论解构》一书的《前言》中，卡勒更是清楚声明："《结构主义诗学》着手全面审查了众多批评与理论论述，将最有价值的建议与成就挑选出来，将它们介绍给那些对欧洲大陆批评了无兴趣的英美读者"②。"结构主义诗学"背后明显有着巴特、热奈特、托多洛夫、利法特尔的影子。③ 卡勒"结构主义诗学"以这些法国结构主义与形式主义为"起点"，经过他的诠释到达美国后，迎合了美国批评界对"新批评"的厌倦，也成为理解"解构主义"的先导。但在同时，法国"结构主义"中固有的"决定论"、"去主体"、激进"政治"这些社会政治因素都被卡勒过滤掉，"改造"成了一种温和的文学批评模式。

而在另一方面，卡勒还在写作中进行另一类型的"拼装"，他总是试图将众多已发表的论文圈在一本著作中，并在此种论文集前提出某种理论性框架，试图让众多时期写就的论文统一于某个主题。如《符号的追寻》中的"符号学阅读"的构建、《符号构形》中的"符号构造机制"、《理论中的文学性》中的"文学性"。如此做法本身无可厚非（不管卡勒的论述本身被读者接受的效果如何），但其事后顺便构建某种"理论"或提出某种宏大"思路"的做法，总会让读者心生"难以自圆其说"之感。更为重要的是：卡勒并不会就

---

① Culler, Lth, 2007, p. 6.
② Culler, OD, 1982, p. 7.
③ 详见本章第 2 节。

自己新出炉的"理论"进一步阐述，最多只是在内容衔接上花些工夫。① 因而，卡勒按此种拼装方式而集成的论文集，虽然被赋予了统一的主题，却会反过来影响作者对他其他重要观念的注意。在削足适履的同时，埋没了更多重要的思想。这正如哈芬（Geoffrey Galt Harpham）在评论卡勒的《符号构形》中所说："本书由众多已完成的论文组成，多数是应邀之作或应景之作，虽然卡勒想让它们自成一体，但它们实在无法凑成一部经典。其结果是：《符号构形》在风格上与组织条理上都呈现多极性。在其中，卡勒将自己多元化，变身为历史学家、解构主义者、文化研究学者、为先前伟大批评家歌功颂德者、关注边缘现象的急先锋、'叙事危机'的揭露者。卡勒还作为多元主义的样板，挺身而出，提出反对宗教的立场。作为一个风向标，《符号构形》透射出文学理论批评所处的不能辨认自我、无中心任务、无主导方法、无立场的状态"②。

2.3.2　嫁接方式

"嫁接"是卡勒对"解构主义"解读出的一条重要文本原则。在《论解构》中，卡勒认为解构并非如在美国那样被视为一种"意义的自由游戏"，更确切地说，它是一种"嫁接"。意义由嫁接过程而产生，言语行为（speech acts）是一种嫁接物。他提出解构主义的嫁接方式有以下六种：捆绑式（binding，将两种话语并置在一起）、添加式（adding）、让渡式（transferring）、增补式（supplementing）、旧词新用式（paleonymics）、联接式（linking）。③ 在卡勒的介绍中，以上种种嫁接方式只限于文本内部。因为后结构主义不同于结构主义的方面在于：结构主义试图将自身定位于文化实践之外以描述其规则与

---

① 而与之不同的是，詹姆逊则多将其某篇论文中的核心思想进一步扩充，还会在同一主题继续耕耘。最为有名的当如《政治无意识》《后现代主义或晚期资本主义文化逻辑》[90 年代以后，除《后现代主义或晚期资本主义文化逻辑》外，詹姆逊还接连发表了数部有关晚期资本主义文化逻辑方面的著作，如《可见的签名》（1990）、《晚期马克思主义》（1990）、《地域政治美学》（1992）、《时间的种子》（1994）、《理论的意识形态》（1998）、《文化转向》（1998）、《布莱希特与方法》（2000）、《单一的现代性》（2003）等]。

② Geoffrey G. Harpham, "The Future and Literary Theory," Review-essay of Jonathan Culler, Framing the Sign, Oklahoma University Press, 1988, Ellen Rooney, Seductive Reasoning, Cornell University Press, 1989, and Ralph Cohen, ed., The Future of Literary Theory, Routledge, 1989, *Modern Philology*, 89.1, 1991, pp. 8~24.

③ Culler, OD, 1982, pp. 134~142.

标准；而后结构主义则显示，在不同的领域，结构主义的分析陷于其所分析的过程和机制之中，它的标志性特征是使语言与元语言的区分分崩离析①。

遵照以上原则，卡勒不仅将"嫁接"运用于文学文本，还推而广之，将它应用于其他各种不同类型的文本之中。虽然他关于《呼语》在抒情诗中的形式与意义、《镜与灯》中阿布拉姆斯对柯特律治使用植物隐喻的评价、叙事中的"故事"（系列事件）与"话语"（事件的陈述）的区分、隐喻与借喻之间关系的摇摆与逆转这些研究中仍遵循着卡勒在《论解构》中所指明的"嫁接"范式②，但他对"法律中解构"与"文学研究中解构"之间关联的考察、对"旅游中寻找真实性"这个主题的分析、对"临时用品、耐耗品及垃圾"这个符号范畴的解读③已经是在利用解构主义分析非文学性文体了。④卡勒有关解构、文化研究的一些主要论文，基本都是将解构主义巧妙地"嫁接"到各种类型的文本之上。⑤

这种"嫁接"思想最终升华为"理论"这个概念。卡勒认为，改变批评的主要事件就是始自20世纪60年代的各种各样的理论视角和话语的影响。其带来的必然结果是文学研究的领域扩大到众多之前远离文学的对象。虽然美国的批评之前也从马克思主义和精神分析那里借用过理论，但它们都是一种还原论，忽视了文学语言的复杂性，仅仅将其视为一种征兆。而在20世纪60年代后期、70年代早期发挥影响的欧洲哲学与精神分析思想则有所不同。它们自身进行了长足的思考，并为文学意指的复杂性分析提供了更加丰富的概念框架。它们不是将文学还原为某种非文学，这些来自人类学、心理分析、史学等不同领域的理论思想在非文学现象中发掘其中固有的"文学性"。虽然自弗莱起的许多批评家就公开抨击借用来自其它学科的理论框架与范畴，但其结果并非如他们所担心的那样，批评为语言学、哲学、精神分析所取代。而是最终形成了某种松散的、混杂的跨学科性⑥。由此"嫁接"方式以"理论"的"跨学科性"这个概念在卡勒的著述中常态化，成为"理论"自身的一个重要

---

① Culler, FSi, 1988, pp. 139~140.
② 参见 Culler, PS, 1981, pp. 135~209。
③ 参见 Culler, FSi, 1988, pp. 139~184。
④ 这点卡勒自己也加以确认（同上：xvi）。
⑤ 主要参见 Culler, PS, 1981 以及 Culler, FSi, 1988。
⑥ Culler, FSi, 1988, pp. 15~40.

特征。

2.3.3　挪用方式

"挪用"方式在这里区别于前述的"拼装"方式与"嫁接"方式，它仅指源理论经过重大框架修改被借用到另一目标领域。就卡勒而言，他不同于詹姆逊在《语言的牢笼》中对"共时/历时"的挪用、以及在《政治无意识》中对但丁四重意义的挪用①，他在《理论中的文学性》中"挪用"了雅各布森的"文学性"概念②。

罗曼·雅各布森 1921 年提出了这样的问题："文学科学的对象并非文学，而是'文学性'，即：使一部既定作品成为文学作品的特性"③。形式主义者埃亨鲍姆将之功能化："文学科学的宗旨，应当是研究文学作品特有的、区别于其它任何作品的特征"④。那么找出文学作品足以在散文和诗歌方面同时具有普遍意义的特征，就成为确定"文学性"的关键。在此方面的努力一如什克洛夫斯基所强调"区别于（日常的）散文体语言"以及穆卡罗夫斯基强调的诗的语言的"前景性"。

但卡勒的"文学性（literary）"显然很大不同于雅各布森的"文学性（literariness）"。其差别在于：虽然它们都不限于文学领域（雅各布森曾讨论过"I like Ike"这句竞选口号中的"文学性"），卡勒的"文学性"是在"理论"之中，意在"与文学相关"，可被视为一种非本质主义的"文学性"；而雅各布森的"文学性"则寄寓"文本"之中，志在"文学之本质"，是典型的本质主义"文学性"。显然，经过解构主义洗礼的卡勒当然观察到：对于俄国形式主义与法国结构主义者来说，文学中的"文学性"是分析的目标所在。是什么让话语具有文学性？它们是如何运作的？它们的形式主义倾向自然而然地指向建立"诗学"这个系统工程。但正如德曼所

---

① 详细可参见陈永国：《文化的政治阐释学：后现代语境中的詹姆逊》，北京：中国社会科学出版社，2000 年版，第 197～200 页。

② 在 1988 年《符号构形》中，卡勒就采用了"literariness"来表达他在 2000 年与 2007 年强调的"literary"这样的类似观点，可参见 Culler, FSi, 1988, p. 15。在此，鉴于其他众多学者（如赛义德、英加登、格林布拉特）也都谈及"文学性"问题，本书不就此引申展开。

③ 参见 Roman Jakobson, *Questions de poetique* (*Problems of Poetics*), Paris, du Seuil, 1974.

④ Boris Eikhenbaum, "The Theory of the Formal Method" (1926), In Lee T. Lemon and Marion J. Reis, Eds. *Russian Formalist Criticism*: *Four Essays*, Lincoln, Nebraska: University of Nebraska Press, 1965.

指出那样，这个工程不是没有困难的。德曼在《抵抗理论》及《符号学与修辞学》中指出：试图对文学意义所依附的规则及规约进行归纳，只会混淆文本的修辞维度。而后者需要的是解释，而不是语法化模式的解码。这种将不确定的修辞结构转译为类似语法的规则及规约的做法，实际上是对阅读的抵制。由此，卡勒进而指出：理论中，文学的淡出是时至最近才出现的现象。而面对理论的抵制①，则使我们反问自己：众多形形色色的理论话语所作出的解释，是将其聚焦落在不同议题上呢，还是对文学及话语实践的一些中心问题作出了新的解释？② 鉴于我们不可避免地处于理论之中并面对理论的抵制，卡勒建议发掘理论中的文学成分，并通过理论中的一些作品来加深我们对一系列文学理论概念的理解。

2.3.4 小结

总而言之，卡勒的写作与论述方式阶段式地从"拼装"方式发展到"挪用"方式。这种"理论旅行"不仅体现了卡勒学术思想的日臻成熟，也从侧面表明了文学理论界对来自其他领域的源理论日益严重的依赖。随着文学理论和其他学科理论方法的相互渗透，它在一定程度上也透射出文学理论在学科自足性上的某种潜在危机，现今理论界要回应挑战显然已感力不从心。

2.4 态度：非政治化

卡勒学术思想历程除了以上所述特征外，另一个典型特征是他的非政治化。虽然非政治化是美国众多文学理论家的立场，但卡勒的法国结构主义背景、对解构主义的诠释、以及身为文化研究的践行者这几重背景还是让卡勒的沉默引起不少人的注意。而卡勒自己对文学政治化的表态在《符号构形》中较为系统，也较为清晰③。在这本书中，卡勒将"'批评政治化'视为当

---

① 他声明：不论我们倡导还是抵制理论，我们无可改变地处于理论之中。除了德曼这种对结构主义理论的抵制，还有卡纳普及迈克尔斯对控制解释实践的那些理论话语的抵制、寻求从理论转向信仰的斯坦利·费什式的对理论的抵制、以及因为不可能掌握无穷无尽理论而产生的绝大多数抵制。但正如德曼所指出，理论本身即是对理论的抵制。

② Culler, LTh, 2007, pp. 10～42.

③ 在《论解构》中仅略有提及。参见 Culler, OD, 1982, pp. 156～179；pp. 172～175；pp. 238～241。但卡勒的主导意见仍是：解构主义的政治影响在一段时间内未能为我们所知。

代文学研究中的主导趋势。他多次提到如何让文学批评负责任地参与政治话语，而在同时不会为了政治实用主义的立场而牺牲其创新精巧性"①。但在同时，卡勒也认为：政治批评可以采取多种形式，它取决于个人对其所欲介入的文化和机制情形的分析；关于这种或那种理论模式的终极政治影响的争论可以继续，但它并非是为了确立一种政治批评，而应去探究该模式本身②。

对于批评的功能，卡勒认为，正如葛兰西（Gramsci）所说，在资本主义国家的知识分子成为"合法化专家"。如此，理论的批评可被视为这种合法化批判的另一个场所。但在这个场所，这些理论批评对社会与政治机制仅造成最小程度的直接威胁。无论这些批评的政治潜力如何（当时这仍十分不清楚），它们实现的可能都似乎来源于文学中某种力量的置换（transposition of a certain power of literature）。……因而批评的研究成为这样一种实践：它生产出关于话语知识的问题、它对解释自身进行反思、它追寻着曾被视为与先锋文学有关的思潮。作为一种反思活动，为了创新，它必须质问先前话语的预设条件，对这些预设条件进行"陌生化"分析。卡勒强调：正是由于机制性压力、各系所活动、以及专业学科体制下的个人的研究活动，批评承担了"陌生化"和"批判"这个角色③。

而对于批评的形式，卡勒在回应伊格尔顿的批评时指出④，转向历史有以下三种形式：首先，认为批评与理论应对其所在社会的历史境况负责，并试图进行改变；其次，声称文学作品应被当做历史事实的产品而研究；最后，认为批评应考虑其自身的历史性质，将其视为社会的产品、文化的一部分。在卡勒看来，伊格尔顿对前两种方式的表述都含糊不清，而对最后一种方式则缺乏一

---

① Julia Saville, "Review on Framing the Sign", *MLN*, 104 (5), 1989, pp. 1183~1186.

② Culler, FSi, 1988, pp. 69~70.

③ Culler, FSi, 1988, pp. 39~40.

④ 伊格尔顿曾批评卡勒的"规约"、"运作"是为文学而文学，忽视了它们是特定时代的意识形态产品。可参见 Terry Eagleton, *Literary Theory: An Introduction*, Blackwell Publishers, 1983, pp. 107~108。其他类似对卡勒的批评可参见 Frederic Jameson（詹姆逊）, *The Ideologies of Theory*, Minneapolis: University of Minnesota Press, 1988, pp. 57~71; Amitava Kumar（库马）, ed. *Poetics/Politics: Radical Aesthetics for the Classroom*, New York: St. Martin's Press, 1999, pp. 6~7。

个成熟的模式。①

而对批评的对象，卡勒也自有不同的看法。他先以福柯为例说明：那种认为福柯为我们确立了一种历史解释模式的想法是有些奇怪的，因为福柯所感兴趣的并不是解释文本，而是提供方法。卡勒首先引用赛义德的评价："德里达的批评引领我们进入文本"而"福柯则带领我们走进去，然后走出来"。福柯首先因为把话语的调查当做一种历史的事业而受到称赞。但卡勒认为他所提倡的只是：将文学批评当做"知识的历史中对文学研究进行定位"这样一项任务。而福柯被称赞的另一个原因则是因为他引导我们走出文本，走进某种其他东西。这里"某种其他东西"并不是指历史或现实，而是"历史形态（histories）"。其中他最具原创性、最有影响力的是他对自己所声称的"压制假设"的批判：什么也逃不出权力的掌控。虽然这使文学与批评政治化（就其与权力相关而言），但提出了这样一个问题：文学批评是如何成为解放的系统化力量的？因为，在卡勒看来，这种批评并未揭示出那种终极的政治与机制力量。正如拉奇曼（Rajchman）所言："福柯提出了一种新伦理。它并非一种越界的伦理，而是一种不断摆脱的伦理，它远离经验的构成形式，使自身免于创造新的生活形式。"福柯的自相矛盾之处在于，它在澄清规训力量的同时，也立即激起这样的自由感：权力无所不在。面对话语的角色与影响这个问题，伊格尔顿选择逃避，而福柯则引导我们注意其历史运作与机制，并以对压制假设的批判，提供了某种解毒剂。但其危险首先在于其可靠性，其次在于其阻止了对话语政治性进一步的探究。②

然后，卡勒建议：宗教的批评似乎在目前（指当时）是一种特别合适的任务。文学的教学和批评使宗教话语合法化，强化了其政治权力而非鼓励对宗

---

① 具体而言，从第一点看，卡勒借伊格尔顿对其他思想流派的分析，指出马克思主义批评亦未能避免同样的指责。它不仅将所有批评理论置于相同境地，而且提出更为严肃的问题：理论的政治影响是否是一切的起点或试金石。而伊格尔顿在此方面的表述也有点含糊不清。而第二点则被伊格尔顿称为"远离现实"，但令人惊讶的是，伊格尔顿几乎没有为我们提供证据表明如何来支撑（countenance）历史。这种近似背景解释的含糊不清的提法，其问题也与背景解释一样多。至于第三点，伊格尔顿试图表明批评理论源自历史这个事实，理论话语被当做对"现代历史梦魇"的反映，或当做真正历史困境的想象解决方案。但卡勒认为，他缺乏一个成熟的历史批评模式，并在很大部分接受了当前主要几个批评流派（新批评、读者反应理论、结构主义、后结构主义）的观点。Culler, FSi, 1988, pp. 58～82.

② Culler, FSi, 1988, pp. 62～68.

教及宗教独裁主义的批判。事实上，当代的文学批评中各种意见纷呈，马克思主义、拉康主义、解构主义、女性主义，但几乎没有人严肃地攻击宗教。文学研究与宗教的共谋有多种形式。燕卜逊主要反击了艾略特和弗莱将传统与基督教等同起来的做法，以及新批评将诗歌语言与宗教话语相联系的假设。① 但对宗教的批评是比较文学研究最值得骄傲的遗产。当务之急是要保存当代理论中那种批评的、去神话的力量。"打倒牧师"不可能是当前文学研究的口号，我们的任务是要分析文学批评与宗教话语及意识形态的关系，将其作为一种实践的、政治的手段来挑战潜在的、压制性的宗教话语的权威，并确保我们不再鼓励人们去尊重它。但是，可以看到：美国大学更有可能吸引、容忍马克思主义，而不是激进的无神论。讨论制度化的保守影响并未触及这类事宜，但比起那些已被讨论的内容来，这类事宜更直接地与政治相关。②

最后，卡勒还尝试着对现代文化现象进行了分析。在对现代旅游的研究中，卡勒指出：旅游体系与世界跨国资本主义体系相连。现代旅游将文化简化为符号，崇尚这些符号的独特性：它是否与世界资本主义体系相同，掩盖了在崇尚意指与差异中所隐藏的经济剥削与同质化？旅游对文化差异的推崇是否在使各种文化成为珍藏品同时，隐藏了世界经济体系将其毁灭的事实？但正如詹姆逊在《后现代主义：或晚期资本主义的文化逻辑》中所说，当这种文化实践在某种程度上掩盖了经济现实，它也揭示了这种体制的某方面、突显了其机制、表明了符号是在国际的意指体系中生产出来的。而在对垃圾理论的分析中，卡勒指出：关于垃圾理论的价值体系构成了一个主要符号结构，在这种结构中，许多社会力量参与其中。由于临时用品、耐耗品及垃圾这种符号范畴明显与类别相关，甚至可以大胆地将它与三个阶层直接联系起来，即将其拥有物分别视为临时用品、耐耗品及垃圾的三个阶层。（明显的，如果有同等数量的金钱，将拥有物视为临时用品的阶层会每隔三年买一辆新沃尔沃，而不是像那

---

① 卡勒认为：在燕卜逊作品中被认为古怪的部分事实上让我们对文学批评与其机制的影响有了一种可贵的视角。他试图反对的正是对基督教未作反思的接受，而正是这种攻击被视为其著作中的古怪与乏味之处。这是因为关于宗教的玩笑被视为是品位低下的、甚至是毫无意义的，似乎这种特别的信仰与社会实践不应在被嘲笑之列。大家都坚信，宗教应予尊重。显然，这种状态并非仅是文学批评家造成的，但很难相信这种尊重宗教的传统与美国教育所给予宗教教条的优待没有联系。我们对宗教采取一种批评态度并非是要拒绝承认基督教是许多伟大作品的灵感的源泉，而是要求我们反思批评与宗教话语的关系在当下的后果。

② Culler, FSi, 1988, pp. 69~82.

些将拥有物视为耐耗品的阶层那样，把相应的款项投入到维修当中。）另外，这种特别的范畴体系亦可被用来很好地解释日常生活的各个方面，如房屋：按工人阶级的临时用品体系，老式的平顶房成为垃圾，需由新的来代替；而在耐耗品体系看来，它是需要修复的物品。在这两种不相容的价值体系中存在着尖锐的对立，社会与政治体系将会决定某一个方向，并强化获胜方的观点与权威。①

从卡勒对批评的功能、形式与对象的观点不难判断：即使在其"文化研究"阶段，卡勒对批评"政治化"仍是持某种中立态度。对"批评的政治潜力如何"的怀疑、对伊格尔顿历史批评模式的负面评价、对福柯式研究"方法"与"histories"几种形态的考察都可以察觉出卡勒在当时的"拭目以待"的态度。虽然在其对"现代旅游"与"垃圾"的文化批评实践中，他曾试图采取某种西方马克思主义批评立场，但这仅是卡勒著述中空前绝后的少数几次大胆"军事演习"。无论在此之前，还是在此之后，虽然卡勒"并不认为文学批评能够或应该非意识形态化（因为这须取决于我们假定什么是最有意思或最重要）"②，但卡勒始终与政治保持着距离，而将所有论述落在"智性"这个安全岛上。在《结构主义诗学》中，卡勒舍弃詹姆逊在结构主义介绍中提及的"上层结构、或意识形态的研究"、斯科尔斯在介绍中提及的"结构主义想象"，仅以"文学能力"或"诗学"为结构主义批评的旨归，从而使得结构主义对于美国传统批评而言"在意识形态上是安全的"③；而在《符号的追寻》与《论解构》中，他都将解构主义视为一种新的阅读方式，他一改诺里斯对解构主义的政治意义的重视④，将解构主义的核心归结为"文本中的逻辑"，并进而宣称："正如德里达在分析《学院的冲突》时所言，因为解构主义从来不仅仅关心所指内容，而更关注话语的条件与假设、探索的框架，所以它涉及到制约我们实践、能力、行为的制度性结构。因而，解构分析具有潜在的激进制度性影响（如对文学与哲学、意识与潜意识、男性与女性、阅读与误读这些对立的解构），但这些影响常常过于遥远且无法估量，并不能替代那

---

① Culler, FSi, 1988, pp. 168～182.

② Jonathan Culler, "Knowing or Creating? A Response to Barbara Olson", *Narrative*, 14（3）, 2006a, pp. 347～348.

③ Frank Lentricchia, *After the New Criticism*, Chicago: The Univeristy of Chicago Press, 1980, p. 104.

④ 参见 Norris Christopher, *Deconstruction: Theory and Practice*, New York: Methuen &Co. Ltd, 1982。

些直接的批判性、政治性行动，解构仅与它们间接地相联系"①；而在《文学理论：简介》与最近一本书集《理论中的文学性》中，面对政治化日益明显、且纷繁芜杂的马克思主义理论、女性主义理论、后殖民理论等种种理论思潮，对理论中的"文学性"的寻求成为其最新的目标。虽然政治化与美学化之间的关系仍是仁者见仁，智者见智②，但卡勒似乎已经有了结论：总是非政治化③。

　　总的看来，卡勒倾向于将文学理论的自主性和政治性对立起来，倾向认为只有非政治化才能保证文学理论知识生产的自主性。这种看法在中国的文学与文艺学界亦普遍流行。但是詹姆逊、伊格尔顿的学术批评经历似乎表明：政治化与非政治化只是基于不同批评体系对文学分析的不同预设，更多的区别在于它们对社会干预程度的大小、干预的范畴有所不同。值得思考的是：文学理论的自主性是否应以它对社会干预的范畴大小或多少为衡量标准，而是否更应注意文学理论在其深度与广度上的挖掘？

---

① Culler, OD, 1982, pp. 142~179.

② 可参见 Kumar, 1999 在此方面精彩的总结与讨论。

③ 他把"文化研究"这一段时间称为对文学理论关注的"迷失"，参见 Culler, LTh, 2007, p. 5。

第3章

三次转型思考

正如文森特·利奇（Vincent B. Leitch）在 2005 年指出那样："理论"是其时代的一部分①。他认为：在 20 世纪前半叶"大公司＋大劳工＋大政府"的凯恩斯时代，高等教育扩展、大众传媒出现、先锋式现代主义与强权政党/核心家庭的结合，当时的"新批评"与之琴瑟相谐；而在 20 世纪后期"小政府＋去调控＋去工会化"的政府模式下，各类多元综合大学（multiversity）推广、新自由资本主义崛起、媒体扩张、众多新改良主义社会运动出现、一夫一妻制弹性化，"后结构主义"都与之心意相通；而近年来美国高等教育日益解组、全球化不断加深，其社会特征是政府解体、劳工无法保障、业务跨国流动、脆弱单亲家庭出现、媒体并购扩张、大众文化全天候传播并无所不在、全球化（英美、法语区、西班牙区、汉语区）文学出现，文化研究则与之极为匹配。理论由此反映了其时代，它在批评、忽略或拒斥时代的同时，对各种力量的角力作出回应。利奇声称：最近，当代理论中先锋主义的"流派（schools-and-movements）"范式被后冷战时期的"茎状（rhizomatous）"研究模式所代替，它同时突显了这样三种力量：（1）知识与研究迅速去学科化；（2）学科领域最大自治性这个启蒙时代的目标土崩瓦解；（3）所有研究领域"缝隙市场化"（niche marketization，亦译"利基市场化"），各种学科都为扬名立万、为资助、为合法性而展开新达尔文式的你争我斗，以图生存与将来。但"理论"从"高端理论"到"后理论"再前进到"通俗理论"，这个进程表明"理论"并非岌岌可危，而是相反，它以一种新螺旋型来应对时代与地域变化，它与物质相连、与社会相通，具有批评性、机遇性，是一个善变精灵。

---

① 参见 Vincent B. Leitch, "Theory Ends", *Profession*, 2005, pp. 122~128。

在上述框架下，本章试图论述卡勒关于文学理论的三次重大转型思考。但不同于利奇将理论分为"新批评"、"后结构主义"与"文化研究"这三阶段①，根据卡勒本人的论述焦点与所处时代，我们将卡勒的学术思想历程分为以下三次重大转型。第一次是"结构主义诗学"阶段。在此阶段，卡勒对文学批评的"本体论"问题进行思考，他建议抛弃"解释学"的阐释，提倡以结构主义"诗学"取而代之。第二次是"解构主义"阶段。在此阶段，卡勒研究了"文学研究的生存问题"。在该阶段前期，他通过对解构主义所提出的关键问题进行解析，指出解构主义并非是虚无主义，并不会导致文学研究的没落与死亡。而在此阶段后期，他把重心逐渐放在文化研究上，讨论了文学研究与文化研究之间的关系，并再次探讨了文学研究的出路问题。第三次是"后理论时代"阶段。"文学理论研究的未来"成为卡勒的关注点。"理论"之中留下什么？"理论"之后往何处去？卡勒沿此方向展开自己的试探性摸索。

以下本章各节将从比较角度出发，针对外部环境、卡勒论述的切入点、卡勒立场与他人对比、其效果与外界反应这几个方面来阐释卡勒在几次重大转型思考中的成功与失落。但在此有必要着重指出：本章将不具体描述卡勒转型思考的细枝末节（相关内容可参见第4章），更多只是指出卡勒面对纷繁芜杂的文学批评局面时所表现出的良好应对。

3.1　"结构主义诗学"的诞生

在此阶段，卡勒的理论论述完成了从"阅读理论"到"结构主义诗学"再到"符号学"这个发展过程②。借此，卡勒对文学批评的本体论进行了反思。此后，对"文本阐释"的否定与对"诗学"的执着成为卡勒学术思想的主旋律。

3.1.1　变革的时代

在20世纪70年代之前，西方文学理论的范式有几次重要的重心转移。从30年代到40年代，美国的"新批评"开始把注意力集中于文学作品的完整性

---

① 在文学批评家与研究学者中，这种阶段划分本身就存在争议。另可参见 Terry Eagleton, 2003, *After Theory*, New York：Basic Books；Culler, LTh, 2007.

② 相对应的几本著述可分别参见 Culler, FU, 1974；Culler, SP, 1975, Culler, PS, 1981。

与一体化。它反对大学中的历史主义学术氛围，将诗歌视为美学对象而非历史文本。他们认为：批评的任务是阐释单个艺术作品，其聚焦点应在文本的含混性、矛盾性、讽刺、内涵及诗歌意象的效果，它寻求揭示出诗歌形式的每一部分对总体结构的特定作用，提出著名的"意图谬误"与"感受谬误"。由此西方文论的重心就从作者转向文本本身，而在这种"文本中心论"范式下，英美新批评在很长的时间内左右着西方文学批评。

从理论的逻辑发展来看，西方文学批评经历了"作者中心论"的理论阶段，又陷入了"文本中心论"自足自律的怪圈。在这种情况下，寻求新的突破口就成了理论界的必然要求。从 60 年代开始到 70 年代，脱胎于 20 世纪初胡塞尔现象学的现象学美学以及伽达默尔的解释学开始影响文学批评。现象学的目的是取消主体与客体、意识与世界的对立，强调呈现给意识的客体的现象学事实。而解释学则认为：文本是体验理解的过程，是作者与读者达到心灵对话而消除误解的中介桥梁。文本在读者的理解中复活，作者、文本与读者是一个整体，写作与阅读透过文本而连结，阅读即创造，读者是文本的再生之父。它们反映在文学批评中，就形成了现象学传统的"日内瓦学派"［包括布莱（Georges Poulet）、希利斯·米勒（J. Hillis Miller）等①］、"读者反应理论"［包括费什（Stanley Fish）与伊瑟尔（Wolfgang Iser）②］以及解释学传统的"接受美学"［主要是姚斯（Hans Robert Jauss）③］。上述后两个学派先后将目光从"文本"转向了"读者"（法国批评家巴特受布莱影响很大，其主张与日内瓦学派颇为相似，或可视为日内瓦学派转向读者的代表）。由此开始了文学批评范式的第二次重心转移。

与之同时，在截然不同的哲学（索绪尔创立的结构主义）、社会背景下，文学批评还经历了一次从"实体"到"形式"的重心转移。20 世纪初叶的俄国形式主义强调批评家应该关注文学的"文学性"：彰显文学性的文本策略、语言自身的前景化、经验的"陌生化"。它亦将批评家的注意力从作者、作品拉到文本"技巧（devices）"，不再追问"作者说了什么"。50 年代后期，这

---

① 他们强调要描述某个作者在整个作品中显现的作者意识中的"世界"。

② 他们强调文本并非是客观、独立存在的，而是读者的经验。批评就是描述读者在文本中穿行的渐进过程。

③ 他强调作品是对"期待视野"所提出问题的回应，作品的阐释不应关注单个作者的经验，而应重视作品接受的历史、它与美学标准的关联、以及不同时代的阅读期待。

种形式化的倾向在法国结构主义中得到了继承与发扬。列维－斯特劳斯建立了结构主义人类学、拉康提出了无意识结构理论、阿尔都塞创立了结构主义马克思主义、福柯运用结构主义方法研究思想史、巴特将结构主义推广到社会学和文艺学①，结构主义已经扩展到人文科学的各个学科，到了 60 年代，它逐渐取代了存在主义（缘自现象学）成为法国哲学的主流。而大约相同时间，在加拿大，弗莱于 1957 年发表了《批评的解剖》，反复地抨击文学批评是"寄生"、是其他学科附庸的传统观念，视其为一个独立学科。他以结构主义手段对文学批评自身进行比较系统的探讨，着重研究了西方整个文学系统的结构形式（也正因如此，弗莱曾想把《批评的解剖》定名为《结构主义诗学》）。至此，形式主义、结构主义批评方法成功将文学批评从"实体"引向"形式"。

而对美国批评家来说，新批评霸权的消退与法国理论思潮的突然涌现不期而遇，时为 20 世纪 60 年代末期。这时新批评受到了强烈挑战，而哈特曼（Geoffrey Hartman）已宣布他们要与新批评方法决裂，并要"超越形式主义"；这时威姆塞特（W. K. Wimsatt）面对新思潮对诗学形式自主性优先提出质疑、并呼吁给文学批评家更大自由度，正以防卫的姿态寻求将美国批评召回到适当的方法与目标上。正如诺里斯所言："我们可以将此阶段视为一个并置阶段，其中结构主义运动正在发挥影响、而新批评根深蒂固的意识正在转换。而与之同时，这也是结构主义自身假设与方法已经开始被质疑的时刻（特别是在德里达的作品中）"②。

对于 1972 年才完成博士论文，当时刚刚回国的卡勒来说，他正处在一个变革的年代。当时，结构主义被描述成"目前挤在真理路上林林总总的乐队彩车中的一辆"③。他谙熟法国结构主义理论，但无法像诺里斯那样，站在逝去历史的高度来断言。《结构主义诗学》便是上述这个时代的产物。

3.1.2　卡勒的应对思考与建议

卡勒早在对福楼拜小说的分析中，就提出了阅读的目的并不在于解释文

---

①　从哲学角度来看，这是哲学在 20 世纪初哲学经历分析哲学与现象学革命后，为了克服自身危机，从社会（以存在主义、日常语言分析学派为代表）转向文化的一次重心转移，它代表着西方哲学向人文社会科学全面渗透的新趋势。

②　Norris, 1982, pp. 14～15.

③　Martin L. West, *Times*; *Literary Supplement*, 4 June 1976.

本，而是应理解阅读"规约"问题，并倡仪"阅读理论（Theory of Reading）"。① 正如伯恩海默（Charles Bernheimer）所指出那样："卡勒的兴趣并不在于为福楼拜小说提供一种完整解释，他也不认为这种完整性是可能的、甚或是必要的。相反，他聚焦于文本与读者之间的互动，阐释了福楼拜小说中拒斥、消解传统解释程序的种种技巧"②。

而在《结构主义诗学》中，卡勒直截了当地提出了"诗学"这个概念作为文学批评的本体，呼吁放弃对文本的"阐释"。而即使在出版《论解构》之前一年，卡勒面对自己"诗学"概念并不受人欢迎这种局面，仍进而提出了"符号学"概念，在"规约"、"解释运作"这些"诗学"对象之外增加了"意指机制的模式"，并对当时勃然兴起的解构主义进行了符号学的解读。③

以下，我们对比卡勒与詹姆逊④及斯科尔斯⑤对结构主义的介绍，来说明卡勒是如何从不同角度切入结构主义"诗学"的。

3.1.2.1　结构主义定义与地位

在结构主义定义与其地位上，卡勒与詹姆逊、斯科尔斯的看法有明显不同。在《语言的牢笼》中，詹姆逊受库恩（T. S. Kuhn）的影响较大，将结构主义视为一种思想的范式（model）⑥。因而它遵循任何范式的可预测的规律，即在其伊始，新的概念释放出新的能量，新感知、新发现、新问题不断涌现，由此产生大量新的作品与研究。在此时期，它较为稳定；在其衰落期，范式开始自我调整，以适应其研究对象，这时它更具理论性，较少实践性，开始反思自己的预设条件；在最后，范式为新的范式所替换。按照他的判断，语言学模式正被许多人视为是有机范式的替代。⑦ 结构主义可被视为哲学上的形式主义，是现代哲学普遍远离实体内容、远离各种能指的教条主义这种思潮的极端。而在结构主义殿堂中，因为弗洛伊德与马克思的立场遵循了黑格尔后系统

---

① 参见 Culler, FU, 1974。

② Charles Bernheimer, "Review: La Ironie des Idées re? ues", *NOVEL: A Forum on Fiction*, Vol. 9, No. 2 , Winter 1976, pp. 189~192.

③ 参见 Culler, PS, 1981。

④ Federic Jameson, *The Prison-House of Language*, Princeton University Press, 1972.

⑤ Robert Scholes, *Structuralism in Literature: An Introduction*, New Haven and London: Yale University Press, 1974.

⑥ 詹姆逊并未使用"paradigm"这个词。

⑦ Jameson, 1972, pp. v－xi.

西方哲学的目标，也被按结构主义思路予以重新解释，它们都可被视为新方法（历史唯物主义与心理分析阐释）或新内容（辨证唯物主义与利比多理论）。结构主义试图同化这两种方法，它或者忽略这两种体系中的具体内容，或对其进行寓言式解释①。因而，在詹姆逊看来，结构主义是一种元语言。它实际成为一种不同于利科、伽达默尔的解释学，通过揭示先前代码及模式的在场、通过重新强调分析家自身的地位，它向历史变迁重新打开文本及分析过程。②

而斯科尔斯认为：由于19世纪下半叶、20世纪上半叶知识零碎化成孤立的学科，专业化程度之高似乎难以将它们综合起来。而结构主义正是对考德威尔（Caudwell）呼唤一种"自成体系的理论"的回应，它将现代科学糅合在一起，并使这个世界再次适于人类居住。对我们大多数人来说，马克思辨证法有太多的任意性、对历史的太多信仰、有关人与自然的知识的匮乏。而作为社会学家，马克思一如弗洛伊德，让我们对人类行为的了解大大加深。马克思主义是一种意识形态，而结构主义当时仅是一种具有意识形态影响的方法论。马克思主义在认识论问题上与结构主义共享某些观念，特别是在人类主体、其自身的感知与语言体系、以及客观世界之间的关系上。对考德威尔来说，思想与物质都具有"真实性"；与之极其相似的是，皮亚杰（Jean Piaget）认为现代物理与数学之间有着"惊讶的"、"稳定的"一致性；而从人类学角度，列维 - 斯特劳斯也认为思维的法则与物理现实及社会现实中的表现相同。由此看来，马克思主义与结构主义都可被视为对"现代主义者"异化与绝望的一种反动。他们共享一个"科学"的世界观，认为世界是真实的，并能为人类所知。他们都是一体化、整体性地看待世界（包括人类）的方法。广义上说，结构主义并非是在个体、而是在个体之间的关系中寻找现实性。由此，在哲学上，维特根斯坦坚持"世界是事实（指事件状态）而非事物的总体"；在现代语言学上，乔姆斯基的结论是所有人类共享某种内在倾向，以某种方式来组织他们的可能语言；在语义学上，理查兹摆脱原子论，发展出语言联系观，认为事物是法则的实例；在认识论上，按照苏姗·朗格（Susanne Langer）的总结，康德—卡西尔传统就是承认象征性在事物与事件形成中的作用；在心理学上，完形学派心理学家强调了在人类精神活动过程中整体对部分的优先性。而科勒

---

① Jameson, 1972, pp. 195～205.

② ibid, pp. 206～216.

（Wolfgang Kohler）则宣扬 20 世纪的自然科学有必要进行整体性思维；在人类学上，列维－斯特劳斯宣称所有人类精神活动过程是由统一法则所制约的，它在人类象征功能中得以明显显现；在文学批评上，俄国形式主义及其后的结构主义者试图发现制约语言在文学上运用的统一原则，产生了诸如弗莱的"词语的秩序（order of words）"、纪廉（Claudio Guillen）的"文学系统"。①

卡勒则认为结构主义早已有之，如皮亚杰的《结构主义》即是在列维－斯特劳斯之前践行结构主义。但为什么巴黎一派能让结构主义面目一新、如此激动人心呢？卡勒认为其关键在于它有所不同。结构主义在这里主要指一个有限群体的法国理论家和实践者的论述。这场特别的思潮是围绕几个主要人物展开的，其中在文学方面是罗兰·巴特。按照巴特的定义，"结构主义"是以源自现代语言学的方法来分析文化产品的一种模式（《科学与文学》第 897 页）。这种观点既在列维－斯特劳斯那里找到证明，也在其反对者那里得以确认。正如保罗·利科所言：若欲攻击结构主义，必先探讨其语言学基础②。

由三者论述不难看出：詹姆逊及斯科尔斯眼中的结构主义是起源于语言学的某种哲学派别，甚或是一种新的范式，它或是意图将马克思主义招安（詹姆逊的看法）、或是与马克思主义并驾齐驱（斯科尔斯的观点），由此，它面向的是整个现代科学。而卡勒则一如其后来远离哲学与宏观，将结构主义从哲学、范式这种高高云端掀下，遵循巴特的建议，以其实用主义的眼光，从微观着手，仅仅视结构主义为一种文学批评模式，进而将其限定为"法国理论家与实践者的论述"［在以下来自卡勒的引文中，此种"结构主义"的含义保持不变，而对詹姆逊与斯科尔斯意义上的"结构主义"，卡勒多用"语言学"（linguistics）取而代之］。因而，对詹姆逊与斯科尔斯而言，"结构主义"是一种元语言，而结构主义文学批评仅是它在文学领域的一种应用③；而卡勒则不然，"结构主义"诗学与"语言学模式"诗学是截然不同的东西，他提倡的是前者（即《结构主义诗学》第二部分）。因而雅各布森、格雷马斯、写《流行体系》的巴特、托多洛夫都属于"语言学模式"诗学范畴，亦即为卡勒所拒

---

① Scholes, 1974, pp. 1~7.

② Culler, SP, 1975, pp. 3~26.

③ 这种态度在他们各自的标题中亦显而易见。詹姆逊分别把形式主义文学批评与结构主义文学批评称为"formalist projection"与"structuralist projection"，而斯科尔斯的书名则是"Structualism in Literature"。

斥的诗学（即《结构主义诗学》第一部分)①。由此，詹姆逊与斯科尔斯的结构主义批评只相当于卡勒的"语言学模式"诗学。这是我们在分析卡勒眼中"诗学"概念时应加以特别注意的。

3.1.2.2 结构主义批评立场、范围与个人态度

詹姆逊认为结构主义批评与形式主义批评的立场截然不同，应予以区分。他借雅各布森的"文学性"概念说明：形式主义批评与索绪尔的语言学相同，首先分离出内在的"文学事实"，再将其研究对象与其他学科脱离。与美国新批评相同的是：它们都是对实证主义的反动，都攻击那种将文学视为哲学意义承载者的观念，抨击那种历时的、发生学式的文学研究方法。与其不同的是：它强烈反对那种将文学分离为单一技巧或单一心理冲动的倾向，它具有某种集体性，前进的步伐较为一致。② 结构主义与形式主义一样，都来源于对"语言"与"言语"的基本区分。但形式主义最终关注点是：将文学系统作为一个整体（语言），对如何理解个人作品（或言语）进行考察。而结构主义者则将个人方面融入于"语言"中，视为其组成的一部分，并将自身任务定位于描述整个符号系统的框架③。詹姆逊从能指、所指、意指这三个层面对结构主义批评进行了归类。他将列维－斯特劳斯的二元对立神话学分析方法、拉康式弗洛伊德理论、格雷马斯、巴特、布雷蒙德（Claude Bremond）、托多洛夫、福柯、德里达、泰卡尔团体都包括在内。

对于语言学模式是否适用于文学分析，詹姆逊的意见是：虽然语言学模式并非与哲学玄思毫不关联，但若认为语言学分析方法可普遍适用，则颇有疑问。比如，将语言学模式应用到文学似乎是再恰当不过了，但诸如斯皮策（Spitzer）、奥尔巴赫（Auerbach）等文体学家的研究表明：这样做事实上只是隐喻的运用。而在同时，格雷马斯的结构语义学的研究对象变成了"意义的效果"，它所描述的最终只是一种智性结构，与内容截然无关④。由此，詹姆逊认为，对语言学模式的套用应从深层次进行考察。其决定权最终应落在我们今天所处的现代国家社会生活的具体本质上。但在语言学模式与今天系统化、

---

① 具体分别详见以下 3.1.2.2 节。
② Jameson, 1972, pp. 43～98.
③ ibid, pp. 101.
④ ibid, pp. v－xi.

无实体的文化梦魇之间，确实存在着很大程度上的一致。①

对于形式主义批评与结构主义批评的关系，斯科尔斯认为，埃亨鲍姆（Boris Eikhenbaum）对体裁问题的相关思考融入了历时性，代表了形式主义的成熟，并直接走向了结构主义。而在雅各布森1935年的演讲中，这种成熟更为明显［雅各布森提出的"主流（dominant）"概念成为形式主义诗学的核心］②。因而，在斯科尔斯看来，结构主义批评是形式主义批评的高级阶段，结构主义批评摆脱了形式主义批评的静态与孤立，融入了整体性和历史发展观。基于以上认识，他将文学研究分为两个领域。一是布莱（Georges Poulet）阐述的主体间性批评。它属于利科所谓的"解释学"，它对作品的把握并非通过一系列的智性运作进行，而是作为一种古老却又完全更新的信息被接受、被"复原"。而结构主义批评则基于布莱所谴责的客观性，因为结构并非由创造性或批评性意识所感悟到的。由此，阐释学批评家处理的是"活着的"文学，而结构主义批评家则研究遥远时间与空间中的文学（以此观之，结构主义与阐释学并非对立关系，而是一种互补关系）。这样，结构主义寻求建立文学自身的系统模式，并欲为文学研究打下一个尽可能科学的基础。但这并不意味在文学研究中从此没有个人及主体的地位，结构主义批评的立场应是：为了让文学研究更富有成效，我们需建立作为研究基础的智性构架。由此，我们可以将所有个人作品、整个文学体裁、以及文学全体视为联系的系统，并进而将文学视为整个人类文化这个更大系统中的一个系统。③ 斯科尔斯认为这样的结构主义批评包括：雅各布森（交往理论/投射理论）、利法特尔（"超级读者"/讽刺问题）、若莱（Andre Jolles）与苏利奥（Etienne Souriau）、普洛普、列维-斯特劳斯、什科洛夫斯基（Victor Shklovsky）及埃亨鲍姆、格雷马斯、布雷蒙德、托多洛夫、巴特、弗莱、纪廉、以及斯科尔斯自己。

在回答语言学模式是否可能运用于文学分析时，斯科尔斯介绍了现代语言学对文学研究最有影响的一些概念［如语言/言语、符号的任意性/线性、共时/历时、组合/聚合（雅各布森的隐喻与换喻）］，也着重描述了从语言学向诗学转向的重要努力④。然后提到赫希（E. D. Hirsch）的主张：诗学理论不会

---

① Jameson, 1972, pp. x – xi.
② Scholes, 1974, pp. 74 ~ 91.
③ ibid, pp. 7 ~ 12.
④ ibid, pp. 13 ~ 22.

产生对所有诗歌解释都行之有效的某种方法。斯科尔斯认为：雅各布森、列维－斯特劳斯、利法特尔的情形似乎证实了赫希的想法。那么结构主义能在诗学文本的分析上提供何种帮助呢？斯科尔斯认为：可能会有很大帮助，但只会是间接的。在阅读诗歌的准备过程中，结构主义会有很大的启示作用。适当地沿用结构主义，会帮助我们对诗学话语及其与其他话语之间的关系有透彻的了解，能优化我们的术语、提升我们对语言学过程的意识。因为它的目标是描述诗学的全部可能性，它能为我们提供最适当的框架，以兹了解实际诗学文本。它还有助于我们了解诗学过程的交际功能。但结构主义不会为我们阅读诗歌，这仍需依靠我们自己。①

　　卡勒则未提到形式主义批评与结构主义批评之分，他在后来亦承认："将俄国形式主义与法国结构主义混在一起，似乎有点奇怪"②。但他的解释是："我将它们视为参与同一项事业。事实是：法国结构主义虽文学研究成果颇丰，他们没有对文学体系提出有效、适用的分析（仅有例外是：热奈特叙事学的分析以及巴特零星的、自毁长城式的研究）。如果想对文学技巧与手段有所了解的话，在什科洛夫斯基的论述、或雅各布森的建议中更容易找到"③。对于结构主义批评与其他文学研究模式的立场有何不同，卡勒一言以蔽之，那就是：诗学。其他文学研究模式（无论是文学史与传记批评、新批评、解释学批评、现象学批评）显然都被归为"阐释"一派。卡勒解释道，以语言学方法研究文化产品的两个基本依据在于：首先它们不仅仅是物质的产品或事件，而且也是带有意义的产品或事件，因而是某种符号；其次它们并非本质性的，而是由内部的、外部的关系网络所确定的。以上两个方面（它们将符号学与结构主义④区分开来）密不可分。因而结构主义基于以下认识：若人类的行动或产品具有意义，那么必然会存在着让此种意义成为可能的潜在区分与规约系统。正如列维－斯特劳斯所说，个人的特定行动本身并不具有象征意义，它们只是由其构成的象征体系的一部分，它是集体性的［《马塞尔·莫斯（Marcel Mauss）全集》（引言）第16页］。当我们把研究目光从物质现象转向

---

① Scholes, 1974, pp. 22~40.

② Culler, LTh, 2007, p. 6.

③ ibid, p. 6.

④ 注意：本段这里及以下所提及的"结构主义"是卡勒所定义的"结构主义"，与詹姆逊及斯科尔斯的"结构主义"并不相同。

带有意义的物品与事件时，将它们在象征体系内相互区分开来并获得意义的那些特征，即体系的结构，就成为我们的研究目标。因而研究言语潜在规则体系的语言学模式让分析者注意到其所研究对象的规约性。① 由此，卡勒的结构主义批评则包括了巴特、列维-斯特劳斯、雅各布森、格雷马斯、热奈特、托多洛夫、德勒兹、海斯（Stephen Heath）、福柯、普洛普、什科洛夫斯基、维谢洛夫斯基（Veselovsky）、克里斯蒂娃、德里达等等。

在卡勒看来，语言学影响法国批评的方法明显有三类。首先，它提供了一种"科学"学科的范例，它说明：系统性与严谨性并不一定来自因果联系。语言学模式因而证明了可以抛弃文学史与传记式批评。其次，语言学提供了众多概念，可供文学作品分析折衷地、比喻性地使用。最后，它为符号学研究提供了总体启示，它表明了应该如何研究符号的体系。正是在最后一方面，它被视为是结构主义本体的特征。但在这个大的模式下，对语言学模式有不同的解释方式，将其应用到文学分析也有不同方式。第一种思路是：是应该直接还是间接地应用？第二种思路是：是否有一种"发现程序"能产生正确的结构性描述，或是否它仅为符号研究提供一种大体框架（为其指定了对象的本质、假设的地位及评价的模式）？将其组合起来，就有四种不同立场。第一种认为语言学提供了一种发现程序，且应直接应用到文学语言，并将启发出诗学结构。雅各布森即属此类，其缺点是不应假设语言描述能揭示出文学效果，而应从文学效果着手，然后在语言结构中寻求原因。格雷马斯则属第二种类型，他假设语义学能够解释所有意义，包括文学意义。但语言学并不能为语义效果的发现提供一种算法。从他的理论研究成果得出的最终结论是：虽然文本的最终语义结构可以由语言学术语来指定，但文学意义不能由一种自下（小型单位）而上（较大单位）的方法来解释。文学所产生效果涉及到一些复杂的读者期待与语义运作。而就间接应用语言模式而言，第三种立场假设语言学提供了可供应用的发现程序，可类似运用到符号研究中。巴特的《服装模式》就依赖这种模式，而托多洛夫所欲建立的叙事学语法亦属此类。但在这种假设前提下，语言学的任何原则或范畴都可用做文学中的发现程序，由此如何评价其有效性将成为问题。第四种类型则并不使用语言学作为一种分析方法，而视其为符号学研究的一般模式。它提示我们如何着手来构建一种诗学，它与文学的关

① Culler, SP, 1975, pp. 3~26.

系一如语言学同语言的关系。这是对语言学模式最为适当、有效的利用，它的特别好处在于：它借鉴了语言学所寻求的方法上的清晰性，而拒斥了语言学词汇的借用。语言学的作用在于：它强调必须建立一种模式以解释句子序列是如何对有经验的读者产生形式与意义；它强调要从分离各组语言事实（它们有待解释）着手；它还强调必须以对效果的描述力为准绳，对假设进行检验。①

由以上简述可见，詹姆逊将形式主义批评与结构主义批评绝对区分开来，他的依据是研究对象的不同，即是整体文学系统（语言）还是个人作品（言语）。而斯科尔斯的区分则关心研究方法的客观性。虽然他区分了形式主义批评与结构主义批评，但更倾向于将形式化的研究方法都归于结构主义门下，连弗莱和他自己也都被包括在内。而卡勒则对形式主义批评与结构主义批评未作区分，显然他更关注它们的研究对象是否都是"潜在的规约体系"，这才是他的主旨所在。在个人态度上，虽然三者都认为语言学模式运用到文学研究自有其可能性，但都有着一定程度的保留。詹姆逊认为这种语言学模式的套用应慎重，"其决定权最终应落在我们今天所处的所谓现代国家社会生活的具体本质上"。为此他着重从共时和历时的角度分析了结构主义批评与社会、历史维度之间的各种关联。而斯科尔斯认为语言学模式的套用虽给诗学研究颇多启发，但只能采取间接的方式，不能指望语言学模式解决一切诗学解释问题，更多地介绍了结构主义批评中对叙事学的系统研究，认为结构主义批评会对克服语言学的缺点有所帮助。而卡勒则更多强调了要间接地套用语言学的一般模式，区分了语言学模式的"诗学"和结构主义"诗学"。雅各布森、格雷马斯、写《流行体系》的巴特、托多洛夫都成为抛弃的对象，而"文学能力"、"规约"、"自然化"成为他所提倡的"结构主义诗学"目标。

3.1.2.3 结构主义批评的独特性与局限性

詹姆逊首先从社会与历史的角度审视了索绪尔的语言学模式。他认为索绪尔的独创性在于：他考虑到话语的具体结构，将它视为一种"话语回路（circuit of discourse）"，视为在两个说话者之间的关系。他并非按照常识那样将"语言"与"言语"的关系内置于个人或个人意识之中，而巧妙地将说话者的"言语"与听话者的"语言"分隔开来。因而，"言语"是话语的活跃部分，而"语言"则是话语的消极部分。与涂尔干对个人的、个体的与客观的、社

---

① Culler, SP, 1975, pp. 255~259.

会的区分相比，索绪尔所作的"言语"与"语言"的区分与之类似，只是涂尔干为集体表征设定了某种集体意识（相对于个体表征与个体意识），而在索绪尔的模式中，因为他把对象聚集于"话语回路"，因而得以避免此种实体论假设。在文学的应用中，不同于萨特在《什么是文学》中将个体与其外的团体、社会的关系内置于作者自身，由此构成一种相对个体化的、康德式的模式，雅各布森与波格提勒夫（Bogatyrev）对民间传说的分析则沿袭了索绪尔式的模式。在此，民间小说的关键部分不在于其"言语"部分——即其个性化的产生与始源，而在于其"语言"部分——即其如何被听众所接受、保存并流传。按雅各布森的术语，民间传说中的个性化部分是一种冗余特征，而其匿名性部分则是区分性特征。① 詹姆逊并非要对语言学模式进行社会学的考察，或对其追根溯源，而是在介绍其运动进程的同时，对其基本方法进行批判，揭示在形式主义与结构主义被视为其智性总体性的"绝对预设（absolute presuppositions）"，而这些"绝对预设"既不可被全盘接受，亦不可被完全拒绝。他特意区分了共时思维与历时思维，着重分析了共时思维的视角与畸变，其中心点在于澄清索绪尔语言学的共时方法与历史、时间自身之间的可能关系。而它们间的自相矛盾在文学研究领域中一览无遗：一种共时的方法如何能有力揭示出时间维度上的变化与事件？②因而结构主义作为一种元语言仅能意识到：它自身是一种不能产生自我意识的理论。因为一种模式的理论，若不解除自身存在的前提基础，就无法认识自身的模式。元语言概念的不断回归（对象语言的元语言仍会产生其元语言）的这种奇特结构是结构主义的风格特征，而其远离自我（即意识）则是其本体论特征。它使得共时分析与历史意识分离、语言与历史分离、结构与自我意识分离。③

　　斯科尔斯认为：按照语言学模式，我们可以将所有个人作品、整个文学体裁、以及文学全体视为联系的系统，并进而将文学视为整个人类文化这个更大系统中的一个系统。但危险在于：首先，这在并不存在系统的地方假设了系统的完整性；其次，为了系统地研究作品，它将文学作品视为一个"封闭"、"完成"的对象；此外，它还有形式主义化的危险，它缺乏对文学作品中"意

---

① Jameson, 1972, pp. 3~39.

② ibid, pp. v－xi.

③ ibid, pp. 206~216.

义"或"内容"的考量（形式主义方式拒绝承认在文学作品之外还存在一个文化世界、在文学系统之外还存在一个文化系统）。但结构主义并非按形式主义方式将自己与世界分隔开来，它在几个不同的研究层面直接处理了这个问题。结构主义特别探索了文学系统与文化整体系统之间的关系（如"文学性"与"非文学性"），认为系统内所有成分是相互关联的，因而可从任何一个大样本中互相推断出来。至于个人文本，当结构主义对其中任何文本特性的语义方面予以考虑时，这就再次涉及到世界。但由于语言学对语义在语言学研究中的地位语焉不详，文学批评对此处理时的不确定性也是自然而然的，这仍是结构主义批评的弱点之一。[①] 但斯科尔斯对结构主义充满期冀，他认为结构主义并非一种方法论，而是具有自身的意识形态，正是这种意识形态为当今（指当时）所必须。而我们的时代，正在从存在主义走向结构主义。[②]

卡勒则提到保罗·利科所指出的语言学分析四个方面的局限性：封闭的语料库、成分清单的罗列、各种成分处于对立关系、各种对立关系的组合。由此利科认为语言学分析只能产生分类学。但正如特鲁别茨柯伊（Trubetzkoy）曾提到那样，利科没有注意到：语言学需确定在语言中哪种相似性和差异性是功能性的，因而是正确的。它不能像对动物分类那样，选择大小、骨架、栖息地相似之处分类就可以。此外它还需通过语言能力的检验。卡勒补充道：结构语言学亦非截然地反对现象学，并非仅仅关注现象之间的关系而不关心现象与主体的关系。但它也不像现象学那样，达成情感的理解。结构主义解释并不将行动置于因果链中，也不从主体意向世界中寻找来源。它将客体或行动与规约体系（它产生意义并区分于其他意义现象）相关联。对列维－斯特劳斯来说，"语音学革命"最重要的教导是"从意识现象的研究"转到"无意识的结构"（《结构人类学》第40页）。结构主义者从语言学中获得的一个主要原则就是：需要假定某种在无意识层面运作的区分与规则，以便解释社会与文化客体的事实。正是以上原则拒斥了"主体"的概念。从笛卡尔的"我思故我在"到列维－斯特劳斯的"人的消解"到福柯的"知识的折摺"到海德格尔的"语言在说话"到梅洛·庞蒂的"名词与动词的间隙"，随着主体的消失及语言地位的提升，结构主义分析抛弃了外部原因的找寻，拒绝将思考的主体视为解释之

---

① Scholes, 1974, pp. 7～12.

② ibid, pp. 190～200.

源。弗莱也宣称："诗歌只能来自于其他诗歌。"诗歌仅仅在与其他诗歌的关联中、在阅读的规约中才能创造出来。但这并不意味着结构主义可以抛却单个的主体。总而言之，语言学并不能提供一种发现程序让我们自动遵从以获取结果。通过对符号的研究，它试图构建让客观物体及事件产生意义的规约，由此它需要在各种成分之间找到适当的关联、联系以及制约它们可能组合的规则。①

总而言之，历史、主体、外在世界、决定论是结构主义备受责难的几个要素。詹姆逊的指责更多是站在历史、外在世界（社会）的角度对语言学模式的共时思维的局限进行了批判。对于结构主义中主体的消失，他在此书中虽着墨不多，但亦是持某种批评态度②。而斯科尔斯则关心结构主义如何处理外在世界的问题。对主体问题，他这样认为：解释，不管多么主观，必须以作品外的事物来证明自身，因而解释学对意义的"复原"不过是批评家对其进行探索这个过程的描述罢了；相反，结构主义则寻求建立文学自身的系统模式，它欲为文学研究确立一个尽可能科学的基础（但这并不意味着在文学研究中没有个人及主体的地位）③。显然，他对结构主义更多的是较多的期待。而卡勒则旗帜鲜明地提出要"拒绝将思考的主体成为解释之源"，呼吁将研究的对象从"言语"（个人作品）转向"语言"（听众所接受、保存并流传部分）。由此文学界的任务就不是去阐释单个作品的意义，正如语言学家的任务不是去研究单个句子然后告知我们其意义那样，而应是将作品视为文学体系的显现，以阐明这种体系的规约是如何让作品产生意义。而在另一方面，若将语言与单个作品或一组作品类比，那对作品的分析就不再是达到目的的一种手段，而是目的本身了。卡勒认为：文学研究不是去生产关于《李尔王》的另一种解释，而是推进对一种话语模式、某种机制运作与规约的理解。

3.1.2.4 德里达与解构

在詹姆逊看来，德里达自身处于西方传统之中，不可避免地被西方语言及

---

① Culler, SP, 1975, pp. 26～31.

② 这种态度亦潜在见于《政治无意识》。他在开篇写道："本书力图说明文学文本的政治解释的优先性。它并非将政治视角当做一种补充的方法，也并非是当今其他解释方法（如心理分析、神话批评、文体学、伦理学、结构主义）的替代品，而是视其为所有阅读、所有解释绝对的起点"。参见 Frederic Jameson, *The Political Unconscious*, New York: Cornell University Press, 1981, p. 17.

③ Scholes, 1974, pp. 7～12.

其机制所包围，他在批判形而上学的在场时所使用的术语和词语正来自其批判对象本身。因为德里达采用了"延异"这个概念来试图打开单词之内的特别空间。而"延异"在语言中采取的形式被德里达称为"踪迹"①。认为符号必然是一种踪迹就是承认任何符号可聚焦于其物质性，或其概念性，符号既是又不是物质，它自有其某种必然的外在性。由此，德里达的体系成为麦克卢汉主义全部的对立面。

而对口语假象的批判必然表明：所有语言的本质结构是书写（ecriture）或首要书写（arch-script or archi-ecriture，或译为"第一书写"、"原书写"）。这就意味着：一方面，在文本与意义之间总是存在差距，评注与解释产生于文本本身实体上的缺位；而同时，它也意味着文本没有最终的意义，解释的过程是完全无止尽的（所指一次次展开被不断转化为新的能指或意指系统）。

关于"书写"的概念可以被认为为马克思主义留下了一片空间，但此种方法本质上是寓言式的②。总体来说，德里达与泰卡尔团体、拉康一起，其所产生的力量若最终不是革命性的，至少在资产阶级传统内是极具批判性的。但在同时，应看到：这个体系最终是自我矛盾的。德里达在批判任何绝对能指的同时，也创造了一个新的绝对能指，即书写本身。但这并不意味着德里达的系统完全不能与马克思主义调和，他的思想与阿尔都塞的"实践状态（toujours-deja-donne）"再次切合。德里达的最终结论是：结构主义本身就是一个在场

---

① 它认为所有的语言都是一种踪迹，它强调了意指的自相矛盾之处：为了清楚地了解它，它必须是业已发生的；它总是一个过去的事件，即使是刚刚过去。此种结论会导出以下结论：符号总是因某种原因而不纯粹。

② 虽然这并不表明这种方法是错误的，但是若因为某种联想过程（如卢梭的"增补"、柏拉图的"药"）而为此方法进行辩护的话，这却是一个错误。可以认为，在这些关键词中，本身在能指与所指之间就包含着一种基本的差异，符号的结构是寓言式的，因为它不停地从一个层面的所指运动到另一层面，而由此它被无限地放逐。在此意义上，泰卡尔团体并非是借用、而是完善了德里达的重要概念。各种对价值分析的类似内容，如马克思主义对金钱和商品的分析、弗洛伊德对利比多的分析、尼采对伦理的分析、德里达对词语的分析，这些绝对标准起源的范式遵循着马克思描述的四个阶段：简单的、发达的、综合的、绝对的。而这个过程的基本运作就是将其进化过程本身隐藏、遮蔽起来（正是对此运作的揭示才是政治性的、革命性的）。这种内在于德里达、显现于泰卡尔团体的政治伦理由此标榜自己与"隐蔽始源的实体化过程"进行斗争。而此种伦理在詹姆逊看来，只不过是庸俗的马克思主义，因为它并未如他在《马克思主义与形式》中所言，将思想重新根植于阶级斗争的具体情景中，而这种伦理只是把矛头指向一个超越的能指或绝对在场。它对文本产出的压制源于对无限回归、对意义从能指移向所指无限接力的担心。

的神话①。

对结构主义的批判能让我们看到时间维度在符号的静态概念中的毁灭性力量。它似乎是结构主义对历史的重新挖掘，在詹姆逊看来，"延异"实际上是对最小的差异事件的命名，它试图找出时间在此最小的种子内的秘密。② 而这个过程中最具代表性的是福柯。他试图勾勒出语言中的历史模式，从文艺复兴（世界成为上帝的文本）到经典时期（语法与逻辑等同）再到现代（历史的或发生学的语言学）。詹姆逊认为：该方法的问题不在于所描述时期的内容，而在于从一个时期转到另一个时期。这样，问题开始浮现出来，"身份"与"差异"这种教条除了锁定差异外不能做任何事情。我们不得不面临的是一种极端的变异理论，从某种内部一致的共时时期突然地、毫无意义地变换到另一个时期。语言作为一个超验性所指所能做的只是将历史理解为某种特别形式的话语。而面对一连串形式，纵然历史本身将其简单理解为资本主义从商业到后工业阶段的经济周期，语言只能望洋兴叹。③

斯科尔斯将德里达仅作为法国结构主义批评的一员一笔带过，没有作任何评论。而卡勒则认为：如果一个作品有多重意义，那并非因为它自身包含这些意义，而是读者遵照不同的、适当的程序处理意义的生产。而泰卡尔团体那些反对文学体系及文学能力的论述中，本身就预设了以上观点。为了表明这一点，并说明超越结构主义之不易，卡勒详细介绍了他们的理论论述。在此基础上，他认为德里达对结构主义的超越，在一方面不难看出此种方法的吸引力：它试图注重解释活动或理论阐释活动本身，而不是关注所获得的任何结果。书写形式并不仅仅向我们指出意义，它也打开了一个空间，让我们将它们与其他相关"踪迹（trace）"相联系。但在另一方面，它自身亦面临着某种困境：文

① Jameson, 1972, pp. 168~186.

② 这种挖掘是与对我们习以为常的时间概念进行重大重组相一致的。索绪尔式"身份"与"差异"的游戏其最终形式是对时间的一种崭新、深刻的历史意识，在时间本身中的在场与缺场，在习以为常的静止中产生时间。但应指出的是：时间性在结构主义术语中显现仅仅是因为它是潜在于符号本身的时间性，而非物体的时间性，而非生存与历史并存的时间性。对于阿尔都塞，历史观的问题本质上是模式的问题，而非现实的问题，历时之于他，成为一系列虚构的或假定的变化模式。而格雷马斯也提醒我们说：即使以历时的事件作为对象，理解本质上是一个共时的过程。而在列维－斯特劳斯的著作中，历史的出现是极为偶然的，实际的变化是与物体相连，而非与人类活动相关，因而历史成为事物的历史。

③ ibid, pp. 186~194.

化现象的分析总是会在某种语境中产生，在任何时刻，某一文化中意义的生产会受规约的制约。

卡勒认为：泰卡尔对索绪尔字谜理论的挪用就很好地说明了问题。在对字谜的分析中，索绪尔认为意图问题是关键，而克里斯蒂娃等则强调文本的物质性。她们将文本视为一个空间，其中单词以某种偶然的方法排列，可以对它们进行分组以找出各类潜在的分组模式。虽然这是一种可能的解释策略，但明显的是："意识形态"限制、阻止我们进行这样的阅读。进而言之，字谜若能产生意义，它就需依赖现有的解释策略来处理它所发现的任何内容。事实上，正是因为克里斯蒂娃的理论声明文本有不受限制的自由，才更有必要应用某些相关性原则。而试图让阅读过程不受任何文化理论的限制则需要引入其他更为强大的规则。任何事物都可与其他事物有联系，但只有一些联系是有潜在主题内容的，其关键在于：是什么制约了主题的选择与展开。克里斯蒂娃应该不否认以上这点，但她会声明中心从来不是固定的，总是建构的，总随着理论所追随的目的自由解构。但这种观点有其缺陷。首先，不论一个学科的过去与未来如何，任何特定的分析会在特定的阶段产生，带有其自身的前提与结果。下一阶段这些前提可能会被否认，但这并不影响对它的评价。其次，意义创建中的自由似乎是黄粱一梦。没有限制性规则就没有所谓的意义。事实上，德里达自己从不匆匆忙忙地提出什么正面见解，他极其明了上述那种逃避意义的不现实之处。他要求的是"想象着这样做"或"尽可能抵抗"（《书写与差异》第 46 页）。而事实上，将我们从自身所沉迷的意识形态、意义的规约中解脱出来，这毫无可能，因为我们既生于斯，又对其无可回避。不论泰卡尔团体想确保何种自由，这种自由将不得不基于规约之上，并由一套解释程序组成。他们所提议的不过是一种符号能力的改变，而非一种超越，只是引入了一些具有创造性的新阅读程序而已。如果说结构主义不能免除意识形态，有自己的基础，这一点无关紧要。因为对结构主义、特别是结构主义诗学的那些批判也不能做到这一点：这些批判立场对意识形态所采取的回避策略并不能证明它们自身立场的合法性。相反，我们应该声称：诗歌所拥有的系列意义取决于它明显没有众多其他意义。而意义若想在将来有所改变，也必须现在就依赖规约来生产意义。我们不是要置身于意识形态之外，而是要坚定地守护着它，因为我们所要分析的规约及理解它的种种概念都身陷其中。① 有鉴于此，即使在《符号的追寻》中，对于正在勃然兴起的解构，卡勒的态度仍是：仅仅关心解构式阅读对符号学的影响，不去关注哲学争论，也不去了解言语和书写的关系，仅仅关注文本中的某些困境是如何与符号学切合、以及他们会对符号学产生何种影响②。

从詹姆逊与卡勒的评论中，不难知道詹姆逊关注的是结构主义寓言式的方法论、伦理立场上的虚伪性以及体系上的自我矛盾。他认为批判结构主义的突破点应从其软肋——历时维度——出发。而卡勒则仅关注德里达理论对阅读过程的影响，认为其攻击对象是阅读中运作的规约。他们虽然都注意到德里达的理论拥有与结构主义截然不同的立场，但两者对解构主义的理解都过于个人化，未能抓住德里达的要旨所在。③ 卡勒在 2007 年的一次面访时坦陈："我在 1968 年夏读到德里达作品，当时读的是《论书写》，他所论及的是语言学与文学研究的关系。他对索绪尔作品的批判让我大开眼界，我在《结构主义诗学》中简略讨论了他及其他人的作品，但我当时理解得不是很好。还好没犯什么离谱的错误。"④ 应该注意到：虽然解构与德里达在当时对卡勒而言，远远没有后来那样重要，但在此阶段的后期，卡勒面对当代批评理论的风云变幻，表现出一定的矛盾心态。他在《符号的追寻》中提到："这些论文所揭示的是：解构主义并未像某些'后结构主义者'所言，'拒斥'结构主义与符号学"⑤。在这里，他仍试图坚持高举"诗学"大旗，但正如他自己所承认那样，德里达的论述击碎了他对理性的信仰⑥。由此他陷入了一种中庸状态，调和了新批评、结构主义与解构主义的立场，以图将各种对立的理论视角统一起来。这样，在《符号的追寻》中出现了对意指过程要"掌握"、"构建"、"控制"，但在同时，他也声称存在一种"扰乱"、"增补"、"置换"，并甚而承认"综合之不可能"。可以认为：卡勒在这里仍是鼓励读者将解构主义视为对结构主义的反应，而结构主义本身则是对新批评的拒绝。

---

① Culler, SP, 1975, pp. 241~254.

② Culler, PS, 1981, pp. vii–xi.

③ 可参见以下本章第 2 节。

④ Culler and Sawyer, 2007.

⑤ Culler, PS, 1981, p. x.

⑥ Jonathan Culler, "Structuralism and Grammatology", *Boundary* 2, 8 (1), 1979a, pp. 75~85.

3.1.3 小结

对卡勒《结构主义诗学》评价颇具代表性、可能也是卡勒最为念念不忘的应该是米勒的评价了①。米勒在 1976 年夏的《佐治亚评论》上将批评家分为二类："机警的"与"神秘的"（canny / uncanny）。"机警的批评家"基于语言科学知识的长足进展，对文学研究理性化前景充满幻想；而"神秘的批评家"则质问此种设想，并由此"陷入了一种'两难境地'或'僵局'"。在其作品中，读者会有"如临深渊、釜底抽薪"之感，这种思绪为我们所熟悉却不能让我们的思路明确聚焦。"机警的批评家"的作品产生一种"皆大欢喜的实证主义"，而"神秘的批评家"则带来"如临深渊般的难受"。米勒就此将卡勒置于"机警的批评家"之列，对他的"轻快的常识（brisk common sense）"、不断重现的"文学能力"概念、"规约"的习得提出质问，并质疑卡勒此种希冀："所有正常思维的人都在抒情诗或小说的意义上取得一致意见，或无论如何共享某种可供交流的'统一话语'"②。

在《结构主义诗学》中伦屈夏如此评价卡勒："结构主义批评家的论述对那些受传统人文主义教育的学者来说，乍看起来引人入胜，接触起来却是很难，而且显得作用不大。但卡勒的论述是对他们最为全面的、也是最容易理解的阐释。"③ 他同时也指出卡勒在此种阐释进程中，让结构主义严重变形。伊格尔顿则认为卡勒似乎相信：考察文学话语如何运作是其目的本身，无须任何理由说明。但事实上，所有此类规约与运作者是特定历史的意识形态产物。在某种显而易见的中性批评方法之中，会隐含着全部的社会意识形态。④ 他以"规约"的制定与"文学能力"的确定为例说明了其中潜在的意识形态。

而《符号的追寻》则被扎拉扎德（Mas'd Zavarzadeh）视为卡勒"不同寻常的解释与综合能力的又一次展现。它再次证明卡勒是一个优秀的理论家，

---

① 对《福楼拜：不确定性的运用》反应不多，多数集中于卡勒对福楼拜小说中的技巧（描述、叙述、人物、主题这四个方面）的阐述及其与法国结构主义学派的牵连，如 Benjamin F. Bart, "Review on 'Flaubert, The Uses of Uncertainty' by Jonathan Culler", *The Modern Language Journal*, 59（7）, 1975, pp. 403~405；Bernheimer 1976；David Bellos, "Review on *Flaubert: The Uses of Uncertainty*", *The Modern Language Review*, 72（1）, 1977, pp. 197~198。参见 Culler, OD, 1982, pp. 22~27。

② J. Hillis Miller, "Stevens' Rock and Criticism as Cure（I & II）", *The Georgia Review*, 30, 1976b, pp. 330~348.

③ Lentricchia, 1980, p. 104.

④ Eagleton, 1983, p. 108.

能与各种理论及流派对话，但并非一位有创意的理论家。在其身上有着根深蒂固的保守主义，他借此调和了各种激进的新思想"①。

不管以上学者的评价在多大程度上是正确的，但可以肯定的是：它从各个侧面说明了结构主义20世纪70年代中期在英美批评界所处的地位。结构主义批评在当时蒙上了神秘的面纱，它的代名词是"时髦"、"杂乱"、"激进"、"文化决定论"、"文本结构决定论"。这对于崇尚实用主义、个人主义、解释的美国批评界来说，无疑是背道而驰。卡勒的著述让美国批评界对结构主义批评的"时髦"、"杂乱"、"激进"看法有所改变，且卡勒以"读者的阅读"对"文化决定论"、"文本结构决定论"进行了一定的消解。因而，可以理解的是：卡勒的《结构主义诗学》被视为是当时对结构主义理论最深入、最富有思考性、也是最好的总体介绍。它转译、综合了托多洛夫、巴特、格雷马斯、热奈特、布雷蒙德及俄国形式主义理论，是对詹姆逊及斯科尔斯结构主义介绍的有力补充。它亦是对法国结构主义文学理论的一次深度阐释，极具批评性和创造性。最终，结构主义经由卡勒的思考，虽然他未能改变文学研究以"阐释"为中心的本体论，但结构主义理论在美国站稳了脚跟，它成为理解解构主义的基础，也成为解构主义的最好靶标。但正如诺里斯在为结构主义盖棺定论时所写道："当然，结构主义理论从来没有产生新批评方法那样几近半宗教性质的影响"②。美国批评界的态度亦很明显：即使类似的"诗学"思想在欧洲大陆很受欢迎，它也从来不愿接受那种去"主体"、去"阐释"的"被动"的"诗学"。事实上，卡勒1976年在《当代批评的前景》对后来几十年文学批评似乎提出了某种适当的（却并不为多数人所注意的）警告："解释的原则是美国批评中几乎毫无争议的假设，以至于它会将最强大、最智性的反叛都包容其中、予以调和"③。

而在分析卡勒的论述被美国接受的原因时，伦屈夏则列出以下几个方面："在卡勒解释之前，结构主义从来不被认为会对文学学科有所影响，而在此被全面转换为一种具有全局意义的文学方法论。……卡勒的著作实际上就单独主

---

① Mas'ud Zavarzadeh, "Review on *The Pursuit of Signs*", *The Journal of Aesthetics and Art Criticism*, 40 (3), 1982, pp. 329~333.

② Norris, 1982, p. 15.

③ Jonathan Culler, "Beyond Interpretation: The Prospects of Contemporary Criticism", *Comparative Literature*, 28 (3), 1976, p. 253.

导了并构成了我们对结构主义的了解，这不是因为他的作品明显比他人更为准确，而是因为他对结构主义的调和是基于容易识别、并为美国传统批评家所看重的智性原则之上。……他以某种软化其影响的方式介绍了一些批评性的、多有争议的概念。首先，通过将乔姆斯基的'能力'与'表现'与之相提并论，他让我们更容易地把握索绪尔的核心区分'语言'与'言语'；其次，对于敏感的'主体'问题，卡勒并非如巴特那样宣称作者的死亡，而是把布莱等支持的自由的笛卡尔式'我思'以及存在主义现象学中的主体不动声色地转移到读者所不能控制的一系列规则上来，大陆结构主义者的那种让人不痛快的决定论就在某种程度上被折射，但却未被否认；再次，卡勒注意到了结构主义的一个主要矛盾之处，文化被定位成多样的、异质的，而神话和叙事结构的语法却是统一的，卡勒的分析沿着统一的西方文化这样一种假设推进；最后，卡勒通过宣称语言学并未为文学作品的解释提供一种方法，这就等于告知英语国家的批评家们：结构主义的主体概念框架可被完全忽略不计。由此，结构主义两条重要原则——（1）自我是文化体系形成的主体间性构建，个人对此没有控制权；（2）文本是某一无形的空间，其形状由结构模式的阅读铸成——在卡勒的著述中就有些含糊不清。"①

但我们还应注意到：无论是其"诗学"目标，还是其对结构主义语言学的立场，卡勒的阐释总是会被误解。罗索对《结构主义诗学》的评价就很好地证明了这一点。他说："结构主义有许多拥趸，但对其介绍的人却不多。结构主义如何发展、如何研究出复杂的策略来探索诸如亲属、时装、医疗实践、诗歌这些人类活动领域，很少有人作出解释。现在我们可以在卡勒的《结构主义诗学》中找到结构主义文学部分的详细、透彻的研究。卡勒并非把目标瞄准其整个历史背景、或评估结构主义的总体成就，这事实上会为时过早。与之相反，他分析了几个主要人物（巴特、列维－斯特劳斯、格雷马斯、雅各布森、德里达）的本质与缺陷。卡勒对这场运动持同情态度，但是并未有所顾虑，有时对它进行了猛烈批评。"②

多数学者持上述相同的态度，以至于卡勒在 1982 年自己在《论解构：结

---

① Lentriccia, 1980, pp. 104～107.

② John Paul Russo, "A Review on *Structuralist Poetics*: *Structuralism*, *Linguistics*, *and the Study of Literature*", *Modern Philology*, 76（4）, May 1979, pp. 444～448.

构主义之后的理论与批评》中也委屈地承认："《结构主义诗学》着手全面审查了众多批评与理论论述，将最有价值的建议与成就挑选出来，将它们介绍给那些对欧洲大陆批评了无兴趣的英美观众"①。

总而言之，卡勒的著述是要建立"诗学"这样一个理性的目标，它将文学描述为某种体制而非一系列散乱的作品。在这样做的同时，他受到了当代语言学与经典结构主义论述的深刻影响。但是，非理性化的德里达对批评界日益增强的压力，以及解构主义的日益推广的实践，迫使卡勒为自己的诗学辩护。他不仅要反对传统的人文主义批评家（主要是新批评），还要面对后人文主义的反对的声音。

3.2　走近解构主义

德里达应是除巴特、索绪尔之外，对卡勒影响最大的人。在 1982 年《论解构》和 1988 年《符号构形》中，"嫁接"和"文本逻辑"这种卡勒式解构思想成为理解卡勒此段时间著述的关键词②。而卡勒的文化研究亦受到了克里斯蒂娃的"生成文本（geno-text）"③ 概念的很大影响，她推动着卡勒从静态的"诗学"观发展到动态的"诗学"观④。在从解构主义前进到文化研究这个过程中，文学研究的生存问题（解构主义是否会威胁或代替文学研究）成为卡勒的关注点。

3.2.1　解体的时代

在 1966 年霍普金斯大学召开的结构主义讨论会及 1970 年出版的会议论文集《批评语言与人文科学》中，德里达把旨在将结构主义介绍到美国的大会，导向对结构主义"结构"概念的批判，由此"后结构主义"或"解构"⑤ 就

---

①　Culler, OD, 1982, p. 7.

②　从《论解构》中的"嫁接（graft）"与"文本逻辑"到《符号构形》中的"理论"与"文化机制（culture mechanism）"，这其中的继承与发展清晰可辨。

③　事实上最先区分 geno 与 pheno 的应是苏姆扬（Shaumyan）。但他将前者定义为"语言中共性的（universal）"，而后者定义为"语言中特有的（language specific）"。可参见他 70 年代前后发表的论著，如 Sebastian K. Shaumyan, *Structural Linguistics*, Moscow: Nauka, 1965。

④　这从卡勒书名的变迁：从《符号的追寻》（*Pursuit of Signs*）到《符号构形》（*Framing Signs*）就可略见一斑。

⑤　本书从宽泛意义上使用这对术语，并不特意区分"后结构主义"与"解构主义"。

拉开了序幕。它可被简单定义为对构成西方思想大厦的等级对立的批判：要解构某种对立，即是表明该对立并非自然、必然的，而是某种建构，产生于其所依赖的话语。也即表明它是解构作品之中的建构，寻求对作品的拆解和重新刻写。亦即是说，解构并非要毁灭作品，而是赋予它不同结构与运作。按芭芭拉·约翰逊（Barbara Johnson）的话来说，解构是"在文本意指中互相斗争力量的角力"①。解构从语言的"施为"与"表述"维度，考察了各种意指模式之间的张力②。

而与之同时，受 1968 年法国左翼学潮而引发的对"结构不上街"的反思，加上其他种种反西方形而上学的因素，让法国迈进了后结构主义时代，这些学者意识到：描述一个完整、一致的意指体系是不可能的，因为体系本身就一直在改变。后结构主义由此转向追求体系的不稳定性及不确定性。可以认为：后结构主义并非要揭露结构主义的不妥之处或错误，更多地是要从对文化现象智性的寻求中抽身，转而强调对知识、总体性、主体的批判。

而在此时的美国批评界，处于统治地位的先锋派仍是乔治·布莱以及与他相关联的较小规模的日内瓦学派。而稍远一些的则与意识批评、哲学分析（海德格尔的《存在与时间》、萨特的《存在与虚无》、梅洛 - 庞蒂的《知觉现象学》）相连（虽然此时欧洲大陆对现象学与存在主义的批评已如火如荼地展开）。当时几种因素对美国的批评界影响巨大：首先是弗莱和克里格（Murray Krieger）的著述；其次是因斯蒂文斯（Wallace Stevens）作品而引发的对审美小说的关注；再次是新康德主义的影响；最后是现象学对"我思"的重视。③ 直到 20 世纪早期某个时候，美国批评界才从现象学的沉睡中苏醒过来，发现德里达已占据了美国的批评界。而一瞬间，那些曾经是各种现象学的主将，如德曼、米勒、哈特曼、赛义德、里德尔（Joseph Riddel），一跃而进入解构主义阵营。同时《双重批评家》（*Diacritics*）、《字形》（*Glyph*）与《佐治亚评论》（*Georgia Review*）这三家杂志成为批评家关注的焦点。

解构主义理论与批评的奠基性论述源自德里达的著述，他于 1967 年接连

① 参见 Barbara Johnson, *The Critical Difference*: *Essays in the Contemporary Rhetoric of Reading*, Baltimore: Johns Hopkins University Press, 1980, p. 5。

② 可参见第 4 章"施为性"一节。

③ 可参见 Lentricchia, 1980 以及 Christopher Norris, *Deconstruction and the Interests of Theory*, London: Pinter Publishers, 1988。

发表《声音与现象》、《书写与差异》、《论文字学》三部著作。而让美国批评界印象最为深刻的德里达观点来自几本译述：1973 年所译的《言语与现象》、1976 年末译出的《论文字学》、1978 年译出的《书写与差异》以及《延异》、《白色神话》、《结构、符号与游戏》等几个短篇。而在美国的耶鲁大学，以德曼、米勒、哈特曼、布鲁姆为首的批评家们几乎每年都要邀请德里达来校作演讲，此举有力推动了德里达的解构思想在美国各大学的传播，同时也重塑了文学批评及其自身的思想。1969 年德曼发表论述对布莱进行了重新评估；紧随其后的是米勒对布莱的再认识以及他 1972 年对艾布拉姆斯的批评；之后哈特曼在 1974 年写下《丧钟》（Glas）。他们让解构主义从对西方形而上学的批判转向文本，成为一种"新批评"化的文本阐释策略。70 年代后期开始，解构主义逐渐席卷美国批评界，这时传统的历史学派、芝加哥的新亚里士多德学派、美国文学的专家、斯坦福的道德主义者、弗莱式的神话批评家、旧式弗洛伊德学派、意识批评、刚刚萌芽的结构主义批评、新批评的后继者等都一下子发现了它们共同的敌人。

而反对解构主义的声音亦很强劲。赫希就公开声明："我的一些同事对当下文学界的堕落（反理性主义、赶时髦、极端相对主义）深感气愤，本人亦有同感。那些有学识的作者们故意利用学术体制，甚至那些拘泥于细节的规约（如脚注、引用）也不放过，来否定学术体制的全部意义，也即是要去否认知识的可能性。对此表示愤慨是理所当然的。依赖文学体制本身却对其基础大加攻伐，在伦理上说不通；自己出版学术专著却说学术著述毫无意义，在逻辑上也讲不通。对这种认知上的无神论者而言，所有的原则都受到统一的相对论约束，而相对论本身却除外。但这种例外的依据在哪里？在没有绝对的世界之中，其绝对性的理由是什么？对此我们并未被告知答案。这个简单得有些荒谬却又让相对论为难不已的问题，从来就没有被回答，即使是那些认知无神论者中最聪明者亦是如此，比如海德格尔的信徒德里达。他现在是文学理论领域中认知无神论神学家中最时髦的一个。"① 由此，赫希警告道："文本评论现在被某种比无用的知识更大的危险所威胁。它以某种堕落的怀疑论形式出现，……一些法国理论家，如德里达及福柯，伙同其美国信徒，坚守以下信条：由于我

---

① Eric Donald Hirsch, *The Aims of Interpretation*, Chicago : Univ. of Chicago Press, 1976, p. 13.

们无法把握作品的真正意义，所有文本评论因而实际上是一种虚构物或是诗歌。"①

面对解构主义的崛起，学者中既有歌功颂德的声音，又有枕戈待旦的斗士，文学批评研究到底是遇上了生存危机还是幸逢机遇？这也正是伦屈夏以及众多文学批评家面对解构主义时的心态："历史抑或深渊"？②

而在此后不久的 20 世纪 80 年代后期到 90 年代早期，文化研究也开始在美国逐渐兴起，成为美国学术界重要的、亦极富争议的概念。始自"英国伯明翰学派"（BCS）和"法兰克福学派"的文化研究到了美国，已逐渐成为两派理论之结合体③，其中又以詹姆逊为其主要倡议者。它成为族裔研究、女性研究、同性恋研究、酷儿研究以及文学与文本研究中其他各种后结构主义潮流的"集体名词"。它的主要目的是探讨文化物质世界中所形成的意识形态之影响与其转化过程。在美国，它似乎代表这样一种愿望：它要把"文本主义"转向与语言外结构的社会学/民族志倾向结合起来。而同时它又可被用来指代人文社会科学中不同于传统研究的新型跨学科的研究，特别是那些与边缘化社会群体有关的研究。由此"文化研究"在定义上引发了所属学科界线的问题，常被视为一门跨学科/后学科。学者们都在忧虑：文学批评是不是遇上了更深刻的危机？

3.2.2 卡勒的应对思考与建议

卡勒在 2007 年底的一次访谈中提到：在当时，由于解构主义首先是以现象学的批评者身份出现的，而在有些情况下，它批评了结构主义，他由此开始阅读、讨论德里达及后结构主义。④ 卡勒上述话语耐人寻味，我们可以认为：卡勒并非是因为解构主义独领风骚就"弃暗投明"，"它批评了结构主义"才

---

① Eric Donald Hirsch, *The Aims of Interpretation*, Chicago : Univ. of Chicago Press, 1976, p. 147.

② Lentricchia, 1980.

③ 英国文化研究从一开始就具有高度的政治性特征，他们把自己的视角聚焦于具有反抗精神的亚文化圈的潜在反抗因素研究。与法兰克福不同，英国文化研究系统地摒弃高雅与粗俗文化之分，同时没有充分地关注于现代派及先锋审美运动的研究。相反，在很大程度上，它却仅限于媒介文化产品，仅限于后来成为自己工作中心的大众文化研究。到了 20 世纪 60—70 年代，英国文化研究已经从早期对工人阶级及其亚文化的关注扩展开来，他们把研究的视角投向诸如性别、种族、阶级等文化领域中日渐繁复的文化身份、文化认同，注意到大众文化、媒体在个人和国家、民族、种族意识中的文化生产、建构作用。

④ Culler and Sawyer, 2007.

是卡勒阅读解构的可能的直接动因。这也是为什么倡议"阅读理论"、提出"结构主义诗学"、倡导"符号学"的卡勒，即使在近期的著述中，还常常为结构主义诗学未竟事业扼腕长叹①的原因所在。以《论解构》一书而声名远播的卡勒也从不自视为一位解构主义者。他从未像美国实用主义哲学家理查德·罗蒂（Richard Rorty）那样旗帜鲜明地标榜自己是一个"反本质主义者"②，或如米勒那样将自己放在"神秘的批评家（uncanny）"阵营③。但在另一方面，卡勒却与伦屈夏（Lentricchia）及伊格尔顿（Eagleton）对解构的质疑与担心不同，卡勒坚信：解构只是一种非正统的、艰深的文学理论，不会把文学研究引向"孤芳自赏、虚无主义及文化无关论（narcissism, nihilism and cultural irrelevance）"④。

由此可见，卡勒对解构主义的立场并非清楚明白、一览无遗，确实有他的模糊之处。卡勒 2007 年在回顾这段解构历程时承认：当时德里达及其他的理论论述对英语系产生挑战，它们提出新问题、新的阅读方式，而它们常常又极其晦涩。如果你抵抗它们，自己就成为反动分子、落伍分子。他说："今天我很同情那些当时希望这种新理论远远消失的那批人。因为到了我现在的年龄，我也不热心去尝试复杂的新理论话语。但在另一方面，对于那些右翼团体试图将解构及其他形式的理论标记为对西方文化的破坏、对西方文明的颠覆这种企图，我总是感到迷惑不解，在某种程度上感到他们有点言不由衷。正是德里达而非他人让文学系的学生与老师重拾起柏拉图与康德，他让我们探究那些我们自以为精通的经典哲学文本，这种对西方文化的重要文本的再审视让人文学科重新有了活力。他对文学作品所作分析并非拆除了文学的假面具，而是对文学的精美、文学中丰富的修辞与想象的一种礼赞。右翼声称那些读了德里达及解构的学生会弃绝文学被证明是错误的论调。恰恰相反，了解解构的学生对文学与哲学文本的兴趣更浓，当然，其中所涉及问题已经有所不同了。"⑤

因而，我们可以认为：卡勒当时更多地是站在文学研究的立场来解读解构

---

① 参见 Culler, LT, 1997, pp. 61~63; Culler, 2007, pp. 1~19。

② Richard Rorty, "The Pragmatist's Progress". In Stefan Collini, ed. *Interpretation and Overinterpretation* (By Umberto Eco et al.), Cambridge: Cambridge UP, 1992, pp. 89~108.

③ Miller, 1976b.

④ Culler, OD, 1982.

⑤ Culler & Sawyer, 2007.

主义，试图探究解构主义与文学研究之间的关联。上述这种半超然立场（迷惑于它对文本机制的揭示，却难以苟同其阐释学方向，可被视为"置身其中的旁观者"）在 1981 年对符号学阅读的论述中①、有关文化研究的论述中②、有关自己著述的编著中③都有较为明显的体现。因而，在《论解构》中以及后来的《符号构形》中，卡勒都把目标转向文本中的逻辑以及文化/文学文本中的意指机制。正如卡勒在《论解构》中所解释的那样，解构主义的核心不是米勒所谓的那种"如临深渊般的两难"这种结果，而应是其对文本中逻辑的分析④。但尽管卡勒在《论解构》中大谈特谈解构主义颠覆"形而上对立"的论证方式、意义如何被重复而语境如何被重新构筑（reinscribe）、及意义嫁接过程，但似乎这种形式化的阐释并未受到读者的重视："两难（aporia）"与"振荡"仍是批评家在文本中所苦苦追寻的目标。

以下我们通过卡勒与诺里斯（Norris）的对比，来看看卡勒是如何切入解构主义的。

3.2.2.1 什么是解构主义

诺里斯认为，解构主义一方面挑战那种将文学文本视为意义的拥有者、将文学批评视为对意义的知识寻求这样泾渭分明的模式，它也质疑如下想法：批评提供了一种特别的知识。对解构主义者来说，批评如同哲学，总是一种书写的活动。另一方面，解构悬置语言、经验及人类交往中"正常"状况中所有想当然的概念。与休谟的怀疑困境类似，它也是一种不能一致运作的思想活动，却自有其自身必然的确凿性。因而解构主义有两种模式：一种是巴特、哈特曼式的，故意以阐释式策略反对任何僵化的语言或规约性方法，它通过后结构思想对美国新批评传统的侵入而实现；另一种模式具有较强的思辨性特征，它以类似的质疑思想为起点，却将其推进到不同的一端，它虽然对方法与系统性提出质疑，其论证本身却确凿清楚。德里达是此类批判的哲学源头，而德曼

① Culler, PS, 1981, pp. 3 ~ 17.

② Culler, FSi, 1988, pp. xii ~ xvi.

③ 他在 2006 年编著的《结构主义：关键概念》中选了自己四篇论文（叙事学两篇、结构主义的语言学基础介绍一篇、文学能力一篇），而在 2003 年编著的《解构主义：关键概念》中他仅选了三篇论文（自己关于解构主义的介绍一篇、解构主义对文学的影响一篇、对法律的解构主义分析一篇）。明显前者的选择侧重推介自己的结构主义诗学，而后者的取舍则偏向对解构理论的读解。

④ Culler, OD, 1982, pp. 259 ~ 260.

则是当前最重要的美国代言人。①

诺里斯指出解构并非将某个范畴的策略性简单地颠倒一下，它同时寻求取消既定的优先关系以及其赖以存在的相互对立的概念体系。因而，解构的阅读与其所质问的文本保持紧密联系，它在同时建立起一个自我封闭的运作体系。总而言之，解构就是拾起一个被抑制、或被屈从的主题（如书写），追寻其各种文本效果并揭示这些效果是如何颠覆那种竭力压制它们的秩序。在这个意义上说，解构是书写（被抑制但已被表达）的积极共谋。②

就哲学而言，解构活动的文本最终不得不承认自身与其所抨击内容部分共谋。因而，最为有力的阅读是如下那些临时开放的阅读：它将自身赖以存在的运作概念进一步进行解构。解构不断揭示的是思维的一种终极两难境地，它借用来自哲学自身的概念来拆解哲学文本。③

卡勒解释：解构是在系统的概念中运作，却意图颠倒、置换该系统中的经典对立，这一般是通过在文本中找出其中修辞性运作而完成的。德里达借助"延异（différance）"概念，在探索了为什么言语被置于高于书写的地位的原因后指出：在认可这种对立的文本中，这种对立本身便被解构了，因为言语似乎正依赖于那些被视为书写本身所具有的特性。而对文学批评家来说，他们更为关注的问题是：这与意义的理论及文本的阐释有何种关联。有鉴于此，卡勒认为，解构并非传统意义上的那种通过攫取统一的内容或主题来阐发文本的一种企图。与之相反，它考察文本论证中形而上对立的功用，以及其中文本修辞（如卢梭论著中的增补的作用）所产生双重、两难逻辑的方式。④ 卡勒通过德里达对奥斯汀的解读以及与塞尔的论辩阐述了这样一个重要原则：意义仅仅产生于此指意序列具有重复性的情况下，仅仅产生于当它能在各种严肃及非严肃语境下可被重复、被引用、被戏拟时。因而解构也仅因为重复性而存在。在此种引用、重复、或建构过程中，新的语境特征会改变其以言行事的能力（illocutionary force）。由于意义为语境所束缚，但语境本身却并不受任何束缚。对意义和语境的这种描述就澄清了解构主义对历史概念的处理：它在批评哲学与其他本质主义理论中，强调话语、意义及阅读是不断地历史化、不断地经历着

---

① Norris, 1982, pp. 1~17.

② ibid, pp. 18~41.

③ Norris, 1982, pp. 42~52.

④ Culler, OD, 1982, pp. 89~109.

语境化、非语境化与再语境化的，此即德里达所提出的"延异"。正如德里达在《书写与差异》中所言："对于解释，亦有两种解释。一种是寻求对真理或始源的解码，或梦想对其进行解码。……另一种则不再转向始源，转而认可符号的游戏并试图超越人及人文主义本身。……在我看来，现在并不存在着任何两者择一问题。"也就是说，我们不能在作为作者原始意义的意义或作为读者创造性经历的意义之间作一简单或有效的选择。在我们寻求解释的过程中，意义似乎既是我们所体会到的语义效果，也是一种对文本属性的自我感悟。因而，受语境限制的意义与无限的语境本身两者的结合，在一方面使"意义不确定性"的断言成为可能，而在另一方面，也督促我们继续阐释文本、澄清言语行为、试图厘清意指的条件。由此，解构的要旨并非是一种破坏、一种抛弃，而是一种重筑（reinscibe）。①

卡勒认为解构主义并非如它在美国那样被视为一种"意义的自由游戏"，更确切地说，它是一种嫁接。意义由嫁接过程而产生，言语行为（speech acts）是一种嫁接物。在列举了捆绑式（binding）、添加式（adding）、让渡式（transferring）、增补式（supplementing）、旧词新用式（paleonymics）、联接式（linking）这六种嫁接方式②后，他区分了对解构的两种可能误解：（1）认为解构主义拒绝区分哲学与诗歌或拒绝将语言的偶然特征与思维本身区分开来，由此废除所有区分，只剩下通用的、毫无差异的文本。而事实上，解构某种对立，并非是毁灭它，回归到一元论，而是要将此种对立取消、置换（undo and displace），使其处于不同境地；（2）认为解构是实用主义，因为它同样批评哲学传统、强调制度及常规对话语探索的限制。但解构并非提供了一种更好的真理的理论，它是一种阅读与书写的实践，在对真理的诉求中，它被调和成一种两难（aporia）。它并不发展出一套新的哲学框架或方案，而总是在不可综合的阶段中来回摇晃。③

对于什么是解构，诺里斯的关注更多是从哲学角度投射过来，对于其与文学研究的关系，除以美国批评界为例作为介绍外，他并未具体涉及；而卡勒则抛开相关哲学顾虑，完全从阅读的角度切入，将重点落在解构与文学研究的关

---

① Culler, OD, 1982, pp. 110~134.
② 这六种嫁接方式为作者所归纳，具体可参见 Culler, OD, 1982。
③ ibid, pp. 135~155.

系上。对于解构主义的核心，两者都强调了解构主义的逻辑所显示出的作用，但卡勒把这种逻辑定义为文本逻辑，并对之进行了详细分析，并从各种角度阐明了"解构"即"建构"的要旨；而诺里斯则突出了"延异"、"增补"、"两难"等要点，更多是浮光掠影式的，他更关注解构的历史成长以及与其他哲学派别的差异。

3.2.2.2　解构主义与结构主义的关系

诺里斯认为，解构主义可被部分视为对结构主义的反动。它公然拒绝接受结构是自足的或客观"存在"于文本中的思想。最为重要的是，它质疑如下假设：意义的结构与某些决定智性的深层心理定式或思想模式相符。不同于结构主义对恒定的结构或形式普遍命题的追寻，解构主义从相反的角度出发，严格地将这种思想、意义与方法一致的假设悬置起来。他认为卡勒的著作①表明：结构主义的术语如何可以轻易地被置放到阅读的策略中来，因为它们基本与新批评的主张相似。而这些阅读的诗学虽符合以早期巴特为代表的文本科学的思想，即将批评当做阐述所有文学文本代码和规约的"元语言"，却未能注意到后期巴特对结构主义工程的动摇与拆解。正如新批评所经历的过程一样，文学及批评的语言决不遵循那些正统权威所制定的一成不变的规则和界限。②

但诺里斯认为：若因为解构替换了结构主义工程或使其失效，就将解构视为"后结构主义"（如伦屈夏那样），这是错误的。没有结构主义思想中体现出的"实践"（指结构主义重形式轻意义）与"前瞻"（指结构主义所具有的自我质疑思想）之间的特定张力③，德里达几乎不能提出自己作品中那些充满生命力的问题。结构主义若想避免其方法概念所设定的陷阱，解构是对它的一种持续的警醒。④

而卡勒则不赞同那种米勒式的观点：它将解构视为结构主义之后对其系统化工程的一种阻挠，它粉碎了结构主义对理智的信仰，进而认为结构主义是一种不可能的梦。卡勒认为：在美国，批评在解构中找到将阐释视为批评探索至高无上任务的理由，由此它在新批评目标与解构批评之间保持了某种延续。但是，德里达及其信徒的作为并不像阐释者那样，致力于找出每部作品中的特

---

① 有趣的是，他以卡勒的《结构主义诗学》作为解构主义的对立面和理解结构主义的出发点。
② Norris, 1982, pp. 1~15.
③ 参见 Jacques Derrida, *Writing and Difference*, London：Routledge, 1978, p. 180。
④ Norris, 1982, pp. 48~54.

征，更让他们感兴趣的是关于署名、修辞、建构、阅读与误读、难于逃避某些系统化假设这些问题。此外解构主义的读解并不太尊重单个作品的完整性。德里达也不像女性主义者那样，试图重构经典。相反，解构主义的结论通常是关于语言结构、修辞运作、思想缠绕这些主张，而不是关注于单部作品的意义。那种认为解构主义拒绝系统化探索的想法只是基于自身需要的假设。德里达虽辨明在结构主义中的困难或两难，但这并不意味着他自己的作品远离系统化、理论化的追寻。他的作品更多地与规则性相关，它们探索在各种话语中重复出现的结构。在分析各种文本中潜在的、无法逃脱的逻各斯中心主义时，他是在考察话语的结构性决定成分，而这正是许多结构主义者以其他方式所寻求的。事实上，可以争辩说，科学或语法的概念对结构主义，也正如系统化、全面置疑的概念对解构主义一样发挥了作用。结构主义科学揭示了令人惊讶的异常态，而解构主义阐释则指出了不可逃脱的规则性。卡勒认为：当结构主义把目光从意识或主体转向话语或语言本身时，它设立了"意义"作为新的中心、新的参照物。同样，文学的诗学也不再基于作品本身，而转向了作品的智性（intelligibility）、转向它们如何被理解这个事实本身。而解构主义则试图表明这种将意义视为自足的观点是如何受到它们所依赖理论侵蚀的，意义本身是一种"建构（made）"而非"已知（given）"。虽然解构主义对结构主义基点的质疑是对结构主义工程的有力批判，但这并不表明解构主义阅读可以逃避这些棘手的力量。因而解构主义分析的结果也是一种知识、一种技巧。它试图通过特定文本，理解其中的文本性现象、语言与元语言的关系、外部与内部的影响、冲突逻辑的可能互动。①

可以发现，两者对于解构与结构主义的关系，几乎是众口一词：都认为伦屈夏将解构划为后结构主义较为不当。但诺里斯认为解构是结构主义的继续，是一种推进；而卡勒则比较了结构主义与解构的相似点，认为解构虽然是对结构主义的批判，却也与结构主义享有相似的目标。

---

① Culler, OD, 1982, pp. 219～225.

3.2.2.3 解构主义与文学/批评的关系

诺里斯认为：德里达的文本更接近于文学批评而非哲学。诺里斯分析了西方传统中存在已久的两种趋势：自柏拉图已降，到锡德尼、瑞恰慈再到美国新批评，一种趋势将理智与修辞对立起来；而另一派则与此相对，利维斯即是后一派的代表，他把批评视为深层直觉反应的一种交流，拒绝承认批评涉及认识论问题或修辞的工作模式。他代表着文学批评对哲学最根深蒂固、最毫不妥协的抗争。而新批评则将问题转换为悖论与张力的美学语言以规避哲学。德里达正是作为这样一种解放的力量来到了美国批评界。他的作品提供了全套新的有效策略，它不仅将文学批评家放到与哲学家平起平坐的位置，而且在与哲学家复杂的（或对立的）关系中，将哲学的玄思置于修辞的拷问或解构中。德里达并不意图在文学语言与批评话语之间划分出一个严格的分界区域。相反，他表明：在所有各类话语中，由于一种深深植根于西方思维的、不遵从约定俗成界限的动机，某种悖论产生了。由此，德里达对现代"人文科学"的整座大厦进行了无情的批判。按照诺里斯的观点，这是掌握解构的最重要一点。总而言之，他认为：当前解构对批评及哲学写作的实践的影响还难以预见，但解构为文学与哲学之间经年累月的争论划出一片新的领域；而批评也从来没有如此鼓足勇气，宣称其作为自足的学科的地位①。

卡勒指出：那种认为解构拒绝文学与哲学、偶然语言特征与思想之间的区别的观点是错误的，是一种简单化的思维。德里达给出的答案是双重的：一方面，解构主义接受在话语的表面特征与其潜在逻辑、在语言经验性特征与思维本身之间的区分，而这种区分对解构的干涉力量至关重要；但在另一方面，它对此种区分的确定性提出了怀疑。通过对柏拉图的"药"、卢梭的"增补"、康德的"附录"概念的分析，德里达事实上使哲学成为元文学的一个样本。因而，不再存在严肃哲学话语与边缘文学话语的对立，而只是在元文学或一般文本性中存在着一种变动的、实用的区分。解构的作用在于：它通过在一般文学性或文本性之中重塑文学与非文学作品的区分，搅乱这种先前决定文学概念的等级关系，并以此鼓励了对哲学文本的文学读解，以及对文学文本的哲学读

---

① Norris, 1982, pp. 128~135.

解，实现了这些话语之间的相互交流①。卡勒认为解构主义对文学研究的影响可从四个相关层面来分析：（1）对一系列重要概念的影响，如文学、直义与隐喻、象征与寓言、模仿、符号、建构（framing）、统一性、自我指称性；（2）在文学阐释中找寻诸如书写、在场与缺场、始源、边缘、表征、不确定性这样的解构主题或语篇逻辑；（3）寻找那些以增补形式运作的文本并描述文本性结构与阅读策略；（4）作为人文学科的重要理论思潮，它对批评探索的本质（并非拒绝系统化探索）及其适切目标（并非对单个作品作出深度阐释）这些概念所发挥的影响。②

比较而言，对于哲学与文学批评的关系，诺里斯认为解构的要点就在于取消了两者之间的区分，因而并未刻意注意解构在文学批评中的运作，并特别给予巴特以较大关注；而卡勒则将巴特请出解构的天堂，只是对解构的文本逻辑进行了具体分析，并辟以专章详细论述解构与文学批评的关联。

3.2.2.4　解构主义批评模式

诺里斯将解构主义在美国的批评模式分为两种：一种是德里达式、文本性或非政治性，以耶鲁和霍普金斯大学为代表；另一派则将文本带回到"世俗的"或政治维度，以赛义德为代表。而德里达式的批评亦可分为不受任何规则约束的、开放式、自由游戏式的批评，如哈特曼和米勒；以及早期德里达式深刻而有力度的德曼式批评。他总结认为：在美国，解构并非是一种牢固统一的理论或思潮，而是在方法与风格各有不同的批评家的聚集地③。

卡勒认为：解构主义批评不是将其哲学话语应用到文学研究中，而是探索文学文本中的语篇逻辑，但将德里达和德曼树立为样板，而指责其他的解构作品为非法的模仿或不当的曲解，这是一种健忘，因为解构正产生于重复、偏离与变形④。通过迈克尔斯（Walter Michaels）对《瓦尔登湖的假底》（*Walden's False Bottoms*）的解构与约翰逊（Barbara Johnson）对巴德（Billy Budd）的讨论，他指出需从四个方面来把握解构主义批评模式：（1）对等级对立的分解（如迈克尔斯）；（2）将事件叙述与阅读、写作联系起来，拒绝审美的目标（refuse to make aesthetic richness an end），提出阅读问题，寻找进退两难

---

①　Culler, OD, 1982, pp. 144～150; pp. 181～184.

②　ibid, pp. 180～225.

③　Norris, 1982, pp. 90～115.

④　Culler, OD, 1982, pp. 227～228.

（double bind）的结构（如约翰逊）；（3）如何细读（如德曼）①；（4）先前阅读扮演了何种角色（如米勒）②。

在此，诺里斯将巴特式模式与德里达—德曼式模式并列，虽将注意力放在德里达身上，但巴特也不时被提及并与之比较；而卡勒则在详细列举德里达解构策略后，以四种不同关注点为出发点，具体区分了纷繁杂乱的解构主义批评模式。

3.2.2.5 解构主义的政治性

诺里斯指出，德里达在《书写与差异》中提到了文本与政治之间的关系，但只是简单表明：解构为一种非马克思式、将哲学视为意识形态的阅读提供了前提。在将尼采—德里达式解构与马克思主义批评理论进行了对比后，他认为赛义德的做法不同于那些纯粹的解构主义者，他能够将强烈的文本意识与实践中阅读的政治参与结合起来，比较有说服力，因而不同于那些后阿尔都塞式马克思主义：他们只是纠缠于话语的问题，而未能察觉其修辞性。由此诺里斯提出：只有遵从解构的逻辑，而不是津津乐道于其提出的挑战，我们的思想才能逃脱话语自身修辞的囚禁。③

卡勒则认为：正如德里达在《学院冲突》（*The Conflict of Faculties*）中所言，因为解构从来不仅仅关心所指内容，而更关注话语的条件、假设与探索的框架，所以解构涉及到制约我们实践、能力、行为的制度性结构。因而，解构分析具有潜在的激进制度性影响（如对文学与哲学、意识与潜意识、男性与女性、阅读与误读这些对立的解构），但这些影响常常过于遥远且无法估量，并不能替代那些直接的批判性、政治性行动，解构仅与它们间接地相联系。④

在对解构主义的政治性的态度上，诺里斯将德里达及其大部分追随者的态度判为无政治性，独立突出了赛义德的政治参与性，并由此强调了解构的逻辑

---

① 德曼从细节转入修辞或形而上的抽象类别、揭示所谓单一整体性中的潜在表述与碎片（articulations and fragmentations）、对不可读性（unreadability）的追寻；赫兹（Neil Hertz）则对互文性的作用与结构进行了探寻。

② 米勒式将文本意义视为先前阅读与新的读解不可综合的结合体、约翰逊与费尔曼（Shoshana Felman）式的所有阅读的让渡结构（transferential structure of all reading）、德曼早期式"先前阅读中的错误是一种洞见"，及在《阅读的寓言》中提出的"先前误读既是需指出的错误，亦是阅读本身不可避免的命运"。Culler, OD, 1982, pp. 229～277.

③ Norris, 1982, pp. 74～89.

④ Culler, OD, 1982, pp. 142～179.

（虽然在其二版后记中，诺里斯对此有所保留）；但卡勒显得较为谨慎，认为解构的制度性影响是直接的，但在当时比较难以作出评价。

3.2.3　小结

对于解构，诺里斯明显较为赞同解构主义的方向。诺里斯认为：解构主义确实引导文学批评走向了独立，由直觉型走向了学科型，并使之在内容上哲学化、社会化，在方法上理性化、多元化。而卡勒则对解构主义有明显的保留。与诺里斯将解构与结构、哲学与文学批评、解释与批评等混同起来的倾向不同，卡勒在各种批评理论中析出阅读中读者的经验、在解构主义中析出其文本逻辑、在解构批评中析出其四点特征。在《论解构》的开篇，卡勒曾宣称这是《结构主义诗学》的一本续集。确实，在《论解构》中解构像结构主义一样，被视为是对话语中"结构性决定因素（structural determinants）"的考察，德里达的分析则"特别关注各种话语中重复出现的规则性（regularities）"①。卡勒指出：解构主义并非是一种引导我们去认可意义的自由游戏［如布思（Wayne Booth）及哈特曼所认为那样］。他认为，后结构主义不同于结构主义之处在于：结构主义试图将自身定位于文化实践之外以描述其规则和标准；而后结构主义则显示，在不同的领域，结构主义的分析陷于其所分析的过程与机制之中，它的标志性特征是使语言与元语言的区分分崩离析②。

卡勒在《结构主义诗学》和《论解构》中的立场连续性为众多批评家所注意③，而他对解构的清晰解读也让许多学者称赞不已④，同时卡勒在《符号构形》中政治化立场也令人瞩目⑤。总而言之，卡勒与德曼、芭芭拉·约翰逊一起，使解构成为激动人心的批评方法，并使之成为一种可操作的实践。他使得德里达那深邃却极为捉摸不定、谜语般的论述（关于弗洛伊德、奥斯汀等）得以清晰，因而在很多方面，都是对解构最权威的描述。但更为重要的是：经

---

① Culler, OD, 1982, p. 221.

② Culler, FSi, 1988, pp. 139～152.

③ 如 Marshal Brown, "Review on *On Deconstruction*", *Modern Language Quarterly*, 44, 1983, pp. 327～330; S. F. R., "Review on *On Deconstruction*", Comparative Literature, 36（3）, Summer 1984, pp. 263～268。

④ 如 William E. Cain, "Review on *On Deconstruction*", *College English*, 46（8）, Dec. 1984, pp. 811～820; Henry Staten, "Review on *On Deconstruction*", *MLN*（*French Issue*）, 100（4）, Sep. 1985, pp. 871～877。

⑤ Saville, 1989, pp. 1183～1186.

由卡勒的阅读，文学理论界对文学研究的生存最终不再恐慌或害怕（如 70 年代赫希、艾布拉姆斯等），对解构的攻击蜕变成了一种抱怨的声音。

此外，我们还应注意到：卡勒是一个有着结构主义思想的解构主义阐释者，但他的影响和知名度在很大程度上的确得助于他对德里达理论的阐释。这个现象很好地证明了卡勒对解构的观点：两难与摇摆不定的结论并非是解构所追求的终极目标，那种位于解构中的结构性的要素（文本的逻辑）才是解构理论的意义所在。当卡勒"解构原是结构性的"阐释为越来越多的人所接受时，卡勒声名鹊起自是意料之中了。

3.3　理论中的文学性

卡勒的"文学性（literary）"概念是对雅各布森的"literariness"的一种挪用，也是卡勒对"理论"漫长思索过程中的一个产物。早在《符号构形》中就以"literariness"显形①，彰显于《文学理论：简介》中②，而集中表述于《理论中的文学性》的"文学性（literary）"③。卡勒借此指出后理论时期"理论"的出路与未来。

3.3.1　多元的时代

自 20 世纪 90 年代始，关于理论末日、理论死亡或理论之后的评论不绝于耳④。而术语"后理论（post-theory）"则较早可见于两本书集《后理论：重构电影研究》⑤ 与《后理论：批评新动向》⑥。两本书集因所在学科不同，其取向亦有很大不同。在前一本书集中，"理论之后"是一种重构的过程，电影

---

① Culler, FSi, 1988, pp. 15～17.

② Culler, Lt, 1997, pp. 18～19；p. 36；p. 42；p. 123.

③ Culler, 2000, pp. 273～292；Culler, LTh, 2007.

④ 这种说法最早可见 1982 年由卡纳普和迈克尔斯（Knapp & Michaels）所著的文章《抵抗理论》。亦可参见麦克奎兰等（McQuillan et al. 1999）、巴特勒等（Butler et al. 2000）、卡宁汉姆（Cunningham 2002）、佩恩等（Payne et al. 2003）、伊格尔顿（2003）、斯皮瓦克（2003）、利奇（Leitch 2003）的著述。

⑤ David Bordwell and No？l Carroll, eds. *Post-Theory*：*Reconstructing Film Studies*, Madison：University of Wisconsin Press, 1996.

⑥ Martin McQuillan, Graeme Macdonald, Stephen Thomson, and Robin Purves, eds. *Post-Theory*：*New Directions in Criticism*, Edinburgh：Edinburgh University Press, 1999.

研究可以回到其正轨上；而在后一本书集中，"理论的死亡"打开了新的理论方向。但不管怎样，正如利奇所言："哀叹理论的末日本身就是一种姿态，亦是对理论的某种定义。""关于理论逝去的声音事实上早即有之，这可见于理论的经典启蒙阶段（以弗莱的《批评的解剖》为高峰）、此后新思潮/新流派超越形式主义时、再后来法国后结构主义超越美国形式主义时、而后则是文化研究将后结构主义取而代之时。……理论的哀伤既表达了对先前时光的依恋，也是对不确定未来的担心、亦是对美好前景的期待。"①

王宁也认为，近期文学和文化理论界以及比较文学界受到的严峻挑战来自两位在学术界享有盛誉的学术大师：特里·伊格尔顿和斯皮瓦克。② 在他看来，特里·伊格尔顿曾经是当代文学理论的积极鼓吹者，并以其专著《文学理论导论》而蜚声世界文论界，但他却在专著《理论之后》（2003）中哀叹道："文化理论的黄金时代早已过去"。既然文学和文化理论已经耗尽了新的理论观点和方法，因而在9.11事件以及接踵而来的伊拉克战争之后，"一种新的即将来临的全球政治阶段已经展现在人们眼前，对于这一点甚至最为与世隔绝的学者也不能不注意。"王宁还注意到：著名学者斯皮瓦克亦在2003年宣称比较文学死了（G. C. Spivak 2003），但她所说的"死亡"其实是另一种形式的新生。她认为：传统的与文化研究相结合的比较文学已经"死亡"，她要倡导的是一种"新比较文学"，即把比较文学同地域研究（Area Studies）结合起来，其目的是"比较文学与地域研究合作不仅能够养育南半球各民族的文学，而且能够培植无数土著语言的写作，按照原先的规划这些土著语言是将要消失的。"③ 王宁将此阶段称之为"后理论时代（Post-Theoretic Era）"，他认为："后理论时代"的西方理论思潮仍有着清晰的发展走向，但理论本身的功能已经发生了变化，纯粹侧重形式的文学理论已经无可挽回地进入了衰落的状态，文学理论已经与文化理论融为一体，用于解释全

① Leitch, 2005, pp. 122~128.

② 参见王宁：《中国比较文学学科的全球本土化发展历程及走向》，《学术月刊》，2006年，第12期。

③ 在斯皮瓦克看来，比较文学乃至后来的比较文化尽管也讲"跨界"，但它们始终没有真正跨出原先宗主国的界限，它们所强调的语言还是宗主国的语言，本质上仍摆脱不了浓重的欧美中心主义或西方中心主义色彩。斯皮瓦克的"新比较文学"追求的是将"南半球的种种语言看做积极的文化媒体"，而不仅是文化研究的对象；就文学领域而言，"新比较文学"必须从英、法、德、西、葡等原先宗主国的文学与文化风格中走出来，要在比较文学中为第三世界国家与民族争取合法和平等的地位。

球化时代的各种文化现象①。

还有许多其他学者认为："后理论时代"实际上是一场"理论大战"。其特征不在于文学解释者与持其他观点者之间的争议，而更多是不同解释阵营或解释方法之间的内部残杀。不管是解构、马克思主义、非裔美国批评、抑或其他，各种解释模式为夺取最强大、最通用的地位而战，胜者会凭借其创新型阅读而得以发表于众多杂志。

在这个多元理论盛行的时代，批评理论的未来在哪里？这是文学/文化批评界众多学者所思索的问题，也是卡勒所意图解决的。

3.3.2　卡勒的应对思考与建议

卡勒将"后理论"看做一种假定"宏大理论"死亡之后的理论。按照卡纳普和迈克尔斯的观点，理论论辩毫无结果，因而理论毫无用处，应该结束②。正如很多评论者所言：对理论的这种抵制性论说显然是理论的一种现象，它引发了很多枝蔓横生的回应，而这些回应本身也是理论的一些现象。就此卡勒认为：这种状况就是"后理论"，即由理论之死诸问题激活的一些理论讨论③。在后理论时代，"理论"已被认为不可避免是跨学科的④，哲学、语言学、人类学、政治或社会理论、历史、心理分析、性别研究、电影理论诸如此类，都受到文学及文化研究的青睐。因为它们使得人们以一种新的视野去思考事物，理论由此成为与常识对立的东西。在此基础上，理论推崇非文学性并因而导致文学性研究的衰亡。

---

① Ning Wang, "Contemporary Theories Revisited: Theoretical Trends in the 'Post-theoretic Era' and Cultural Construction", *National Central University Journal of Humanities*, 32, October 2007, pp. 1~34.

② Steven Knapp and Walter B. Michaels, "Against Theory", *Critical Inquiry*, 8, 1981~1982, pp. 723~742.

③ Culler, LTh, 2007, pp. 1~3.

④ 在《文学理论：简介》中，卡勒归纳出当今理论的四种特征：1. 跨学科性（它跨越所在学科，对其他学科产生影响）；2. 分析性与推理性（它试图从性、语言、写作、意义或主体中发掘出其内涵）；3. 批评性（它是对常识与所谓自然的批评）；4. 反思性（它是思维的思维。它对我们在日常交流、文学和其他话语实践中所使用的范畴提出质疑）。可参见 Culler, LT, 1997, p. 15, 亦可参见 Mieke Bal, *Traveling Concepts in the Humanities: A Rough Guide*, Toronto: University of Toronto Press, 2002.

面临"理论"的跨学科性及其"政治热情"①，自然不难理解为什么文学理论最近在文学研究的"理论"中所扮演的角色越来越轻微。而且，当我们阅读更多福柯、德里达、拉康时，就很少会阅读文学作品本身了。如此，"理论"所推崇的非文学性会因而导致我们远离文学与文学价值的研究。

对于上述现状，众多学者自然了如指掌。但由此产生的问题则在于：在斯皮瓦克宣称"比较文学死了"、纪洛里（John Guillory）断言"文学死了"、卡纳普与迈克尔斯贩卖"理论死了"的这个"后理论"时代，文学与文化研究的出路何在？

在此方面著述虽有《理论之后》②、《理论之后的存在》③、《理论的余声》④、《理论之后的阅读》⑤、《不妨理论》⑥ 等，但一如既往的是：卡勒的《理论中的文学性》⑦ 无疑是其中声音最为清晰的一个。他认为："理论话语无论来自何方，其一般目的应是让我们觉察各种话语中运作的文学性，并由此确定其在研究中的中心位置。……对语言、欲望、权力、身体等等的关注已使人们忽略文学及文学性研究中特有的理论问题。"他声称："需纠正对（文学性）的忽视，把'理论'带给文学，并把'理论'中的文学性发掘出来，使文学与'理论'不再互不相干。"⑧

以下我们将卡勒在《理论中的文学性》的主张与《理论之后》、《不妨理论》中的内容进行比较，以期借此深度挖掘卡勒对后理论时代的思考。

3.3.2.1　什么是"理论"

在利奇看来，在当代语境中，"理论"指向众多文本：古代的、现代的，

---

① 卡勒对理论的归纳还是有意或无意地淡化了文学及文化研究中近几年涌动的一个重要特点，就是"理论"对政治主题及对正义、自由与平等的积极政治参与所展示的极大兴趣（"跨学科性"或"批评性"似乎不能涵盖所述这点）。虽然一些学者也持不同意见，他们认为文学研究应该远离社会科学与社会理论。但是当"理论"越来越积极加入诸如种族、性与性别、殖民空间、全球化间隙（interstitial）文化空间等社会问题的探讨，学者们更多地以富有洞察力的方法解读那些与我们集体生活息息相关的社会与政治文本，或文本分析开始关注文化与意义生产的社会与文化语境，"理论"的"政治"转向应值得好好审视。

② Eagleton，2003.

③ Michael Payne and John Schad，eds. *Life. after. theory*，London and New York：Continuum，2003.

④ Butler et al.，2000.

⑤ Valentine Cunningham，*Reading After Theory*，Malden，MA：Blackwell Publishers，2002.

⑥ Vincent B. Leitch，*Theory Matters*，New York & London：Routledge，2003.

⑦ Culler，LTh，2007.

⑧ Culler，LTh，2007，p. 5.

或是与诗学、解释、修辞、文本评介及文化模式相关。在最近，这个名单中还应加入符号学、媒体与话语、种族/阶级与性别符码、以及视觉与大众文化。但"理论"也指一种逻辑、怀疑、判断性质询的模式。"理论"近来在心理分析、后结构主义、文化研究的影响下，还增加了其他维度，特别是某种"怀疑解释学"。其特征是：对不可调和的曲解/矛盾的兴趣、对常识/社会制度/幕后动机的质疑、对本土现象与全球化联系的专注。而"理论"并未以一种统一的术语或方法出现，却出现相反情况，这就是：它分割成许多异类、对抗的理论分支。虽然它在当代变化速度加快，但那种将理论商品化，将它比做时装的说法是一个严重的错误。在后现代的社会，正是因为以上种种，理论才变得更加成熟、更为多元。①

伊格尔顿认为："理论"若意味着对指引我们自身的某些假定的较为合理、系统的反思，它仍然一如既往不可缺少。但我们现在生活在被称为"高级理论（high theory）"之后的年代，这个年代因诸如阿尔都塞、巴特和德里达这样的思想家而变得丰富多彩，而这个年代也在超越他们，但新一代人并未提出具有相当洞察力的思想。虽然新的世纪会及时诞生其思想领袖，但在目前，我们仍然在借用过去的思想。② 由此，他建议："理论"需要在准备万全情况下去冒险，打破较为沉闷的正统观念，探索新的宏大话题③。

卡勒一反自己过去在《论解构》中的定义④，指出"理论"并非是为公众兴趣所在的现象及问题提供一种新的、具有说服力的解释。我们应反对这种认识，因为他们并非文学的理论。他认为：理论话语无论来自何方，其一般目的应是让我们觉察各种话语中运作的文学性，并由此确定其在研究中的中心位置。⑤ 面对众多形形色色的理论话语，我们要问：它所作出的解释，是将其聚焦落在不同议题上呢，还是对文学及话语实践的一些中心问题作出了新的解释？它的差异是在于促进一种新的解释的产生呢？还是在于它寻求进一步理解解释是如何产生的、或文学与文学研究的机构是如何在一个特定社会运作的？

---

① Leitch, 2003, pp. 30~33.

② Eagleton, 2003, pp. 1~2.

③ ibid, pp. 221~222.

④ "理论"是指那些在起源领域之外成功挑战并重新定向其他领域思维的思想。可参见 Culler, OD, 1982, pp. 8~10。

⑤ Culler, LTh, 2007, pp. 3~5.

否则，那些对理论情有独钟者会以为将一些有意思的理论话语引入文学研究本身就是一种前进。①

从以上介绍可知：利奇明显将诗学、解释当做"理论"的一个分支，认为"理论"即是众多解释模式的集合；而"理论"对伊格尔顿而言就是我们对所处社会所作种种假定解释的一种反思；而卡勒则旗帜鲜明地反对"理论"转向不同议题以开拓新型的解释，认为"理论"应抛弃对主题的解释，回归到"文学性"，也就是广义"诗学"这个中心点。

3.3.2.2 文学理论的发展

按照利奇的看法，最近几十年的文学研究是一个解体（disaggregation）或死亡的过程。他把它分为形式主义时期（20世纪40～60年代）、后结构主义时期（70～90年代）、文化研究时期（90年代至今）。在这个过程中，作为诗学与文学批评的理论死亡了，它迈向纷繁芜杂的非文学思潮（女性主义、种族研究、后殖民批评）；作为客观的、大公无私的理论死亡了，它倾向选择文化批评；作为阳春白雪、唯美艺术品的文学的理论死亡了，它任由通俗的大众文化、媒体和庸俗作品百般蹂躏；而更为重要的是：作为一个完美有序领域的理论死亡了，它让位于文化研究的兴起。②

而伊格尔顿则坚守文化理论的变化反映所在的历史语境这个根本点，认为文化理论的发展是一个"健忘的政治（the politics of amnesia）"。他以1965年为起点，将其分为开拓性文化理论（以政治上反叛性的人民主义为特点）（1965～1980）、后现代文化理论（以去政治的消费主义至上为特点）（80～90年代）、亟需探索宏大叙事的后理论时期（90年代之后）。③

卡勒则意识到：要考察文学研究历史流变中的关键时刻并理出产生此种影响的那些重要论著，这是一个庞大的系统工程。因而，他从自己从事文学理论研究的经历着手，介绍了自己最初接触到的作品、最吸引自己的学科实践、面临某种特别批评方式所作出的反应。④ 这样，他就可以把文学理论批评的历史当做一种个人写作实践来具体分析。

他首先提到布鲁克斯（Cleanth Brooks，代表新批评）和布思（Douglas

---

① Culler, LTh, 2007, p. 81.

② 参见 Leitch, 2003, pp. vii–viii。

③ 参见 Eagleton, 2003, pp. 1～73。

④ 参见 Culler, LTh, 2007, pp. 222。

Bush，代表文学历史主义）1946 年至 1954 年在《斯瓦尼评论》（*Sewanee Re-view*）上的论战。他反思到：新批评是在作者思想与作品思想之间、作为艺术品的作品与作为历史文本的作品之间打下了两个楔子，形成两度分离。对新批评的种种反思，使他开始不再企求对作品的阐释，在巴特的影响下，他转向对诗学的追寻。他其次评价了布鲁克斯与德曼在 1979 年对济慈的同一首诗《学童之间》（*Among School Children*）的不同思索。前者通过跟踪诗歌说话者的思想，探讨了其戏剧化结构及其复杂的态度；而后者则对说话者、其语调、对爱情、死亡、过去等态度的复杂性置若罔闻，其兴趣点落在最后一节中语法结构与修辞手法之间的关系上。最后，他以芭芭娜·约翰逊 1997 年的《无声嫉妒》（*Muteness Envy*）作为文化研究的范例。认为它不同于布鲁克斯：它带来了女性主义深知卓见与相伴而生的变革；它亦不同于布思：它并未运用非文学材料作为文本来点拨文学作品；它还不同于德曼：它并非聚焦于修辞问题的"两难"，而是呈现给我们一种在"违背"与"快感"之间确定的不确定性；最后，它最典型的特点是：它常从单个文本上升到普遍推论。但卡勒总结到：这仍不应是批评的未来范式。①

可以看出，三位学者的看法虽略大同，却存小异。他们都认为当代文学理论的发展应划为三个时期，在三个时期的具体时间与具体特征上意见稍有不同。虽然卡勒采用了一种开放性、自传性叙述手法（如卡勒并未具体指明时间段），但其中，伊格尔顿和卡勒还是站得更靠近一些，只是各自分别站在欧洲大陆与美国立场上的不同。80 年代被视为一个鲜明的切分点，在此前，"新批评"在美国（结构主义也曾短暂出现）、"结构主义"在欧陆是主流；而在此后 10 ~ 20 年，则是解构主义（卡勒的立场）、后现代文化理论（伊格尔顿的立场）的黄金时间；在世纪之交前后，文化研究或可说"后理论时代"开始登场。总体来说，卡勒的判断与利奇、伊格尔顿以及其他主流看法并无太多差异，特别是对解构主义的逝去亦与其他学者意见一致。但其中值得注意的是：他对文化研究的否定态度明显不同于利奇的赞成与伊格尔顿的含混。

3.3.2.3 文学理论研究目的与出路

利奇在对新批评、后结构主义及文化研究三种主要批评范式进行了比较与对比后，对理论的未来作了展望。他认为：大学的义务不仅是研究当代文化话

---

① 参见 Culler, LTh, 2007, pp. 222 ~ 239。

语，给予它与历史文本研究相当的支持和声望，还应鼓励新学科与新院系的创建。这在过去几十年内从未有过，因为文化研究对当代大众文化的学术探讨，以其预测性与尖锐性，以一种具有代表性、新型艺术与娱乐方式超越旧有形式，反映了后现代社会风云变幻的场景。① 他还对理论的未来提出四点看法：（1）大学教授仍应是学科型学者；（2）跨学科学术研究，包括文化研究不会改变现存学科分类；（3）大学仍应是生存在一个规训型社会内的"学科型机构"；（4）跨学科这个概念正在经历着一次再概念化的过程。他最后重申：他赞同跨学科的研究，特别是当今的文化研究，只是并不希望结束学科体制及其所关注内容，也不希望为了追求协调一致（它将是破坏性的），将散乱的学科及部门统一起来②。

而伊格尔顿则在总结文化理论的得失后指出："许多对理论的反对或是错误的、或是较为微不足道的，对其应进行一次更为毁灭性的打击。现有的文化理论许诺要处理几个基本问题，但总的来说并未能做到。对于道德与形而上学，它唯有惭愧；对于爱、生态、宗教与革命，它窘迫不安；对于邪恶，它大都无言以对；对于死亡与苦难，它沉默寡言；对于本质、普适性与万物之始源，它独断专行；而对于真理、客观性与无私，它显得浅薄无知。而以上种种，无论以何种方式衡量，都是人类赖以生存的众多支撑点。……而（此时）我们面对这些基本问题却无话可说或几乎无可言说。"③ 他因而提议要修正以上种种缺陷，摆脱后现代主义的"小型叙事（little narratives）"。他认为文化理论若要与踌躇满志的全球历史啮合，它必须拥有自身支撑资源，在其深度与规模上与其所面临局势不相伯仲。它不能仅仅止于讲述相同的阶级、种族与性别的叙事（虽然这些也不可或缺），它需要在准备万全的情况下去冒险，打破较为沉闷的正统观念，探索新的话题，特别是那些至今一直被毫无理由地束之高阁的话题。有鉴于此，他尝试探讨了有关真理、美德、客观性、道德、革命、始源、原教旨主义、死亡、邪恶与虚无（non-being）问题。④

卡勒认为：正如德曼所指出的，理论本身即是对理论的抵制。卡勒继而声明：不论我们倡导还是抵制理论，我们都无可改变地处于理论之中。而对理论

① Leitch, 2003, pp. 4~15.

② ibid, pp. 163~171.

③ Eagleton, 2003, pp. 101~102.

④ ibid, pp. 103~222.

的抵制，则使我们反问自己：众多形形色色的理论话语所作出的解释，是将其聚焦落在不同议题上呢，还是对文学及话语实践的一些中心问题作出了新的解释？① 我们不可避免地处于理论之中并面对理论的抵制，卡勒建议发掘理论中的文学成分，并通过理论中的一些作品来加深我们对一系列文学理论概念的理解。通过分析安德森的《想象的共同体》，他试图挖掘作品中有关小说的断言以及这些断言与叙事技巧的关系；他还审视了诸如文本、符号、解释、施为性及全知视角这些理论概念对文学研究的意义；通过分析作品可读性与思想表达之间关系、批评的发展历程、文化研究与比较文学的现状，他从写作实践这个宽泛的角度重新评估了它们与文学研究的关系。同时他通过对最近理论话语中对文学性进行理论化的几种形式的考察、以及对辛普森（David Simpson）在《学术后现代与文学规则》（*The Academic Postmodern and the Rule of Literature*）中提出的"文学无所不在"观点的分析②，卡勒呼吁：正如辛普森所述，理论中留下的只有"文学性"，各个学科的话语都正开始关心其自身定位、自身立场与其系统的建构性问题。③

以上三位学者较为明显的相同点是：不同于卡宁汉姆（Valentine Cunningham）在《理论之后阅读》中对理论的绝对抵制④，理论被认为是必须坚持的。虽然审视角度略有不同，他们也并未对文学理论研究的跨学科性提出质疑。而对于理论的政治性，仅伊格尔顿一如既往地大声疾呼，利奇则显得漠然，而卡勒虽不置一词，但其对众多理论中"文学性"的探寻，暗含着一种较为否定的态度，因为在他看来，"诗学"本身，而非文本解释，才应是我们关注所在。就文学理论研究发展方向而言，他们也是各执一词。利奇期待文化研究的深入，并期待更多独立学科的出现；伊格尔顿则建议对一些重要基本理论概念展开探讨，而不仅仅满足于"小型叙事"；卡勒则呼吁理论回归到"文学性"这个中心点，抛弃"新颖性"这个目标，纠正对"文学性"的忽视，把"理论"带给文学，并把"理论"中的文学性发掘出来，使文学与"理

---

① Culler, LTh, 2007, pp. 73 ~ 96.

② 他呼吁我们应找回文学中的"文学性"，从实际文学作品中去理解后现代状况在何种意义上实际上是文学运作延伸的结果。

③ Culler, LTh, 2007, pp. 5 ~ 42.

④ 卡宁汉姆认为理论造成"一种模式，各人通用"的局面，虽然我们不否认理论的指导作用，但应提倡一种得体（tact）的阅读。可参见 Cunningham, 2002。

论"不再互不相干。三人中间，利奇倾向建议保持现状；伊格尔顿趋向建议将文学、哲学与社会理论混合，这是其大力弘扬的"文化理论"的一个较为合理的发展；而卡勒则建议对现有理论进行分离："文学性的"与"非文学性的"，借此明确指出了文学理论研究的努力方向。

3.3.3 小结

正如盛宁在 2002 年①及 2007 年②两篇文章中指出那样，20 世纪 80 年代在美国文坛持续的所谓"理论鼎盛"时期已经过去，学者们正在对此进行反思。卡勒在 2007 年这样反思道："过去还有一个科目，叫文学理论，它研究文学的本质与功能、文学体裁的种类与特征，诸如此类。今天所谓'理论'经常对上述问题毫无兴趣（而我的看法则相反），只是关注其他政治、哲学、语言学及伦理问题，意义、身份、权力、及各种话语实践的政治意义。'理论'由此成为一种跨学科的产物，其最明显的特征是：源自另一学科、在文学研究领域大行其道的话语。这让理论难以被定义，因为我们不太清楚为什么某些社会学、历史学或哲学的思想可被视为理论，而其他却不行。理论由此是跨学科型、自我反思型、思辨型的。理论提供了看待文化现象的新方式，它们通常来自某个特定的研究。被视为理论的是那些让人耳目一新的、大长见识的换位思考"③。那么，这样一个"后理论时代"会往何处去？

卡勒为我们指出了理论中的"文学性"这个方向，但同时利奇式"文化研究"、伊格尔顿式"基本理论问题探讨"以及其他建议也都是备选的另一种可能。文学研究向何处去，仍是尚需众多学者思考的问题。但至少，卡勒清晰的声音会引发学者们对后理论时代更为理智的反思与探讨。

---

① 盛宁：《对"理论热"消退后美国文学研究的思考》，《文艺研究》，2002 年，第 6 期。

② 盛宁：《"理论热"的消退与文学理论研究的出路》，《南京大学学报（哲社版）》，2007 年，第 1 期。

③ Culler & Sawyer, 2007.

第 4 章

关键词

本章开始具体分析卡勒的语言学之思、"诗学"之思及"理论"之思。卡勒的语言学之思主要聚焦于索绪尔、巴特及符号这几个方面。这是他"诗学"之思与"理论"之思的起点与基础；其"诗学"之思则紧紧围绕结构主义诗学、叙事学阐述；而他的"理论"之思则以解构主义、理论、文本、文化研究、施为性为核心。①

4.1　语言学之思

可以认为：索绪尔的语言学体系是卡勒"诗学"之思和"理论"之思的参照系，"规约系统"、"意指机制"、"任意性"（相对于"自然化"）、"模式"这些概念都能在卡勒的"诗学"大厦上找到投影；而对"隐喻"中意义置换的考察，也是卡勒在"理论"之思中所强调的"嫁接"、"跨学科性"这些概念的隐约预言。

4.1.1　索绪尔②

卡勒对索绪尔的介绍着眼于"真实的索绪尔"。在 1967 年，恩格勒（Engler）出版了索绪尔学生们的原始笔记，这时大众可以自己来重新构建自己的索绪尔。卡勒依据此原始笔记修正了《普通语言学教程》（以下简称《教程》）中的某些缺陷：章节的呈现顺序、未能突出强调符号的任意性、术语的

---

①　由于卡勒学术批评思想受到时代思潮的强烈影响而多有变化，且许多方面联系并不十分紧密，因而在以下的介绍与讨论中，为了介绍他那些较为精辟却并不太为人所知的重要观点，删减与繁琐在所难免。

②　可参见 Culler, FS, 1976；1986。

使用不一致。更为重要的是，他借此调整、丰富了《教程》中所阐述的语言体系。

在对索绪尔理论的介绍中，卡勒认为《教程》中呈现的顺序可能并非如索绪尔所设想，因而未能反映索绪尔论证的逻辑结构。与《教程》中语言—言语、符号（能指—所指）、共时语言学（其中一部分为聚合与组合关系）、历时语言学这种组织框架不同，卡勒以符号的任意性为中心，依次介绍了符号的关系性、语言与言语的区分、共时与历时的角度、聚合与组合的关系。卡勒认为在索绪尔的论证中，任意性是符号的第一原则①。其含义是：能指与所指之间没有自然的或不可避免的联系。其例外之一是拟声词，但为数不多；其次是"typewriter"这样的合成词，但这样是"次要理据性"，它让位于"主要的任意性"，且它与短语的构成相似。同样，语言亦不是一种"命名"。

这样就涉及到语言的一个重要原则：能指与所指是完全关系性、或差别性实体。因为其任意性，符号不是自治的实体。它最重要的特征是：它是其他符号所不是的东西。这可用价值、语言的同一性、语言与棋之类比来解释。而上述解释当然要区分语言系统的单位与其实际物理表现。由此可以看出，索绪尔所认为的语言的单位是形式而非实体。

而这种区分即为"语言"与"言语"的区分。"语言"是语言学家主要关注对象。"语言"与"言语"的区分把语言的社会性与个体性、本质内容与附属内容给区分开来。而在另一方面，由于符号的任意性，没有所谓的"本质"，它需要被定义为与其他符号相关的关系实体，而这种关系是在某一个特定时间获得的。如果要定义其成分，则需要聚焦于存在于某一特定共时时刻的符号关系上。这即是"共时"与"历时"的区分。共时关系具有优先性。从"you"与"ye"、"thee"、"thou"这种历时关系来看，它们之间的关系是次要的。而泛时观因为语言的任意性，在索绪尔看来是不可能的。由此，语言的历时演变外在于语言，它并没有自身的目的性。

在研究"语言"时，我们所关注的应是其同一性与差异性。在一个语言序列中，某个成分的价值不仅取决于它与其他可供选择成分之间的对比，也取决于它与该语言序列前后成分的关系。前者被称为"联想关系"（或"聚合关系"），后者被称为"组合关系"。它们在音位、形态学、句法、整个语言系统

---

① 可参见以下4.1.3节。

都存在。而语言的另一个重要原则是：它是某种社会事实。我们可以认为语言学研究的不是声音序列的集合，而是社会规约系统。

在对索绪尔理论的定位上，卡勒将该理论置于语言学历史、与索绪尔同时代的其他社会科学的学者（特别是弗洛伊德、涂尔干）思想、对现代语言学的影响这个语境来审视。不同于《教程》中三阶段的划分，卡勒介绍了索绪尔之前到1800年的语言学研究情况，并突出介绍了新语法学派。而在把索绪尔与弗洛伊德、涂尔干进行对比中，卡勒指出：他们颠倒了那种认为社会是个人行为的结果的观点，坚持认为行为是由个人有意识或无意识所吸纳的集体的、社会性系统所造就。如此，解释某种行为即是将它与造就此种行为的潜在的规范系统关联起来。它所提供的解释是结构性的，而非因果性的，由此避免了历史的解释。这是一种方法论上的转变。而卡勒认为索绪尔对现代语言学的影响表现在两个方面：首先他提供了一个总的方向；其次，他阐发了先前已被提出的一些具体概念。在索绪尔的影响上，卡勒将符号学视为分析所有社会系统的方法，而索绪尔则站在符号学的前沿。卡勒进一步阐明：只要人类行动或产出传达意义，只要它们像符号一样运作，就必定有潜在的规约与区分系统使它们成为可能，有符号就有系统。索绪尔指出语言是符号学最好的试验田，因为语言符号具有明显的任意性。卡勒认为：正是这种任意性才让人们去阐述那些创建符号的功能性差异的系统。在其他文化系统中亦是如此才让人们注意到那些自然化的意识形态力量。因而，卡勒认为：在某种文化中，如果任何有意义的东西是符号并进而成为符号学考察的对象，符号学就能包括人文社会科学的大多数学科。

卡勒还讨论了索绪尔对文学的符号学分析，及索绪尔有关字谜的未尽之作。索绪尔认为文学中存在着一个重要的规约系统，即人物的塑造受制于一系列的文化模式，阅读中正是这些模式使得读者可以从行为判断动机，从外表推知品性。而字谜现象同样受某些严格的附属性规约的制约，这时文本超越了普通的符号，深入到意指过程的另外一个层面与机制。卡勒认为：这种审视符号内部组成成分的角度为我们带来两种可能：（1）寻找字谜或其他可在文本表层出现的符号；（2）找到重复的模式。这样，除了常规单词，字母还可能组合为其他的模式。

4.1.2 巴特①

卡勒并不特意区分前期巴特与后期巴特的不同之处，他认为：巴特首先是个结构主义者，是对文化命名进行系统、科学分析的倡导者，是符号学与符号科学最有力的鼓吹者，他还提出了结构主义式"文学科学"。但对其他一些学者而言，巴特被视为追求阅读中愉悦的代表，是先锋中的先锋，是"作者之死"的代言者。这就是一个自相矛盾、多才多艺的巴特。

卡勒认为：巴特作为"文学史家"，其《写作的零度》宣称文学语言参与了政治与历史，确立了一个总体的历史叙事，并让我们认识到二级意义（second level of meaning）的存在。作为"神话学家"，巴特的《神话》站在了解神密化（demystification）的前沿，它向我们揭示：关于世界最"自然"的语言也依赖文化代码。正如帕斯卡（Pascal）所言：如果习惯是第二自然，那么自然也许仅仅是第二习惯。作为"批评家"，巴特以《米什莱》、《拉辛》、《批评论文集》、《萨德/傅立叶/利奥拉》来声明：文学的任务不是"表达无可表达的内容"，而是应"让可表达的内容不可表达"。作为"论战家"，在《批评与真实》中，巴特成为"新批评"的发言人，也为结构主义的文学科学（诗学）提供了明晰的路线。作为"符号学家"，巴特的《符号学要略》、《流行体系》告诉我们：哪里有意义，哪里就有系统。作为"结构主义者"，他的《批评论文集》、《意象/音乐/文本》、《S/Z》试图以语言学术语描述文学语言、澄清了叙事的要素与组合、阐明了文学意义如何取决于先前的代码。卡勒在这里高度推崇《S/Z》，称其集巴特之大成，是巴特文学见解的论纲，是自相矛盾观点的集合地。作为"享乐主义者"，《文本的愉悦》、《恋人絮语》复兴了享乐主义与对身体的吁求，当然这也是巴特作品中最难评定的部分。作为"作家"，《罗兰·巴特论罗兰·巴特》、《符号帝国》并非分析某种特别的现象，而是向我们呈现了写作这个过程。最后，作为"文人"，《明室》让我们了解他在语言中的历险。

明显，对卡勒影响巨大的是结构主义的巴特，特别是写作《S/Z》的巴特，而后期巴特在很大程度上被卡勒有意淡化处理了。

4.1.3 符号的任意性

在《教程》中，符号的任意性被索绪尔视为语言历时性与共时性的决定

① 参见 Culler, RB, 1983；2002。

性因素，是语言的根本性特征。对于拟声词，《教程》也声称："它们失去了原有的某些特征，而拥有了一般语言符号的特性，即无理据性（unmotivated）"①。卡勒认为很有意思的是：《教程》拒斥了偶然的理据性以维持符号的本质性的任意性，将明显理据的符号排除在系统的有机成分之外②。

在《丧钟》中，德里达将索绪尔的法文例子"fouet（鞭子）"或"glas（丧钟）"称为"拟声词或任意性的污染（contaminated effects）"。德里达辩称这种污染的现象正表明任意性的不纯粹。而卡勒在对照索绪尔学生康斯坦丁（Emile Constantin）的笔记后发现：这些例子是由编者杜撰的。在康斯坦丁的笔记中，索绪尔并未提到"fouet"或"glas"，亦未提到语音演化的"偶然"结果，也未提到"真正的象声词"，而是承认了象声的存在。他在笔记中说："明显的是，有这样的象声词，如'tick-tock'，'glub-glub'。但它们包含在诸多词语之中，以至于被认为是普通词语"③。

卡勒注意到：按照学生笔记，在索绪尔的第三次讲解中，他从符号的任意性描述（见《语言符号的本质》）迅速地过渡到"语言系统中的绝对与相对任意性"④。在《教程》中，这部分内容被放在第二部分《共时语言学》中语言单位、语言同一性、组合与聚合关系、语言价值之后，放在《语言的机制》这章的结尾部分，显然是把相对任意性当成附属性的。但在笔记中，它是逻辑地从能指与所指关系（根本上是任意的）发展到价值概念（基于差异）再到语言系统的描述（基于理据性）。"任何让语言成为系统或有机体的东西应从以下这种观点来考察（一般都没有遵照此原则行事）：作为一种与思想相关的对任意性的限制。"⑤《教程》中虽亦有此语，但放在语言价值的讨论之后，它就显得是补充性的。

---

① Ferdinand de Saussure, *Course in General Linguistics* (edited by Charles Bally, Albert Sechehaye, and Albert Riedlinger, translated by Wade Baskin, introduction by Jonathan Culler), London: Owen/Fontana, 1974, p. 69.

② 在卡勒看来，任意性对语言学的发展可能影响不大，但对文学与文化研究的影响则极为显著。文学与文化的研究者向符号体系的自然化倾向发起挑战，他们要揭示其中的文化运作，并揭示符号的任意性与规约性。这种对理据性的不信任来自索绪尔。

③ Ferdinand de Saussure, *écrits de linguistique générale. Texte établi et éditépar* (edited by Simon Bouquet et Rudolf Engler), Paris: éditions Gallimard, 2002, pp. 156. 2. 1152 ~ 1156.

④ 参见 Culler, LTh, 2007, pp. 127 ~ 128。

⑤ Engler, 2002, 301. 5. 2108.

因而卡勒的结论是：对索绪尔来说，符号从根本上说是任意的，但语言系统是理据性系统，两种原则相互依存。正是因为能指与所指之间关系是无理据性，"语言"才成为理据的系统。这里索绪尔的"绝对"与"相对"相对立，任意性是符号的基本状态，在共时情况下，某些符号会是完全（绝对）任意的（无理据的），而某些会是相对理据的，而理据性的个别事例会随着语言的演化而改变。"语言演化的整个过程可被表述为完全无理据与相对理据各自比例之间的波动。"① 这样，在某一刻完全无理据的符号会在另一时间成为相对理据的。

卡勒认为：索绪尔对绝对与相对任意性的讨论不仅不限于词语的理据性，他也给出了各种语法与形态学的例子（从动词时态到复数形式）。那些关于前缀地位（如 gl-）、类比与错误类比（由"re"前缀而造出"redemissionnner、recontempler"这样的单词）、系统的自我分解（由"somnolent"而分解出"somnoler"）的分析，都指向"所有共时事实的基本共性"②。他声称"语言单位与语法事实仅仅是指明同一事实（语言对立的运作）的不同方面的名称罢了"③。这种关系在联想（或聚合）与组合层面展开。因而语言系统是上述两种差异的游戏，被视为一种理据过程，它让我们得以产出、理解句子。正如德里达所言，索绪尔对语言系统机制的理解（差异的游戏、类比的运作、语法作为一种理据性过程），无法建立在一个不承认理据性的符号理论之上。

由此，卡勒认为我们不应将理据性视为任意符号体系之中不相关的偶然事件。索绪尔鼓励我们按不同种类的差异与理据（而不是以语言的"污染"或"侵犯"）来思考语言体系的运作，这意味着我们可以将不同种类的、由差异发挥作用的理据性理论化。④

4.1.4 书写语言学

卡勒在这里想提出一种认真关注书写结构、策略与效果的语言学。语言学家一般忽视书写，仅关注言语。但哈里斯（Roy Harris）的《语言标记》提醒我们：现代语言学的"真正发现程序"是"假设标准正字法能识别出所有相

---

① 参见 Culler, LTh, 2007, pp. 127~128。
② Saussure, 1974, p. 136.
③ ibid, p. 122.
④ Culler, LTh, 2007, pp. 115~136.

关区分，直到能作出相反假设"。这表明了语言学对书写的依存性。但在同时，卡勒提醒人们不要走入歧途，将语言学中对言语的重视转变成对书写的重视。

卡勒介绍了泰德罗克（Tedlock）的分析。泰德罗克指出语言学对语音特征的忽视，将其指定为"副语言特征"，他注意到停顿时间、音调标记、重音及元音音长都被置于音位学本体的边界位置。因而书写语言学的基本结构问题就是：应将语言学扩展到那些问题多多、但很重要的领域。是以增补方式修修补补，还是推倒重来，将边缘问题置于核心？由此，书写语言学对于那些被语言学模式置于一边的语言现象给予了中心位置。

如果索绪尔将语言视为符号的系统是第一语言学的基础，那么第二语言学从一开始就关注"另一个索绪尔"，即关注字谜游戏的索绪尔。他对制约字谜游戏中"模式（patterning）"的规则进行了假设。在索绪尔语言系统论的描述中，"语言"是由互相区分的符号构成。但若就文本视之，我们可能不再注意到符号，而是其他的模式：其他在文本之下发挥作用的意指过程。研究字谜中符号构成成分的角色有两种可能：把话语视为由某种形式的程序所驱动；或找出那些不易被分解为常规符号的重复模式。由此，语言与其说是一种所指与能指结合的符号系统，不如说是回声与重复的无限制模式，由读者来决定选择无数可能模式中的一种，并赋予其意义。

索绪尔对字谜的研究常被误读为意义是由读者创造的，他能在语言中找到他所想找的东西。由此符号系统只是无穷无尽的模式或一般重复中的特例。模式似乎在没有先前规约或听众认识的情况下运作，且它似乎由读者随意创造，由他来决定什么被视为一个能指。这挑战了将语言视为符号系统的思路，它主要表现在以下两个方面：首先它表明在符号层面之下仍有运作的力量；其次，它并非是现象地指定，因而意指模式的确定仅是规约或意义的赋予，而非对既定符号的认知。

索绪尔对拟声词的排除、对书写的排斥让我们警醒：排斥的东西可能是语言的重要方面，偶然的理据性可能会是语言的一般机制。语言系统中的任意符号可能会是一个更大话语系统（其中理据化、去理据化、再理据化不断地产生效应）中的一部分。

而《芬尼根的守灵》就是很好的一例。在其中，读者是意义的创造者，但是事实上仅仅存在回声、关系，它们强制性的本质需被书写的语言学来解释。因而书写的语言学寻求颠倒单个编码的符号与那些通常被视为不相关的物质之间固有的关系，它将符号视为一般回声的特例，并探索了语言学是否可以基于这样的基础之上。因而，书写的语言学应处理与语言物质性相关的文本性，如果我们将其转变成符号，它必然会被误读。①

4.1.5 隐喻

卡勒回溯了有关隐喻与借喻的研究，从雅各布森的"隐喻与借喻的对立"，到厄尔曼（Stephen Ullmann）注意到两者之间的亲密联系，到热奈特的"隐喻由借喻支持"的观点，再到德曼宣称"隐喻优先是基于借喻的效果"，再到艾柯颠倒雅各布森的观点（他声称：借喻是语言的系统与代码，而隐喻则依赖借喻，可被文化的规约所解释，并非基于真实的相似性或本质）。而卡勒由此分别从意义的置换与对立这两种不同角度审视了隐喻。

卡勒在《结构主义诗学》中声称：符号学或结构主义阅读理论要我们将修辞学训练作为一种方式，给学生提供一套解释文学作品的形式化模式。结构主义潜在地认为：修辞告诉我们如何从一种意义过渡到另一种意义来"自然化"文本。它有两种意义过渡/分解方式：整体被分解为部分，或类别被分解为成员。最基本的是提喻法，它分别利用了这两种关系。而隐喻则是两种提喻的合成：它或是从整体到部分再到整体（如"oak"到"roots"再到"anything with roots"）、或是从成员到类别再到成员（如"oak"到"tall things"再到"any tall person or object"）。而另外两种合成方法中，"从类别到成员再到类别"一般没有，而"从部分到整体再到部分"则是换喻（如"that skirt"到"notional girl"再到"the girl"）。当然，诗歌的理解不仅仅是意义的置换问题。结构主义还对各种形式组织的语义价值及语义效果进行了解释，如诗歌形式上分成行与节、行尾的停顿。②

而在《符号的追寻》中，卡勒认为，隐喻可在本义与比喻义（可称为哲学义与修辞义）的区别之间找到。前者在意义与指称之间置入了隐喻，将一个物体、一个事件或任何其他种类视为某种东西，由此任何将修辞归结于真理的企图最终会将真理降格到修辞；而后者则在所指意义与所述方式之间置入隐喻。它或将已指定意义的名称指定给另一个未受指定的意义、或对未命名的事

---

① Culler, FSi, 1988, pp. 217~230.
② Culler, SP, 1975, pp. 179~182.

物进行命名。在以上两种情况下，一个术语被视为基本的、具有优先性的，而另一个则被视为派生性的。但在同时，被视为第二性的亦可能被视为基本的。在隐喻的领域，有以下问题：本义与比喻义间的区分不稳定、本质与偶然相似之间的区分虽重要但不可把握、思维与语言过程之间存在着张力。而不同于隐喻研究学者将隐喻视为"语言"的一部分、是对结构的研究，戴维森（Donald Davidson）认为隐喻属于"言语"，是对效果、反应的研究。卡勒认为：虽然将隐喻视为读者的某些解释过程的描述很有启发，但若认为由此就万事大吉也是错误的。因为对隐喻的反应不纯然是随机的或个人化的现象。要描述这些反应，还应通过标准、规约、代码与结构进行定位。①

4.2　诗学之思

可以认为：卡勒的结构主义"诗学"与叙事学研究承载着他太多的梦想。然而，他的"诗学"之路并非畅达。由此，他不断地更新着自己的相关论点，以试图包容或抵制众多此起彼伏的思想流派。而唯一不变的是他的形式化立场与对"规约"、"机制"的追寻。

4.2.1　结构主义诗学

卡勒的诗学概念历经几次变迁，但他自始至终强调"诗学"与"解释"的区分。卡勒认为：文学研究不是去产出关于《李尔王》的另一种解释，而是推进对一种话语模式、某种机制运作与规约的理解②。在符号学的建构中，他提出我们应试图系统描述文学话语的意指方式、及在文学体制中体现出的解释运作。或者如詹姆逊和姚斯那样，采取历史的角度，突出任何解释的暂时性。正如赫希（E. D. Hirsh）所言："学术出版界问题的出路在于抛弃过去四十余年来将阐释作为文学教学唯一正途的做法。"③

但值得注意的是：卡勒的这种区分并非是他的首创。詹姆逊在评价巴特的形式化倾向时指出：巴特对"文本科学"与"解释"这种区分是对弗雷格与卡纳普对指定陈述的"意义（Sinn）"与"指称（Bedeutung）"原有区分的再

---

① Culler, PS, 1981, pp. 188～209.

② Culler, SP, 1975.

③ Culler, PS, 1981, pp. 5～17.

加工，即保持不变的形式化组织与几代读者加诸其上的意指或评价。詹姆逊同时认为虽然巴特的批评代码繁多芜杂，但他对这种区分的钟情一如既往。结构主义试图将主体融入纯粹的关系性，融入语言系统或象征界，由此它可被视为是（刚刚崭露头角的）社会生活集体性的一种变相意识，它同时赋予自身去创建一种新型、客观的科学或符号学这种实证主义的信念。①

　　卡勒后来在《文学理论：简介》中，又进一步阐释了自己对"解释学"的看法。他区分了"复归型解释学（hermeneutics of recovery）"与"怀疑型解释学（hermeneutics of suspicion）"。前者寻求重构原始文本：包括环境、作者意图、文本对原始读者的意义；而后者则寻求探究文本所依赖的未经考察的假设，包括政治、性、哲学、语言学各方面。而另一种区分则是"说明式解释（interpretation as explication）"②　与"症状式解释"。前者既可指"复归型解释（symptomatic interpretation）"，亦可指"怀疑型解释"，它将运作中的文本视为具有某种主题意义；而后者则将文本当做非文本的症状、据信是更深层次的东西，不管它是作者的心理历程、还是某个时代的社会张力、抑或是资本主义社会的同性恋恐惧（homophobia），它才是兴趣的真正来源。"症状式解释"忽略对象的具体特性，将它视为其他事物的符号。卡勒声称：将诗歌解释为一种特征的症状或实例，就对解释学而言不是很满意，但对诗学来说则大有裨益③。

　　卡勒还注意到"解释"与"诗学"之间微妙的关系：许多所谓现代批评学派源自对语言、文化与社会至关重要的理论阐述，但一经解释学转变，他们就生产出具体的解释。而这些解释在一开始就把文学作品的终极目的分别视为阶级斗争（马克思主义）、俄狄浦斯情结（心理分析）、对颠覆力量的抑制（新历史主义）、文本的自我解构（解构）、性别关系的不对称（女性主义）、帝国主义及其引发的混杂性（后殖民理论）。但这些并非是文学研究的目标。④他进一步指出以解释为目的的危害：若鼓励那些针对语言、身份、身体、混杂性、欲望、权力这些问题所进行的宽泛而又不系统的研究，那么具体文学模式

---

　　①　Jameson, 1972, pp. 195~205.

　　②　这并非卡勒的术语，可参见 David Bordwell, *Making Meaning：Inference and Rhetoric in the Interpretation of Cinema*, Cambridge, Massachusetts：Havard University Press, 1989 相关内容。

　　③　Culler, LT, 1997, pp. 68~69.

　　④　ibid, pp. 230~232.

的研究，如有关体裁、小说、诗歌、韵律的理论，就会被忽视了①。

由于卡勒的结构主义"诗学"内涵在不断变更、扩大，且在第二章、第三章中我们对此已有不同程度的涉及，以下我们仅简要介绍他的整体"诗学"框架，然后分别从"符号学"、"互文性及预设"、"过度诠释"这几个不同角度来探讨卡勒关于"诗学"的进一步思考。同时在最后也一并讨论了卡勒"诗学"概念中的一些未尽完善之处。

整体"诗学"框架

卡勒的"诗学"源自巴特的"真实效果"的启示。巴特在1968年同名文章中以福楼拜小说中的一个句子②为例，他评论道："如果能在钢琴的铭牌上找到主人资产阶级地位的标志，在箱子上找到零乱的痕迹、地位失落的迹象，它们可能表示奥贝恩式（Aubain）家庭氛围。而提到温度计则似乎漫无目的，它既不另类，又不重要。一眼看去，它并不在'显眼'之列"③。巴特的结论是：在现代文学中，存在着意义或功能与现实之间的对立。西方文化中根深蒂固的看法就是世界或现实在我们感知它或解释它之前就存在于那里。并不具备意义或无可解释的事物就由此代表着真实，这种意义的缺场将故事嵌入真实的世界。但需要强调的是，它并非指向真实，而是暗示着真实。④

卡勒由此指出：如此这般，文学研究的目标不在为文学文本提供一种新的、更完美的解释，巴特的目标是引领读者提升对文学话语的理论领悟。这就是"诗学"而非解释学，这可以语言学类比。语言学并不对英语句子作出新的解释，而是将其潜在的规则，即语法，揭示出来。以语言学为模式的诗学就不应为作品提供新解释，而应理解让它们产生如此效果的规约与技巧（如"什么让这个段落具有讽刺意味？""为什么诗歌的结尾欲说还休？"）⑤。

有鉴于此，最初卡勒提出：批评话语可被视为是意义生产的过程，并能产生出新的意义。读者就不仅可以借助自发的反应，也可参考某个文化关于连贯性、效应的基本假设来推崇某种阅读，而废弃其他方式的阅读⑥。在这种阅读

---

① Culler, LT, 1997, p. 11.

② 这个句子是："一架带支架的旧钢琴，下面是一支温度计，盒子与箱子堆得有金字塔那样高"。

③ Roland Barthes, *The Rustle of Language* (*Trans. Richard Howard*), Oxford: Blackwell, 1986, p. 142.

④ 参见 Culler, FU, 1974 及 Culler, SP, 1975 有关"真实效果"的论述。

⑤ Culler, LTh, 2007, pp. 229~232.

⑥ Culler, FU, 1974, p. 20.

的推进与抵抗中，阅读规约也在四个层面上干预着意义的生产：描述层［两种基本规约在运作并处理细节问题，基于因果关系的经验式复元（recuperation）、基于象征关系的象征式复元］、叙事层（叙事者支持着种种解释运作）、人物层（两种基本规约是：一致性、具有意义）、主题层①。

在此基础上，在《结构主义诗学》中，卡勒建构了由三个方面构成的结构主义"诗学"："文学能力"、"规约类型"与"自然化方式"②。"文学能力"概念来自费什，不过卡勒对此进行了再度阐发。他解释道，"文学能力"这个概念并非是声明：具备此种能力的读者只能得出一个众所接受的解释。而是要用来说明以下这点：对诗歌的期待以及阅读诗歌的方式能引导解释的进程，同时会严格限定哪些阅读方式可被接受或较为可信。

卡勒的"规约"与巴特、托多洛夫的叙事学中论述颇多相似之处，与维洛尼卡则是一脉相承。而"自然化"则是巴特神话分析中的主要术语（卡勒这里将它与托多洛夫的"逼真化"、形式主义的"理据化"相提并论）。卡勒认为：文学体系允许诗歌中的文本与世界之间的关系存在着某种不同，由此某种自然化或阅读运作的方法可以适用于它。因而将文本视为悲剧就意味着赋予它一种框架，允许它有其自己的秩序和复杂性。事实上，对体裁的描述就是试图确定那些阅读和书写过程中不同类别的运作，确定种种不同期待以让读者可以自然化文本并赋予它们与世界的关联，确定在某个指定时期作者所能使用语言的可能功能。体裁或书写的规约在本质上就是意义的种种可能，就是自然化文本并赋予它在这个文化世界中某种位置的种种方法。他认为：自然化的方式可以区分出以下五种："真实世界"（直接来自世界的结构）、"共有文化知识"（文化约定俗成或共同接受的知识观念）、"文学体裁的模式或规约"（一套与文本相关的、且使其具有意义和连贯性的文学标准，包括作者想象的世界、叙述者、言语行为、体裁）、"规约化自然"（对文本非自然方面采取一种自然的态度）、"戏拟与反语"（对原始文本特征的模仿与夸张，前者是形式上的，后者则语义上的）。在以上各种层次上的自然化，就是将文本与各类连贯性模式关联起来，以便文本能得以理解。③

此外，卡勒还具体就"抒情诗诗学"和"小说诗学"展开分析。卡勒

---

① ibid, pp. 86~156.
② 卡勒并未对这三个方面严格区分，许多时候是混在一起使用。
③ Culler, SP, 1975, pp. 131~160.

提出约束诗歌可能意指模式的规约有：第一是非个性化规约①；第二种基本规约是连贯性或总体性期待②；第三种规约是主题意义③；第四种规约则是在诗歌理解中产生的抵抗与复归④。就小说的可能规约，卡勒按本维尼斯特的"分布关系（distributioanal）"与"整体关系（integrative）"区分了两种不同规约：从整体关系（即等级关系）看，它分为叙事约定（细节层面）⑤、代码（叙事言语行为层面）⑥；从分布关系看，它分为情节、主题⑦、

---

① 即使那些明显声明为特定情形下个人表白的诗歌，阅读规约也不会让我们将其视为纯粹个人化的事务，而是按照诗歌其他部分的连贯性要求去构建某种指称性语境。我们必须构建出话语的虚构情形以确立主题内容。克里斯蒂娃声称的"主体的消解"，对于诗歌而言，只是经验性主体的消解，而由非个性化主体取而代之。

② 对总体性的期望让我们能认识到诗歌碎片间的缝隙与不连续性，并能赋予诗歌以主题价值。因而，解释诗歌，就是假设一种总体性，然后探索、理解其间的缝隙。解释过程中的总体性目标可被视为是文学版的格式塔完形法则。它最基本的模式有二元对立、二元对立的辩证统一、由第三者来替代不可调和的对立、四术语对应体、系列因素的共分母、系列因素的总结性或超越性定论。

③ 它或是试图将诗歌读解为灵光一现，或赋予特定经历以重要性，或是对诗歌自身问题的探索与反思。也还有其他有关主题意义的规约，如个人性规约、心理分析式及社会性规约。

④ 非个性化、总体性、主题意义规约为诗歌阅读创造了条件，并决定了阅读的总体方向，而抵抗与复归正是阅读过程中的具体、局部的规约。阅读诗歌总是要使诗歌明白易懂，诗学总是试图指明这类运作的本质所在。符号学或结构主义阅读理论要我们将修辞学训练作为一种方式，给学生提供一套解释文学作品的形式化模式。

⑤ "叙事约定"指的是某些文本要素，它们能够满足读者认识小说所描述的、或提及的世界的这种期待，能借此认定小说的表征性或摹仿性。在其最基本的层面上，它是由描述残留（descriptive residue，它的作用只是直接表明某个具体事实）来完成这种功能。这类要素证实了文本的摹仿性，并使读者确信他能像解释真实世界一样来解释文本。

⑥ "代码"是巴特所创造概念，他将文本分为"词位（lexies）"这个基本单元来讨论，并把它们区分为五种代码，这些代码能让我们识别出各个元素并将它们按特定功能归类。在巴特看来，代码是由其同质性决定的。它们是，行动代码、诠释代码、义素代码、象征代码、指称代码。

⑦ 与"情节"相关的规约应能让读者识别出情节、比较它们并把握住结构。如普洛普分离出31种功能，它们构成有秩序的一套组合，特定故事中功能的存在与缺席就是情节分类的基础。由此情节被分成"由斗争与胜利而展开"、"由克服困难而展开"、"由上述两者而展开"以及"没有上述两者展开"。关于情节的研究则可被认为是"主题与象征"结构在时间上的投射。小说阅读的规约提供两种基本运作，它们可被分为经验性复归、象征性复归两类。前者基于因果推断，后者则借助联想关系，它将并不具有因果关系的一方作为另一方的符号。但在此我们应关注寓言对此种自然化过程所提出的挑战。寓言避免将象征性阅读视为过于自然。正如柯特律治所言，象征与寓言的区别在于"明显意义"与"终极意义"这种不同。在象征性文本中，解释过程显得较为自然，象征自身就包含经语义转换产生的所有意义；但寓言则强调不同层面之间的差异，要跃过不同层面之间的差距以产生意义。寓言的第一种类型从最简单的格言式寓言到但丁、斯宾塞式复杂、宽泛的寓言，它能由一种外部权威（如宗教主题）来识别、辨明解释的不同层面。另一种类型则不能确定适用何种外部权威。由此看来，寓言这种模式意识到经验与永恒之间无法融合，因而它强调了这两个层面之间的分离性，解除了象征性神秘的光环。

人物①。

符号学

卡勒把"诗学"展开到"符号学"的目的，在于试图包容更多非文学研究的流派（如德里达的解构），它实际上是"诗学"的一次"扩招"。

卡勒认为符号学研究的意义在于：文本的要素并不作为自足的实体而具有内在的意义，它们的指意（significance）来自于对立关系，而此种对立关系又与其他对立相关，处于理论上永不停息的符号指代过程中。在不反对因果解释概念的条件下，它从历史的角度切换到非历史的角度，以试图描述整个系统而非追踪单个事件的前因后果。符号学把一种文化中有意义的物体或行动都视为符号，它试图找出那些使意义显现出来的规则和规约，而这些规则和规约已被该文化成员有意识或无意识地同化了。比如，在研究一种文化的服装时，符号学会忽略许多对使用者重要但却并无社会指意的信息。正如福柯所指出，人在心理分析、语言学和人类学研究中已被去中心化了，因而当代的研究可以被称为符号学的研究：拉康的无意识符号学、列维－斯特劳斯的亲属代码和神话符号学、巴特和热奈特的文学符号学以及历史话语和文本的符号学。

在卡勒看来，在文学研究中，符号学应试图定义潜在的规约系统，突出文学作为机制的这一方面。由此，必须区分阐释型批评与文学符号学，后者的目标是诗学。正如语言学家的任务不是告诉大家单个句子的意思是什么，而是解释各种语言成分是按何种规则组合、对立而产生意义的，符号学家应发现那些使文学交流成为可能的代码的本质。这种研究始自托多洛夫、巴特、热奈特，现在如对情节结构的研究、叙事代码或技巧的研究亦属此类。此外，卡勒补充道：以读者为中心的研究，以及德里达式解构的阅读［被卡勒称为双重科学（double science）］亦产生于符号学。②

①　与"人物"有关的规约可参见巴特借义素代码对"命名"的阐述。在对萨拉辛的分析中，他指出：阅读就是努力去命名，就是让文本中的各个句子投入到语义转换过程中。但此种命名总是近似的、不确定的。而当我们成功进行一系列命名后，就确立了某种模式，人物亦即成形。这种义素选择与组织过程受人物意识形态、心理连贯性潜在模式的制约（当然在某种程度上，这些概念是来自非文学的经验，但我们不应低估它们作为文学规约的程度）。我们有关智者、乞丐、情人等等的模式是一种文学建构，它促进了我们选择语义特征来填充某个名称的内容。如果要理解义素的运作，我们还需要对文学典型进行更为全面的描述，它将提供某种连贯性基本模式。但这些义素仍是开放的，并未就此终止。

②　Culler, PS, 1981, pp. 18～43.

因而，卡勒把阅读的符号学目标定义为"智性"，即文学作品是如何产生意义的，读者是如何理解文学作品的。他进一步重申："理解"意味着若需考察文学的意指过程，我们就应分析解释机制。他强调阅读的首要任务就是描述那些可信的解释运作机制。至于单个作者在何种程度上运用了这些机制、这些机制对于专业批评家这个小群体有多大限制性，这些问题需在我们先描述出这些机制后才能被解答。但这种做法不应被视为阅读的符号学，它是一种所有上述阅读的大综合。总的来说，此类阅读的内容会因文本的性质而多有不同，但其形式特征还是那些可被确定的阅读机制。①

互文性与预设

"互文性"在文学批评中是一个重要概念。它由克里斯蒂娃②在巴赫金诗学理论的启发下提出，并经巴特、热奈特、利法特尔的阐释，以及德里达和布鲁姆的重新读解，逐渐从一个思辨的概念演进为可具操作性的方法③。卡勒这里将它表述为语句与语句之间的关系，由此借助预设这个概念来考察句子在此互文性空间中是如何产生意义的，亦即对其"规约"的探究。这样，"诗学"的追寻也可在句子这个微观层面实现。

卡勒认为：在一方面，互文性让我们注意到先前文本的重要，那种认为文本是自足的看法是一种误解，而一件作品之所以有意义，是因为某些内容已在先前被阐述过；在另一方面，互文性与其说是作品与某个特定先前文本的关系，不如说是表明了它在一种文化的话语空间的参与。因而，互文性的研究不是考察传统所设想的来源及影响，它的网撒得更广，包括了那些匿名的、无法追踪来源的话语实践与代码。正如让一系列噪音成为一个意义成分的序列的是整个语言的音位、语法、语义系统，互文性所指定的内容，让我们能辨识出文本中的模式与意义。④

卡勒进而以布鲁姆为例，介绍了他对"互文性"概念的具体操作手法。卡勒认为布鲁姆将"互文性"概念压缩成某个文本与特定先前文本之间的关

---

① Culler, PS, 1981, pp. 47~79.

② 其主要概念"生成文本（geno-text）"与"现象文本（pheno-text）"借用自苏姆扬（Sebastian Shaumyan）的"生成语法"与"现象语法"的区分。

③ 在国外，艾伦的《互文性》（Graham Allen, *Intertextuality*, London: Routledge, 2000）；在国内，秦海鹰 2003 年完成的国家社科项目结题报告《互文性问题研究》、陈永国 2003 年对"互文性"的解释都是很好的介绍与参考。

④ Culler, PS, 1981, pp. 100~104.

系、某个诗人与其主要先辈之间的关系。这样从文本转向个人，布鲁姆对互文性显示出比巴特更为谨慎的态度，并由此将互文性从巴特式无尽的、匿名的、也是无可适从的引用空间中解放出来。这样，由"互文性"压缩而成的两种个人之间的关系，成为一首诗歌与另一个伟大（也是诗人竭力超越的）先辈诗歌之间的关系。布鲁姆的"对抗式批评（antithetical criticism）"表明了"互文性"这个概念的可能的危险，因为它指向宽泛无边、未予界定的话语空间，因而很难应用。而一加以限定，它或者会落入传统式影响研究的巢厩（这也是其所欲超越的），或是仅限于指出几个特定的先前文本以资诠释。虽然这种将"互文性"范围限定、集中的趋势不可避免地会在某种程度上侵蚀"互文性"的总体概念，但我们也没有理由放弃这个方向的努力。卡勒由此认为，在此方面，我们有两个努力方向：一方面是像利法特尔那样重构诗歌语言中特定用法中的旧有词汇与描述系统（clichés and descriptive systems）；另一方面是遵从语言学模式，探究一下"预设"的概念及其对文学的启发。①

在语言学的逻辑预设可以是这样一些句子，真实句（如 John bought a car）、分裂句（如 It was John who caught the thief）、时间从句（如 John left before Mary called）、非限定关系句（如 The hotel, which was build in the nineteenth century, is decrepit）、某些动词体态（如 John stopped writing at two o' clock）、重复句（如 John called again）、预设量词（如 Everyone but John died）以及限定名称及结构（如 John married Fred's sister）。这些逻辑预设对文学意义重大，因为它将预设内容直接提出，由此将其置入互文性空间，将所涉及事实当做已知性内容。在此情况下，若某个作品预设句子时，它们将其视为先前的话语，视为一种互文性文本。

卡勒区分了逻辑预设与修辞/文学预设。句子中逻辑预设较为贫乏，但其修辞/文学预设却很丰富。它们并非是一种句子之间的关系，而是一种言语与言语所在情景之间的关系。如"Open the door"的修辞/文学预设是：一间房间、有门、且非敞开状态，另有一人懂英语、他与说话者的关系能将这句话理解为一种要求或命令。而对修辞/文学预设的考察与诗学的任务相似。对一个句子的预设进行考察，也就是将它与其他系列句子联系在一起，将它置于某种

---

① ibid, pp. 107~111. 从互文性角度对"预设"概念进行探讨，这并非卡勒的首创，利法特尔曾就此进行过详细的探讨，但卡勒这里的切入点与他有所不同。

话语或互文性空间内，也即是考察使这一句子产生意义的规约。因为所有这些句子并非是始源或权威，它们只是某种话语空间的构造成分，而正是从此话语空间我们试图找到规约。这种语言学的类比为我们指明了对互文性的两种限制性策略：逻辑预设与修辞/文学预设。而对修辞/文学预设问题的探讨会引向"诗学"的目标。①

过度诠释

卡勒在此以艾柯的"过度诠释"这个概念一方面阐明解构对结构性"符号机制"的关注，另一方面再度申明了自己的"诗学"理念。由此表明他的"诗学"观点与解构的相通之处以及自己"诗学"立场的连续性。

在说明卡勒的观点之前，有必要介绍一下艾柯与罗蒂有关文字与诠释的观点。艾柯认为：人类妄想无穷，因而诠释层出不穷。20 世纪号称批评的世纪，各种理论众说纷纭，有时各执一词，莫衷一是。这便是艾柯关于诠释界限问题的由来，诠释需不需要边界？如果需要，那么哪里才是设立边界的合适所在？由于德里达式的美国批评对艾柯来说是放任读者去生产无限的、不加限制的"阅读流"［他称为无限制的意指过程（unlimited semiosis）］，他探索了如何来限制可接受解释的范围，并将某些阅读视为"过度诠释"。首先，艾柯借"文本意图"这个概念来表明：文本的目的应该是造就一个"模范读者（model reader）"。即读者按文本所设定的意图去阅读它。而罗塞蒂（Gabriele Rossetti）对但丁的蔷薇十字会式（Rosicrucian）的阅读、以及哈特曼对华兹华斯诗歌的阅读都超越了合法阅读的边界，因而是过度诠释。其次，他探讨了"实际作者（empirical author）"，即作为自己作品的解释者，是否有任何特权地位。他同意新批评式观点：即作者的前文本意图不能作为文本解释的基石。但他认为"实际作者"在事后应有权排除某些解释，并以自身对《玫瑰之名》的事后解释为例②。而罗蒂则区分了文本的"解释"与文本的"使用"。他认为探究"文本如何运作"是错误的、得不偿失的，应予废弃，我们只是应该为自己的目的从中找出有用、有偿、有意思的东西③。

与此相对，卡勒认为解释不应被视为文学作品的最高目标，更不用说唯一

---

① ibid, pp. 114 ~ 118.

② Umberto Eco, "Tanner Lectures in Human Values", in Stefan Collini, ed. *Interpretation and Over-interpretation* (*By Umberto Eco et al.*), Cambridge: Cambridge UP, 1992, pp. 23 ~ 88.

③ Rorty, 1992, pp. 89 ~ 108.

目标了。但如果要解释，只有走到极端才有意思，不痛不痒的解释几乎无法引起读者的兴趣。虽然许多极端解释由于不够有说服力、过于冗余、毫不相关或无聊之极而影响甚微，但只有走极端，它们才有更好的机会将先前未受关注、未加反思之义揭示出来。

卡勒认为我们不能就此止步于解释与过度诠释这样的对立。他认为艾柯所举的两个例子中，罗塞蒂只能算是"欠缺诠释"，而哈特曼则属于中性诠释。艾柯所谓的"过度诠释"实际上是在"Hello, lovely day, isn't it?"这样正常交际的情景中问了一些不必要的、对其功能反思的问题。布思的"理解"与"过度理解"这对概念则更能说明此种区别：如果解释是文本意图的重构，那么"过度诠释"所提的问题则并非沿此前进。它们关注的是"文本做了什么及如何做的"，它如何与其他文本及其他实践相关联？它隐藏了什么或抑制了什么？它推动了什么或与谁共谋？大多现代批评并非关注文本记录了什么，而是关心它遗忘了什么；不是它说了什么，而是它的前提是什么。

卡勒提到：弗莱将那些以文本意图为文学研究目标的观念轻蔑地称为"小杰克·霍纳"（Little Jack Horner，英国著名童谣）式批评观。他的方案则是"诗学"，目标是阐述那些能产生文学效果的规约与策略。那些被视为"过度诠释"或"过度理解"的论述实际是企图将文本与叙事、辞格、意识形态的一般机制连接起来。

而罗蒂的关键问题并非在于如何区分"使用"与"解释"（在卡勒看来，这两者都是"使用"），而是在于罗蒂声称应该废弃对代码、结构机制的探索。重要的是，理解文学如何运作是正当的智性追求。文学研究作为一门学科正是试图要对文学的符号机制、各种形式策略获得系统的理解。而罗蒂和费什这样的美国当代实用主义者，通过挑战前人理论确立了自己的地位，却转而拒绝承认此种程序体系和知识系统。如费什说："这里没有对错，没有文学或阅读的本质这样的东西"；罗蒂则在完成《哲学与自然之镜》的分析后，却告诉人们应该放弃那种找寻潜在结构与体系的企图，只要使用就好了。这只是让年轻人和边缘化的学者对他们的地位无可发起挑战。

卡勒认为艾柯与罗蒂的共同之处是对解构的祛除。但两者的描述各不相同：艾柯倾向认为它是面向读者批评的极端形式，读者想要文本表达什么都可以；而罗蒂对解构和德曼的不满则在于：读者的解构阅读仅是识别出文本中已存在的结构，它认为我们能找出文本是如何运作的，以及其中的文本结构或机制。在罗蒂看来，这是不对的，因为没有什么是"更基本"的。由此，卡勒认为他们对解构主义的理解都有偏差，但以艾柯为甚。解构主义强调意义受到语境所限，但语境本身无所限制。但这并不意味着读者可以自由地创造，而是说明：符号机制可被描写，它递归式运作着，但无法事先识别出这类方式的限制。而罗蒂认为德曼相信哲学会给文学解释提供指导，这是误解。德曼对哲学文本的使用总是批评的、文学性的、并且与修辞策略相结合，但他并不认为哲学与哲学思考可以弃之不顾。

卡勒借巴特的"不同读者注定会一直读同一个故事"① 重申了自己的主张。他最终感叹：如果对"过度阅读"的担心会引导人们避免或压制有关文本与解释运作的思考，这是很可悲的。因为现在这样的思考已是太少了。②

所存在问题

卡勒的"诗学"框架还存在一些问题。比如，他常将"诗学"与其他概念如规约、解释运作、意指过程模式、代码、机制、假设、符号学混合使用。即使它们没有区别，但显而易见的是：各个术语自有其不同着重点。因而，容易引起疑问的是：卡勒所谓的"规约"是社会性还是个人性的？是认知性的还是文化性的？是逻辑的还是经验的？③

此外，卡勒的"诗学"规约亦有许多重要的"失语"。如果我们想问一下"读者生产文本的规约与驱动作者的规约之间"有无差异？它在卡勒的论述中是无法找到答案的。④ 而伊格尔顿亦发出疑问：卡勒所谓规约是"文本的代码，还是读者的代码？"此外卡勒亦未考虑文学文本是属于"代码生产型"、"代码超越型"还是"代码确认型"？显然这三种不同类型的文本自有不同的规约体系。⑤

---

① Roland Barthes, S/Z, Paris: Seuil, 1970, pp. 22~23.
② Culler, 1992a, pp. 109~123.
③ 卡勒在《结构主义诗学》中提到，"复归、自然化、理据化、逼真化……不管名称如何，它都是大脑的一项基本运作"（参见 Culler, SP, 1975, pp. 137~138）。卡勒在这里似乎强调了规约的认知性，它与弗莱在约20年前所宣称的"我们用来阅读的文学文本的规约来自与文学经验唯一地相容的认知框架"（参见 Northrop Frye, *Anatomy of Criticism: Four Essays*, Princeton, N. J.: Princeton U. P., 1957）似乎没有多少差异。但在接下来对五种程度"逼真性"的介绍中（参见 Culler, SP, 1975, p. 140），文化性与社会性就明显掺杂其中了。
④ 参见 Lentriccia, 1980, p. 110。
⑤ Eagleton, 1983, p. 108.

另外，卡勒"文学能力"的主体性也多遭非议。伦屈夏就认为：卡勒的具有"文学能力"的读者不是笛卡尔式的主体，而是主体间的"我"，这是一个理想物，完全由文学标准或限制条件构成。而重要的历史性力量，如政治和经济环境、阶级差异等等，则不包括在内①。而伊格尔顿则声明，"理想"读者或"文学能力"是一个静态概念，它试图压制以下事实：所有"能力"的判断都是与文化及意识形态相关的。所有阅读都涉及到运用文学外的假设来判定：何种"能力"是绝对不适当的②。

4.2.2 叙事学

卡勒对叙事学情有独钟，从第一本《福楼拜：不确定性的运用》对福楼拜早期与成熟期小说分析开始，在《结构主义诗学》中他分析了小说的诗学，在《符号的追寻》中对"故事"与"话语"的区分进行了解构，在《符号构形》中总结了小说理论并提出其面临问题，而在《文学理论》中专辟一章阐述了叙事中的不同呈现方式及功能，在《理论中的文学性》中则论述了"全知视角"。而与之相适应，在叙事学界，卡勒的影响也是显而易见的，如在较早出版的《当代叙事学》③和最近出版的《剑桥叙事学导引》④、以及申丹等2005年出版的《英美小说叙事理论研究》中，无论是赞赏抑或反对，卡勒都占有一席之地。

叙事学的总体进展与其中存在的问题是卡勒最先关注的议题。在卡勒看来，小说理论的进展主要就集中于叙事上：它是对叙事结构与主要构成成分的功能的研究。首先，叙事学的第一个进展是文学批评对俄国形式主义的"故事（fabula）"与"情节（sjuzhet）"的区分作了很大修正，它更多地考察了在叙事呈现/叙事顺序以及情节顺序/故事时间之间的众多不同关系。但在卡勒看来，它们缺乏对非文学事例中对两者关系的考察。若对非文学领域中叙事问题进行考察，我们就会发现：在何种程度上个体的真实历史最终与虚构结合在一起。它揭示了小说理论中的一个问题：当你离开小说，你又重新发现虚构。

第二个进展是对不同形式的叙事听众的反思：被叙述者、实际读者、理想

---

① 参见 Lentriccia, 1980, p. 111。

② Eagleton, 1983, p. 109.

③ Wallace Martin, *Recent Theories of Narrative*, Ithaca：Cornell University Press, 1986.

④ H. Porter Abbott, *The Cambridge Introduction to Narrative*, Cambridge：Cambridge University Press, 2002.

读者、假想读者、超级读者、作者式读者、隐含读者。但对被叙述者、各种隐含的和真正的读者研究得越多，益发明显的是：这只是制造虚构的把戏。在许多情况下，以读者为参照是企图将解释置于一种假设的体验。因而在解释中读者的体验总是一种虚构，一种阅读故事中的叙事构造。各种对读者的研究导致了多种多样的阅读故事。所以，读者的虚构是小说阅读的绝对中心。

第三个进展是对叙述者与叙述视角进行了区分。由热奈特提出、经米克·巴尔（Mieke Bal）发展的"焦点（focalization）"概念把叙事视角阐释得更为合理，他们强调了"谁看"与"谁说"的区分。而苏珊·兰瑟（Susan Lanser）提出的叙事声音的性别问题是一个饶有兴趣的尝试。但是否一定要分出叙述者是男是女，这仍值得深思，但它确实是小说理论中的一个重要问题。首先，它涉及到：在讨论文本和阅读时，我们对此有什么样的诉求。这里兰瑟的建议是求助于规约，我们常把作者的社会身份与第三人称的叙事声音结合起来。但卡勒认为：我们也可能并不遵循指定的规约。其次，它涉及到阅读的政治问题。一般批评家都认为权威的声音来自男性，这表明了父权制与我们思想深处的想法有联系。但如何去改变这种想法值得深思。第三，它还表明了叙事研究中强制性地把文本细节与个人品质关联起来这种流行的做法。但卡勒认为，这种做法给当下的小说理论带来很大问题。叙事分析与言语行为理论共谋，它们企图让我们相信：叙事是一种个人行为。小说理论应提防这种导向，它试图将语言中的任何东西都转变为个人品质的记号。事实上，文本中大量信息并非是个性的符号，而是恰好说明了叙述者个性之外的东西。

卡勒提议：要解决以上问题，首先得回到小说这个概念。最近许多批评家认为：小说并非是关于虚构人物的真实声明，而是对此种声明的虚假模仿。芭芭拉·史密斯（Barbara Smith）区分了"自然话语"与"虚构话语"：前者是真人在特定场合对某种特定情景作出的口头反应；而后者则模仿或呈现这种真实话语。所以，她认为：小说本质上的虚构性，并非是所指涉人物、物体与事件的不真实性，而在于这种指涉本身的不真实性。也就是说，这种区分指出了由说话者或作者讲述的真实话语与那些并未说过、只是编造出来的话语之间的区别。可是当考虑到真实世界和历史的话语时，我们发现它们也具有虚构性。正如海登·怀特所说，理解历史叙事涉及到要去区分故事是属于这一种而非另一种。也就是说，智性取决于故事按文学模式进行的编排（emplotment）。而伽里（W. B. Gallie）也以文学作为描述历史智性的模式。当我们将叙事研究视为是智性的基本体系时，我们再次发现非文学话语是按照文学中突出的、明显的原则及过程运作的，以至于文学成为与智性相关事物的一种模范。而它进而反过来将文学作为一般虚构理论的起点。

为了了解言语行为理论、叙述者及小说中的虚构概念这三者间的关系，卡勒以普拉特（Mary Louise Pratt）的《走向文学话语的言语行为理论》为例，说明后者以社会语言学家威廉·拉波夫的"自然叙事"为例，揭示出在并不被视为文学的话语中所发现的被认为是具有文学性的东西。而被理论家视为是构成小说文学性的许多特征根本不具备文学性。它们存在于小说中，不是因为它们是小说，而仅仅因为它们属于言语行为中一些其他更为宽泛的范畴。普拉特声明：小说并非真实言语的虚构模仿，而是言语的实例。因而，文学作品被称做是"被超级保护起来的合作原则"。我们按照有利于某个交际目标的方向，竭力去解释那些违反有效交际原则的地方。普拉特断言：虚构性是叙事文本一个相对不太重要的特征。

但是，在需要区分作者与虚构说话者或叙述者时，虚构性概念就重现了（特别是当存在第一人称叙述者时）。它将小说定义为模仿言语行为的结果，并把目光聚焦于叙述者身上。但这种做法有两个缺陷：一是当叙事话语明显是虚构说话者时，这种理论不适用；二是对真实与模仿的言语行为的区分并不能将第三人称叙事与拉波夫的"自然叙事"很好地区分开来。由此将小说定义为虚构的言语行为是不准确的。

总而言之，小说理论源自视角研究与言语行为理论的结合。它提倡将文学作品视为一种叙事行为，而分析这种叙事行为就是将文本细节与说话者（被视为是真人）的态度相关联。这种导向带有某种意识形态，因为至少它排除了这样的可能性：语言可能会在某些方面是非人的。①

就其中第一个问题及第三个问题，卡勒亦从"故事与话语"与"全知视角"这两方面展开了探讨。而第二个问题的相关方面可参见卡勒对小说"诗学"的探索，在此不再赘述。

---

① Culler, FSi, 1988, pp. 201～216.

故事与话语

卡勒对第一个问题，即"故事"与"话语"的解构在叙事学界引起很大的反响，直到 2002 年，这场攻防之战仍未硝烟平息①。巴尔曾在其《叙事学》中声称：卡勒的探讨"有效地颠覆了结构主义叙事学的一个基本原则"②。当然，卡勒也遇上一些迎头痛击，如查特曼③、弗卢德尼克④、卡法莱诺斯⑤、申丹⑥。虽然各家都试图对卡勒的解构作出自己的反应，但卡勒最终给出了自己的答案。

卡勒首先介绍了叙事学中俄国形式主义、法国结构主义批评与美国传统（通过"视角"概念）关于故事（系列事件）与话语（事件的陈述）的区分，强调了文本的叙事分析将"话语"视为"故事"的表征，而后者则被视为独立于任何特定的叙事角度或呈现方式（即"话语"），并具有真实事件的特性。通过把"故事"定位优先于"话语"，叙事学确立了一种等级制度。由此卡勒通过分析俄狄浦斯故事⑦、G. 艾略特的《丹尼尔·德龙达（Daniel Deronda)》⑧、以及弗洛伊德的个案分析这个非虚构文本⑨，强调了内隐于叙事中的双重逻辑及它们之间的不可调和。由此卡勒重申了解构的概念，并以尼采式对"蚊子与痛苦"的分析、拉波夫在研究黑人英语口语（BEV）时对叙事与其评价的区分来解构叙事学的"故事"与"话语"的对立。他的结论是：若将"话语"当做"故事"的表征，就很难解释"故事"由"话语"决定的这种情况；而若认为"故事"只是"话语"的产物，则更难说明叙事的作用。所

① 参见 Dan Shen, "Defence and Challenge: Reflections on the Relation between Story and Discourse", *Narrative*, 10, 2002, pp. 222～243。

② 转引自申丹等：《英美小说叙事理论研究》，北京：北京大学出版社，2005 年版，第 361 页。

③ Seymour Chatman, "On Deconstructing Narratology", *Style*, 22, 1988, pp. 9～17.

④ Monika Fludernik, *Towards a 'Natural' Narratology*, London and New York: Routledge, 1996.

⑤ Emma Kafalenos, "Functions after Propp: Words to Talk about how We Read Narrative", *Poetics Today*, 18 (4), 1997, pp. 470～494.

⑥ Shen, 2002.

⑦ 俄狄浦斯的认罪是文学读者及俄狄浦斯自己按照悲剧的美学逻辑推断的结果，并非基于新发现的证据，它只是基于意义的合力、预言的穿插、叙事连贯性的要求。这些话语力量的交汇（the convergence of discursive forces）才让他成为谋杀者。

⑧ 对德龙达的描述让读者益发明白：故事的推进需要揭示他的犹太人出身。由此读者从叙事的潜在策略与方向推断出他的犹太出身。

⑨ 沃夫曼个案中真实事件与可能意指结构带来了同样效果、《图腾与禁忌》中复仇儿子的弑父事件与儿子的想象亦会有同样的叙事效果。

以，在卡勒看来，以上两种视角都不可能提供一种满意的叙事学，也不能融合为和谐的一体。但在叙事及叙事理论的这种自我解构过程中，我们不应拒绝进行上述的分析工作，只是让这两种不可调和的过程在不停地来回振荡。①

多数叙事学家对卡勒这种说法不知所措，但卡勒显然对自己的论述颇为满意，并将《故事与话语》收入自己 2006 年编著的《结构主义：重要概念》一书中。但卡勒自己满意的应该并非是上述解构式结论，更多是对论证过程与论文产生的影响感到心满意足。早在 1997 年《文学理论》中，卡勒就再次声明："叙事理论中基本的区分是'情节'与'呈现'、'故事'与'话语'。当阅读文本时，读者找出故事，然后将文本视为故事的特定呈现来理解它。通过找出'发生什么'，我们能够将余下内容视为对'发生什么'的描述方式。然后我们可以去了解何种呈现方式被选择，它们产生何种差异"②。值得注意的是，他在此段介绍中对自己颇引以为豪的解构式结论只字未提。如此，卡勒又重新采纳了"故事"与"话语"的区分。似乎卡勒这里对"故事"与"话语"的解构只不过是解构主义的一场文字游戏罢了。

全知视角

针对第三个问题，卡勒集中论述了"全知视角（omniscience）"这个概念。他认为："全知视角"对叙事研究而言并非一个有用的概念，它把本来应分开的几个不同因素混淆在一起。而劳尔（Nicholas Royle）则提出以"心灵感应（telepathy）"代替"全知视角"。全知视角常以上帝与作者这样的类比出现：作者创造了小说世界一如上帝创造了我们这个世界。但批评似乎不可能从与"全知"相关的神学讨论中获得什么。其基本点就在于：由于我们并不知道上帝是否存在以及他知道些什么，神性全知这种模式对我们关于作者或文学叙事的思考并无裨益。相反，神学家倒是可以利用这种类比来帮助解释上帝。

明确描述这个概念的是斯腾伯格（Meir Sternberg），他认为作者或隐含作者自然是全知的。他区分了"全面交际的叙述者"与"故意抑制的叙述者"。他的观点是：如果一个作者或叙述者能报告某个人物的思想，那他就自然应被视为也能报告其他人物。那为什么不宣称所有叙述者都是全知的呢？斯腾伯格

---

① Culler, PS, 1981, pp. 169 ~ 187.
② Culler, LT, 1997, p. 87.

虽未亲身践行，但他对所知与所述的区分却为此种实践打开了大门。奥尔森（Barbara Olsen）就声称海明威的《杀手》（常被引用为"有限视角"、"摄影镜头视角"的典范）存在一个全知叙述者。这个叙述者能够描述一切但却不愿这样做。她还搬出斯腾伯格来反击那种"过于一般的错误"，那种认为叙述者"未言即未知"的假设。这样做的后果当然是：由于全知视角逻辑上可以说是不可见的，那即使最微不足道的、但不同寻常的提示也会唤起全知叙述者的概念。

在否定奥尔森"所有叙述者都是全知的"这种观点后，再来看看较为常见的一种模式。仍以斯腾伯格为例。斯腾伯格如其他叙事学者一样，只区分两种类型：普通人的有限视角与全知视角。虽然斯腾伯格在后来的论述中对此稍作了修改，但变化不大。卡勒由此建议从运用全知视角的效果这个方向着手来思考四个方面：（1）叙事声明（narrative declarations）的施为性权威；（2）内心思想与感情的报告；（3）作者式叙述；（4）现实主义传统的非个人化初步叙述。

对于"叙事声明"，我们只能按规约接受它为事实，是叙事世界的给定事实。由此我们发现叙事小说不同于非虚构性叙事。文学的基本规约是：并非由人物所说的叙述语句都是真实的。这不是全知视角问题，而是小说的结构性规约。这对第一人称并非如此，读者会考虑一下这叙述是否属实。但对第三人称叙事来说（即属于全知视角所规定情况），叙述的"模仿话语（memetic discourse）"① 是真实的，这只是小说的规约。但并非任何情况下都如此（包括在全知视角情况下）。马蒂尼兹－波拿蒂（Martinez-Bonati）就把"模仿话语"与不是叙述或描述的"确认（affirmation）"（它们是泛泛之言、箴言、意见、道德观）区分开来。而规约性、权威性叙事声明的类型多种多样，从简短概述到人物感情的描述、传统的民间叙事到心理小说的权威性叙事声明都有。使用全知视角的叙事学者预设全知叙述者仅限于小说世界，但这个词不太适当，因为在更多的情况下它会被扩展到我们自身的世界。当我们知道其权威性来自叙事规约的施为性而非叙述者时，全知视角这个概念的存在就不必要了。

第二种情况则涉及到他人的内心状况，不为别人所知。科恩（Dorrit Cohn）认为这是小说区别于非虚构叙事的主要特征之一。在小说中，我们会

---

① 指叙述性句子中的模拟性内容。

确立一个叙述者以便将故事框定在某人所知的范围内，而不是视它为作者的想象。如果故事包含的内容不为任何人所知（如他人的内心状况），我们就将这个叙述者视为超人、全知者。但卡勒认为：描述这种效果（特别是人物思想的呈现），自有更加准确的方法。如前文所述劳尔的"心灵感应"，它在报告人物的思想时，并非关注一如既往地存在于那里的全知叙述者，而是注意到当时报告这种思想的叙事个案（narrative instance）。沃什（Richard Walsh）就曾建议取消那些并非人物的叙述者，它们或是人物、或不再需要这种虚构物。①卡勒就此建议可以其他方案取而代之：心灵感应传达、报告个案或其他。查特曼也曾基于热奈特的"零度焦点（zero focalization）"建议：每个叙事都有叙事者作为叙事的发起者。但这个发起人可以是非人类，是一个符号的呈现者（presenter of the signs）②。这个方案要比全知叙述者这个概念强得多。

第三种引用全知视角来解释的效果则是"作者叙述"。兰姗曾探讨过"作者叙述"与"作者自身存在"的优劣。但这是一个复杂的问题，卡勒因而仅仅提到：叙事者决定故事进程的权力会与故事的"现实"相联系，而这在同时也表明故事在某个方面的独立性。不管怎样，此类"作者叙述"的种种具体情况表明不太适合用"全知视角"来包含。

最后一种是 19 世纪的现实主义小说，这里叙述者可以选择/呈现信息、了解人物的内心秘密、揭示任何人物的隐秘、对人类弱点进行评点。但卡勒认为：即使如此，"全知视角"这个概念也未必有何帮助。首先，此类叙述是一种反思、一种智慧的结晶，而上帝只是知道；其次，这些观察本身不一定正确，而上帝所言当然只能是正确的；最后，米勒、埃马斯（Betsy Ermath）等众多批评家认为这些小说中的叙述并非是来自外部的判断或上帝的立场，而是社会共识的实际表现。如米勒认为它是集体主体的声音，叙述者只是到处存在而非无所不知。而埃马斯则认为它是"并非任何人的叙述者"、一种叙述个案、一种集体结果、一种共识的说明者等等。也正如安德森所论述，旧式小说将在同一时间不同地点所发生的事件报告给互不相识的人，由此民族的想象共同体得以成为可能。但卡勒更倾向于麦克斯威尔（Richard Maxwell）的说法：所谓的"全知视角"并非可以超越一切，而更像是一个到处走动、消息灵通、

---

① Richard Walsh, "Who Is the Narrator?" *Poetics Today*, 18 (4), 1997, pp. 495~513.

② Seymour Chatman, *Coming to Terms*, Ithaca: Cornell UP, 1990, p. 116.

视觉敏锐的行动者①。

卡勒最后总结道，为了取代"全知叙述"，他提出以下四点：叙事作者的规约性声明、内心思想的想象或心灵感应、创造性行动的前景化（游戏型、自我反思型）、智慧的声音（production of wisdom，通过角度叠加及嘲弄手法）。由此我们应取消此类概念，并以新的术语替代，以免它混淆几种叙事效果。②

我们在对卡勒以叙事"效果"为切入点佩服不已的同时，可以想见此种提法总是会有争议的。而对此，被卡勒列为极端例子之一的奥尔森就大声疾呼："有足够充足的原因要我们保持作者/上帝这种类比，它能使我们关于作者叙述的思考更加深入"③，但奥尔森并未就卡勒否定自己的"所有叙述者都是全知的"这种观点作出回应。而卡勒则反驳，在进行叙事分析时，我们应该避免那些对我们理解叙事机制或捕捉其特色毫无帮助的概念。④ 应该说，他的上述提议，无论是对叙事学研究还是对其他批评研究，都是一个很好的警醒。

4.3　"理论"之思

卡勒有关"理论"的阐述来自对"解构"的深刻理解。解构中析出的结构性"决定因素"（文本逻辑）、意义的"嫁接"成为理解卡勒有关"理论"、"文本"、"文化研究"和"施为性"论述的关键。

4.3.1　解构主义

《大不列颠百科全书》关于"解构"的词条就是卡勒撰写的。他在其中写道："解构"是一种哲学与文学分析形式。其主要源头是法国哲学家雅克·德里达自20世纪60年代始的论述。它通过仔细审视哲学与文学文本中的语言与逻辑，对西方哲学中基本的概念区分、或称"对立"提出质疑。这类对立典型都为"二元的"和"等级的"，在一对术语中，其中一个被视为是主要的或

---

① Richard Maxwell, "Dickens's Omniscience", *ELH*, 46, 1979, p. 290.

② Culler, LTh, 2007, pp. 183～201.

③ Barbara K. Olson, "Who Thinks This Book? Or Why the Author/God Analogy Merits Our Attention", *Narrative*, 14（3）, 2006, pp. 339～346.

④ Culler, 2006a, pp. 347～348.

基本的，而另一个则被视为是次要的或派生的，例如"自然／文化"、"言语／书写"、"心／身"。"解构"某种对立便是要探究文本中设定的等级秩序与文本意义的其他方面这两者之间的张力和矛盾，特别是它的修辞性或施为性方面。通过揭示这对术语中任何一个都不是主要的，"解构"将此种对立置换掉。对立不是独立于文本的预先存在，它是文本的产物，或是其"构建"。在"言语／书写"的对立中，对说话者或作者来说，"言语"是"在场"，而"书写"则是"缺场"。这是德里达所谓的西方文化中"逻各斯中心主义"的表现。也就是说，一般假设在语言符号表征前、独立于语言符号的表征，存在着一个"真理"域。在20世纪末期关于智性趋势的论战中，解构有时被贬低用来表示虚无主义及轻率的怀疑。在一般使用中，它被用来指对传统及传统思维模式的批判性拆解。①

为避免重复，具体有关解构主义与结构主义关系、解构主义与文学／批评关系、解构主义批评模式以及解构主义的政治性这几个方面，可参考第3章第2节。

4.3.2 理论

"理论"自结构主义批评起就与文学批评纠缠不休。它的目标一般是要达到某种科学程度，应与意识形态无关。托多洛夫就声称结构主义是科学，这并非是鉴于它所欲达到的精确度，更多是因为在其操作上所表现出的抽象水平，因为结构主义部分可以参考索绪尔语言学的符号体系与意指过程来定义。这种定义，不会受个人的视角、随意解释以及意识形态的作用而受到影响。

20世纪60年代，阿尔都塞在结构主义的影响下，提出了"理论"的几种分类。在《保卫马克思》（*Pour Marx*，1965）中，面对部分共产主义思潮中认为"具体行动比抽象理论更重要"这种信条，他强调了"理论"在理解意识形态机制中的独特作用及其在革命中的必要性。他重申了列宁的格言"没有理论就没有革命的实践"。由此他区分了三种不同的"理论实践（theoretical practice）"，他分别命名为"理论Ⅰ"、"理论Ⅱ"、"理论Ⅲ"（或译"普遍要素Ⅰ、Ⅱ、Ⅲ"、"原料、手段、产品"）。"理论Ⅰ"即社会实践复合体的一部分活动，它像其他形式的劳动一样，有自身的原材料（表征、概念、事

---

① "Deconstruction", Encyclopaedia Britannica, Encyclopaedia Britannica Online. 15 June 2008. http：//www. britannica. com/EBchecked/topic/155306/deconstruction.

实），并与具体领域（如法律、美学或科学史）相关。它是思想和抽象思维的理论原料。"理论Ⅱ"则是上述理论反思的产物，它是在理论实践过程中得到阐明的基本概念体系，即对上述原料进行加工的生产概念手段。"理论Ⅰ"和"理论Ⅱ"都与特定的领域相联系，都不断地受到意识形态的侵袭，因而需要对它们进行净化，为此，就需要"理论Ⅲ"提供相应的方式。阿尔都塞将其定义为一种总体理论，即它是在现有（科学）理论实践的基础上阐发的，它将现有"经验"实践（人类具体活动）这种意识形态产品转化为"知识"（科学真理），它即辩证唯物主义（或唯物主义辩证法）。

而"理论"到了利奥塔和德里达手里，就成了对结构主义意义上的"理论"权威的理论化拆解了。利奥塔在1975年宣称："现在我们最大的问题是要毁灭理论。"当然这并不简单地意味着要废弃理论，而是指一种自我质问的理论实践。在利奥塔和德里达对弗洛伊德《超越快乐原则》的关注中，同样让他们感兴趣的是：理论如何在其他语言的实践面前失去权威。"毁灭理论"在这里意味着继续践行理论，但却是以自我嘲讽、自我颠覆的形式进行。由此"理论"的含义就不再与结构主义的理解相同。德里达的《有限公司》即是有趣的一例：在此德里达阐释了理论如何失去权威，但在同时又继而开创了某种崭新的理论和文本实践。在这里，阿尔都塞的"理论Ⅲ"被拆解了。因为理论不能在其分析事物之外来发挥某种纯粹描述性、立法性和调控性功能。

而在米勒与卡勒这里，阿尔都塞、利奥塔与德里达的认识论上、意识形态含义的"理论"就失去了踪影。米勒在1986年《美国现代语言协会》的主席演讲中宣布了"理论的胜利"。"理论"在米勒这里，主要是特指在美国文学研究中一种无法用"后结构主义"包含的体制现象（如女性主义研究、电影研究等）。米勒宣称：在1986年，对理论的抵制仍然存在，但在众多首创性的工作中，米勒注意到了其中"历史的转向"和"理论的胜利"，而理论几乎是以全面胜利的形式出现的①。米勒欢呼"理论的胜利"的理由在他对大学、对左、右翼派别批评家的忠告中阐释得更为清楚："我支持多元性，支持大学中的异质性，反对'什么都行'的随意多元化，支持为生存而进行公正、公开的角逐。……如果你们属于我们职业中的保守派成员，我建议你们通过接受文

---

① 希利斯·米勒著，郭英剑译：《重申解构主义》，北京：中国社会科学出版社，1998年版，第236～241页。

学理论来获得一切。理论对于今天人文研究的进展非常必要。……如果站在所谓的左派立场反对理论，我建议你们同那些进行文学修辞研究的人们走共同的道路，即加入到'解构'的多形式运动的行列中，因为'解构'中的文学修辞研究是一种动力。……或是重读马克思的著作。"① 由此可以看出："理论"在米勒这里成为谴责康德式哲学体系的代名词，而"解构"则成为何谓"理论"的新解。

卡勒在《理论中的文学性》中声明：他"在 20 世纪 60 年代就已与'理论'有千丝万缕的联系了"②。他认为当时的"理论"要比现在的意义确切得多。在结构主义时代，理论迅猛增长，本质上都是结构主义语言学模式的泛化。它声称可以被应用到各个文化领域。"理论"意味着某种特定的结构主义理论，它会阐释林林总总的材料，是理解语言、社会行为、文学、大众文化、书写/无书写的社会、人类心智结构的钥匙。"理论"还意味着那些激发结构主义语言学、人类学、马克思主义、符号学、精神分析及文学批评活力的各种跨学科的特定理论。卡勒注意到：早期各种结构主义大旗下的"理论"是以文学问题为其核心的（如形式主义），而在后来一段时间焦点则沿两个方向转移：（1）文学被当做是特殊种类的语言；（2）文学并非是特殊种类的语言，而是被特别处理的语言③。

而在"解构主义"展开对结构主义和现象学的批评后，他转而关注一种改变批评的主要事件。那就是始自 20 世纪 60 年代的各种理论视角和话语对文学批评的影响④。卡勒认为其必然结果是文学研究的领域扩大到众多之前远离文学的对象。这样就如罗蒂所言，文学批评变成了一种将文学生产、智性历史、道德哲学、社会预言混杂在一起的新文类。卡勒认为这种新文类最为方便的名称便是"理论"，它指代那些成功挑战、重新定向非其所属领域内思维方式的那些作品，因为它们对语言、思想、历史、文化的分析为意指过程提供了一种新颖而又有说服力的描述⑤。虽然美国的批评之前也从马克思主义和精神

① 希利斯·米勒著，郭英剑译：《重申解构主义》，北京：中国社会科学出版社，1998 年版，第 246～248 页。

② Culler, LTh, 2007, p. 23.

③ ibid, pp. 23～24.

④ 这与卡勒式解构主义中的"嫁接"有着密切的联系。"理论"的"跨学科性"实际上就是"嫁接"的结果。

⑤ Culler, OD, 1982, p. 8.

分析那里借用过理论，但它们都是一种还原论，忽视文学语言的复杂性，将其视为一种征兆。而在 20 世纪 60 年代后期、70 年代初期发挥影响的欧洲哲学和精神分析思想则有所不同。它们自身进行了长足的思考、为文学意指的复杂性分析提供了更加丰富的概念框架。它们不是将文学还原为某种非文学，这些来自人类学、精神分析、史学等不同领域的理论思想在非文学现象中发掘出固有的"文学性"。"理论"并非将文学视为边缘现象，是当做一种产生各种意义的意指逻辑。虽然自弗莱起的许多批评就公开抨击借用来自其他学科的理论框架和范畴，但其结果并非如他们所担心的那样，批评为语言学、哲学、精神分析所取代，而是形成了某种松散的、混杂的跨学科性。它可被视为一种新型的、拓展后的修辞学，成为一种与意指系统、人类对象相关的文本结构和策略研究。① 由此，理论不应被理解为某种解释方法的规定性内容，而应视为一种话语：它产生于文本的意义与本质的概念、理论与其他话语的关系、社会实践和人类主体成为一般研究和反思对象时。理论并不提供一种解释方法以被运用于文学作品来获得某种不同的意义。相反，文学作品所需告诉我们的内容经常与理论问题密切相关。理论预设文学作品会教导我们一些特别重要的事情，就此而言，理论是文学性的。②

上述这种理解成为他后期文学理论研究的一个重要基点。在 1997 年的《文学理论：简介》中，卡勒指出："'理论'依其实际效果来看，主要就是对'常识'的质疑"③。他以福柯的《性史》中对"压制机制"与"权力/知识"的阐述、德里达对卢梭《忏悔录》中"增补逻辑"的论述，说明"理论"的四个主要特征：跨学科性、分析与思辨性、对常识与自然的批判性、自我反思性④。他强调指出，对"理论"的敌意来自以下事实："承认'理论'的重要，就是作出某种开放的承诺，就是让自己处于总是会有自己一无所知的重要概念这种境况"⑤。在《理论中的文学性》中，他介绍了卡纳普（Steven Knapp）的"文学兴趣"概念、纳斯鲍姆（Martha Nussbaum）对"能动性（agency）"的研究、"身份建构"问题，然后指出：最近理论话语中的几种形

① Culler, FSi, 1988, pp. 15~17.

② ibid, pp. 18~40.

③ Culler, LT, 1997, pp. 4~5.

④ ibid, pp. 14~15.

⑤ ibid, p. 16.

式可被视为是从"理论的对象"到"理论的特性"的一次转移，在美国所谓的"理论"，在其他地区即那种将工具理性和经验科学视为"他者"的理论思潮的洪流。在总体思潮中，理论可被视为是文学性的残余物。这是因为当代思潮都是要超越熟悉、已知和可数的东西，这就和浪漫主义与现代主义文学、或至少它的文学效果一脉相通了①。辛普森（David Simpson）在《学术后现代与文学规则》中认为，基本来说，文学可能会失去其作为具体研究对象的中心性，但是文学的模式却胜利了：在人文社会科学中，一切都具有文学性。② 卡勒就此断言：如果文学性胜利了，那么我们就应该重新确立文学性在文学中的地位③。

4.3.3 文本

"文本"的概念对文学与文化研究都极为重要，而"文本"究竟是什么？卡勒对此作了一番梳理。他考察了"文本"是如何从经典的语文学家的定义（它是这个强大学科的构成对象），历经变异，"旅行"到后现代理论家的论述中（它成为某种反学科对象）。卡勒强调：它的旅行本身并不应是我们的兴趣所在，它在旅行中所揭示的内容才是我们关注的焦点。

卡勒注意到：奥斯瓦尔德·杜克罗（Oswald Ducrot）和茨维坦·托多洛夫（Tzvetan Todorov）在《语言科学百科辞典》（*Encyclopedic Dictionary of the Sciences of Lauguage*）（1979）中对"文本"有两个自相矛盾的词条。在正文中它被定义为超越句子单位的话语组织形式，它"可以与句子相同，也可指整本书。它自成一体，并且是封闭的"④。但在其《附录》中，针对最近对语言"科学"的挑战，它引用德里达与其他作者（特别是克里斯蒂娃）的最新论述，将"文本"定义为："与语言的交际与表征用途相对立，实质上它是被视为'能产性'"⑤。时至今日，书名中包含"文本"、"文本的"的论述已不多见，"文本性"现在经常被视为一种羞辱。但卡勒认为这种拒绝的态度并不能解决文学与文化研究中的问题，因为文本问题总会与我们同在。

---

① ibid, pp. 26 ~ 38.

② David Simpson, *The Academic Postmodern and the Rule of Literature：A Report on Half-Knowledge*Chicago：University of Chicago Press, 1995.

③ Culler, LTh, 2007, pp. 41 ~ 42.

④ Ducrot and Todorov, 1979, p. 294, as cited in Culler, LTh, 2007, pp. 99 ~ 100.

⑤ Ducrot and Todorov, 1979, p. 357, as cited in Culler, LTh, 2007, pp. 99 ~ 100.

在语文学中，"文本"就已是双重含义。它既指原始之物，是作者的最终意图的体现，亦指经由历史传存下来的物体，它业已失真。卡勒在这里强调的是：传统上的文本概念呈现出某种双重性，而这种双重性将以不同的形式不断重现①。

在新批评中，"文本"的概念则以一种对立的形式出现：作为文学研究的审美对象的文本，与之相对的是文本的意义所在、反思所及与表达所至，另外还有历史或作者生平。虽然文本即是页面之上的词语，但这些词语却预设要组织成复杂的有机整体，因而新批评的"文本"概念与作者的意图并未完全切割开来②。在卡勒看来，这种"文本"概念为利法特尔所继承。后者声称：文本性即复杂的内部组织，它与任何语境无涉③。在这种期待下，我们相信文本的艺术目的会确保它的各部分能相互联系，模糊之处会自有其存在的理由，而任何词语会对整体效果产生作用。正是在这种语境下，德里达的"文本之外别无其他"被诠释为："实际文本之外的任何东西都是不相关的，它们并非真实地存在着"。但在德里达的论述中，它的意思却是：只有文本，因为你不能走出文本。④

结构主义的出现是"文本"跨学科性的一个转折点。因为人类活动都被视为符号系统，"文本"亦是如此。第一个结果就是：各种不同的文化产品被等同其他，不管是文学作品、时装标题，还是广告、电影或宗教仪式，它们都被视为"文本"。按照结构主义/符号学的观点，任何东西都是文本。第二个结果则是："文本"成为中性词，它不再指代任何体裁，也不再区分文学与非文学、或口头、行动和视觉。卡勒认为它造成的影响在于：它似乎有点相信所有一切都一模一样，"文本"在这里与某种属类或特定媒介名称相对立⑤。同时它也与"物体"这个概念（它无需依据符号系统而存在）相对立。詹姆逊在《文本的意识形态》中提到："文本性可被简明扼要地称为某种方法论的假设。它把人文科学的研究对象视为由诸多文本构成，我们要解释、读解它们。

---

① Culler, LTh, 2007, p. 101.

② ibid, pp. 100 ~ 101.

③ Michael Riffaterre, "Textuality: W. H. Auden's Musee des Beaux Arts", in Mary Ann Caws, ed. *Textual Analysis: Some Readers Reading*, New York: MLA, 1986, p. 1.

④ Derrida, 1976, p. 158, as cited in Culler, LTh, 2007, p. 102.

⑤ ibid, p. 103.

这与传统将它们视为现实、存在物或实体的观点不同，那样我们仅需了解它们"①。卡勒强调：这种"文本"概念对非文学学科最为有利。它首先表明所思考的文化产品不应被认为是既定事物，我们应考虑它产生的过程；其次它把这些研究对象的意义当做需要探讨的问题；最后，它提出，在研究文化对象时，我们就应考虑分析方法本身②。总的来说，在社会科学中，文本的概念挑战了这样的思想：数据与理论及诠释毫不相关。

将"文本"视为某种需要考察的符号系统的产品，这种概念极具冲击力。它首先见于结构主义发起的跨学科文化研究，然后再由文化研究承继下来。这期间最有名的论文当属罗兰·巴特的《从作品到文本》。但巴特对"作品"与"文本"的区分并不是很一致。卡勒建议如下两种理解方案：（1）"作品"与"文本"是两种不同概念、不同研究方式的文学和文化对象。《包法利夫人》作为"作品"，它是作者意图的结果；而作为"文本"，它则是符号系统与互文性、语言不确定运作、历史生产和接受过程的产品。（2）它们是两种不同类别的对象（大致说来即"传统"与"先锋"之分）。这个方案也是巴特较为强烈反对的。在《S/Z》的分析中，在"可读的（readerly）"与"可写的（writerly）"之间类似区别的处理上，巴特不让我们将它们视为两种类别的写作、或将它们视为两种不同写作思维方式。他坚持向"文本"的移动并非是一种方法论的改变，这就让巴特的对立不那么对称③。克里斯蒂娃就试图让这种对立更为明显，她将"文本"的概念与表征、交际的概念对立，两者属于不同的方法论框架。但她避免将现代写作视为"文本"而将传统作品排斥在外。对她来说，"文本"揭示了语言产生效果的机制，并将说话主体从语言的严格表征关系中解脱出来，通过将它们视为构建物而威胁到说话主体的身份④。

在介绍"文本之外别无其他"的含义时，德里达在《有限公司》的后记中写道："我所称之为'文本'，不限于图形、也不限于书、甚至不限于话语、更不限于语义/表征/象征/意识形态领域。'文本'这里意味着所有称为'真

① Jameson, 1987, p. 18, as cited in Culler, LTh, 2007.
② Culler, LTh, 2007, p. 104.
③ ibid, pp. 106~109.
④ ibid, p. 110.

实的'、'经济的'、'历史的'、社会体制的结构，简而言之，所有可能的指称物"①。卢梭的"增补"事例说明：这些文本越是想告诉我们事物本身在场的重要性，它们就越是表明了中介（intermediary）的必要性。这些符号或"增补"在事实上让我们感到需要把握某些东西。从这些文本中我们了解到：复本（copies）构建了原件的概念，原件总是延宕，总无法把握。卡勒认为，对德里达而言，"文本之外别无其他"意味着：当我们认为我们已在符号与文本之外、来到"现实本身"时，我们所发现的只是更多的文本，更多的符号和增补链②。卡勒因而借用德里达在《言语与现象》的论述总结到：在这里，"文本"不是一系列独立的层次，而是语言与其他经验线索的交织（interweaving of language with other threads of experience）。

而在《阅读的寓言》中，德曼在对卢梭的《社会契约》讨论中指出：虽然卢梭认为法律是一般性的，不指向特定的个人，但如果法律不适用于特定个人，它不成其为法律。进而德曼声明：没有语法的文本是不存在的，而语法正是在指称意义缺场时才生产出文本；而每一个文本会生产出颠覆语法原则的某个指称（文本却因语法而产生）③。由此他把修辞语言的一般模式与卢梭对国家的阐述联系起来："在描述政治社会结构时，文本的'定义'最为系统，它被定义为语法领域对修辞领域自相矛盾的干涉。……'文本'指任何能以下述这种双重角度考虑的实体：（1）作为生产性、开放式、非指称性的系统；（2）作为颠覆语法规则的修辞系统（以某种超验意指的方式出现，而文本由上述语法体系而产生）"④。"语法系统"是抽象的，非指称性的、生产性的、开放式的，一如法律、国家主权（sovereign as principles of action）；而"修辞/具象系统"则是具体的，指称性的、封闭的，一如个人、国家实体（state as a defined entity）。文本既由"语法系统"产生（没有语法的文本是不存在的），亦产生某个具体指称（"修辞/具象系统"）而颠覆了"语法系统"（"语法系统"是非指称性的）。这样，"身份"正如"文本"一样，既由"国家主权"（语言的"施为性"，它是修辞性运作，通过运用语言范畴、产生新事物、组

---

① Jacques Derrida, *Limited Inc.*, Evanston, IL: Northwestern University Press, 1988, p. 148.

② ibid, pp. 111 ~ 112.

③ Paul de Man, *Allegories of Reading*: *Figural Language in Rousseau*, *Nietzsche*, *Rilke*, *and Proust*, New Haven: Yale University Press, 1979, p. 269.

④ ibid, p. 270.

织实际世界来侵蚀着表述性对世界的简单的表征）产生，却又生产出"国家实体"（语言的"表述性"，它是语言要表征事物的真实状况、是对已存在事物的命名），进而颠覆、侵袭了"国家主权"原则。卡勒认为：这样一来，"文本"就成为一种结构模式，区分了"行动"（修辞系统）、"身份"（文本）与"体制"（语法系统）。它为广泛的跨学科研究提供了基础①。

德里达与德曼的"文本"概念显然是单元模式，而巴特及其他人的"文本"概念则是二元模式。卡勒由此认为："文本"既是理论中最复杂的理论建构之一，也是跨学科研究中无法比拟的分析利器②。

4.3.4 文化研究

在路特利奇出版社（Routledge）出版的《文化研究》编者（Grossberg等）看来，文化研究既非一个领域，亦非一种方法。因为文化无所不包，而其研究方法亦多种多样。文化研究是"一种跨学科、超学科、有时反学科的领域。它在广义的、人类学的文化概念与狭义的人文主义文化概念之间的张力下运作。它的主用任务是研究社会艺术、信仰、体制、及交流实践的全部范围"③。而在鲍尔德温等（Baldwin et. al）看来，文化研究则是"围绕着一个共同研究对象的不同学科观点的汇集，为一个以新的分析方法为特征的独特研究领域的发展提供了可能。正是围绕着文化这一主题的不同学科的整合，才构成了文化研究的内容，也构成了它的方法"④。

卡勒认为上述文化研究的定义都过于宽泛。他认为文化研究来自两种源头。一是20世纪60年代的法国结构主义。罗兰·巴特在《神话》中对文化中看似自然的现象进行非神秘化（demystify）的读解，揭示其基于历史的和偶然的构建。巴特的示范鼓励了对文化现象内涵的读解、对文化构建的社会运作的分析。另一种来源则是英国的马克思主义文学理论。威廉斯的《文化与社会》（1958）和"伯明翰当代文化研究中心"奠基者霍加特的《识字的用处》（1957）寻求探讨大众的、工人阶级的文化（在文化中不见它们的踪影，因为

---

① Culler, LTh, 2007, pp. 114~115.

② ibid, pp. 116.

③ Lawrence Grossberg, Cary Nelson and Paula Treichler, eds. *Cultural Studies*, New York: Routledge, 1992, p. 4.

④ 阿雷恩·鲍尔德温等编、陶东风等译：《文化研究导论》，北京：高等教育出版社，2004 年版，第43页。

文化被等同于阳春白雪类的高尚文学）。这种分析与欧洲的马克思主义文化分析略有不同，后者将群众文化（相对于大众文化）当做压迫性的意识形态构成，将它分析为：让国家权力运作合法化、让读者或观看者成为消费者的意义。这两种文化分析交互产生了两种分析方法：文化作为人们的表达（expression of people）和文化对人们的强制（imposition on people）①。由此卡勒认为文化研究的第一种定义是，文化研究处于以下两种愿望的张力之中：一方面分析者想将文化作为强加的霸权来分析，探讨它如何使人们的兴趣异化，并产生新的欲望；另一方面分析者想在大众文化中找到价值的真实表达。卡勒认为，如果以这种张力来定义文化研究，那么文化研究的中心思路就是要找到协调这种张力的方式，当前通常所采用的方式是：展示人们如何使用资本主义骗售给他们的文化材料、媒体及娱乐产业来生产自己的文化。由此大众文化（popular culture）就从群众文化（mass culture）中产生。这样的定义就让文化研究成为某种狭义的、可操作的项目，它就更像是一种项目或特定的思路，而不是一个领域。② 其次，卡勒把文化研究与"理论"结合起来分析，认为"理论"是理论方面，而"文化研究"则是其实践方面。所以文化研究可被称为"某种以所谓'理论'为理论的实践"③。而第三种定义则如卡勒在《符号构形》中所实践的那样，试图识别潜在的意指结构和一般的符号运作机制。④ 这样，卡勒假设文化研究就是结构主义。卡勒认为结构主义在美国所受待遇很不公正，过早地夭折了。卡勒辩称："理论"都与后结构主义有着千丝万缕的联

---

① Culler, LT, 1997, pp. 44 ~ 45.

② Culler, LT, 1997, p. 46; Culler, LTh, 2007, p. 244.

③ Culler, LT, 1997, p. 43; Culler, LTh, 2007, p. 246 ~ 247.

④ 由卡勒具体的文化研究实践来看，卡勒践行了这种定义。他借用解构主义对法律的规范性规则（rule）与增补性的标准（standard）之间的冲突进行了分析，考察了在法律中的解构与在文学研究中的解构之间的关联；而在对旅游的考察中，卡勒认为所谓文化批评只是抱怨现代文化的庸俗华丽与非自然性，但却并不试图描述它们所攻击的奇怪事实，而对可能真正发挥决定作用的文化机制也是鲜有提及。因而，卡勒认为对旅游的分析应采取符号学的方法，就要分析交缠其中的意指的机制。他考察了旅游中真实与不真实、自然性与观光性的符号运作、以及前区与后区（front and back regions）之间的辩证关系。在对垃圾的研究中，卡勒根据奥斯汀在言语行为理论研究中对失误的注意、以及道格拉斯（Mary Douglas）在对肮脏、污染、禁忌研究中对异常的关注，说明关注边缘事物、禁忌现象的必要性，但也由此指出对它们的研究并不能代替对研究对象本身的研究。因而卡勒提出其关注对象——垃圾的符号角色是什么。他将"临时用品、耐耗品及垃圾"这个主要符号结构与三种不同的社会阶层、日常生活（房屋）、日常文化产品、文学联系起来。他的结论是：正是语言中那些填充物式的、不具有深刻意味的质料才使得符号系统运作起来。可参见 Culler, FSi, 1988。

系，因此我们可以认为：文化研究中学者们倾向于将自己与"理论"斩断联系，这是一种向结构主义分析的变相回归。正是结构主义才帮助我们去了解在社会与文化生活中意义是如何生产的。卡勒补充道：当然这样向未完成的结构主义的变相回归是建立在福柯的论述、对自身的历史局限性有充分认识的基础之上的①。

至于文学研究与文化研究的关系，卡勒认为：文学研究不局限于文化研究所否定的文学对象，而文化研究则是将文学分析的手法运用到文化产品。相反，若将文学作为特定的文化实践来研究、将文学作品与其他话语相关联，文学研究亦能获益。② 那么，文化研究会吞噬文学研究并毁灭它吗？

在《文学理论：简介》中，卡勒认为：在理论上，文化研究是无所不包的。文化研究主要依赖于关于意义、身份、表征、能动性的理论性争论，它关注它们形成、体验、转变的种种方式③。它应该包括文学研究在内，将文学视为某种特定的文化实践；但在实践上，由于意义基于差异，人们践行文化研究就要与某种东西相对。那应该与什么相对呢？既然文化研究来自文学研究，所以文化研究应与传统概念的文学研究相对。④ 但问题在于：文学研究对自身的研究问题也未有一个统一概念。随着"理论"的发展，文学研究成为争议特大的学科。文学与非文学作品的研究都试图争得一席之地。原则上，若文化研究坚持将文学作为与其他意指实践相同的对象来研究，并考察其所被赋予的文化功能，这也能强化文学作为复杂的互文性现象这方面的研究。⑤

卡勒因此从"文学经典"与"分析方法"这两方面讨论了文学与文化研究的关联。第一个问题是：如果文化研究吞噬文学研究，文学经典将会如何？就"理论"而言，同样的问题亦存在。但"理论"却让文学经典焕发了青春，英国文学与美国文学中的伟大作品受到了更多的关注。那文化研究会带来什么样的结果呢？卡勒认为：到目前为止，文化研究伴随着文学经典的扩展，许多曾被忽略的作品（如边缘群体、女性）得到了研究。在此，有三种应对"文学经典"的态度：（1）"出众的文学性（literary excellence）"不再是决定研究

① Culler, LTh, 2007, pp. 247~249.
② Culler, LT, 1997, p. 48.
③ ibid, pp. 44~47.
④ ibid, p. 47.
⑤ ibid, p. 48.

对象的标准，更多是选择具有代表性的作品；（2）"出众的文学性"这个标准与非文学标准（如种族、性别）相结合；（3）"出众的文学性"这个概念本身受到质疑①。

就分析方法而言，文学研究是针对单个作品的典型性、复杂性的分析；而文化研究则可能成为某种非定量的社会学。它将作品视为其他事物的个别案例或症状，而不是对作品自身的研究。在此最大的诱惑是"总体性"：即存在某种社会总体性，各种文化形式仅是其表达方式或症状。这种阅读当然颇能吸引人，但它却将人们的目光从"细读"（注意意义的复杂性、关注叙事结构的细节）拉向社会政治分析。如此，某个时代的所有物体就都含义相同，且同为社会结构的表达方式②。此外，文学与文化研究的目标不同。文化研究经常希望其论述会成为对文化的某种干涉而不仅是一种描述。在英国，其国家文化身份与高雅文化相连，研究大众文化就是一种反抗的姿态，这与美国文化身份与高雅文化相对立不同。在美国，远离高尚文化而亲近大众文化并非在政治上的激进或表明某种反抗姿态，它只是让群众文化学术化。③

因而，卡勒总结到：关于文学与文化研究关系的争论，或是抱怨精英主义，或是担心研究大众文化会导致文学的死亡，上述观点有助于分清两类问题。第一类是关于研究一种或另一种文化对象的价值问题。是研究莎士比亚还是研究肥皂剧，不再有理所当然的决定。而另一类则涉及研究各种文化对象的方法问题，不同解释与分析模式有何优缺点。是将文化对象视为某种复杂的结构还是将其读解为社会总体性的症状。④

那文化研究在美国出现的原因是什么？卡勒认为：虽然它似乎是文学方法扩展到其他非文学对象与文本的逻辑结果，但是从总体看，它与大学的办学理念的转变有关⑤。按照里丁斯的观点，主导现时代的三种大学理念分别是康德的"理性大学"概念、洪堡特的"文化大学"概念和技术上的"优秀大学"概念⑥。这样，当文化不再是大学的目标时，它就可以成为研究的对象之一。

---

① Culler, LT, 1997, pp. 48～50.

② ibid, pp. 51～52.

③ ibid, pp. 53～54.

④ ibid, p. 54.

⑤ 参见 Bill Readings, *The University in Ruins*, Cambridge：Harvard University Press, 1996。

⑥ 转引自 Culler, LTh, 2007, pp. 249～250。

正如里丁斯所言："人文科学可以对文化做任何事，可以进行文化研究，因为文化对大学来说不再重要"①。具体说来，文学先前是文化被观察、被吸收、被研究之所在。所以，为培养有文化的公民，"文化大学"离不开文学研究。而文化研究的兴起则得益于对上述观点（它是一种精英主义）的反驳，及最近对文学研究中民族主义思潮的分析。但在"优秀"大学的办学理念中，文化研究不会代替文学研究，因为文化研究并不是要以非精英方式培养有文化的公民。培养公民不再是大学的任务。既然培养国民不再是中心任务，那在大学里的学术分析、教授各种文化产品与实践也就完全没有问题了。②

如此，文化研究的定义就不应再与文学研究针锋相对了。卡勒认为：阿姆斯特丹学派与纽约大学社会文化分析系所使用的术语"文化分析"似乎是一个不错的代替品。文化分析不再与文学研究针锋相对，不再把大众文化或当下作为焦点。它反思自身学科与方法论立场是如何影响到所分析对象。芭芭拉·约翰逊的《无言嫉妒》（*Muteness Envy*）即是很好一例：她的目标是将女性沉默不语这种修辞方式与牺牲的一般结构理解为政治与文学权力的来源。这种分析不再把文化研究定义为高雅文化的对立面。另一种方案是见于米克·贝尔的《文化分析实践》。他关注文化对象的构建，建议将博物馆的实践视为文化分析的一般模式，它将个人的分析活动作为社会与体制性实践、作为说明与呈现的方式来考察。这样我们就可以审视自己所参与的社会实践③。这样的定位给予文化研究一个暂时的历史身份，将它与变化中的大学特定学科结构关联起来。而这种自我指涉性（self-reflexivity）允许它成为不同于一般学科的学科。

4.3.5 施为性

施为性理论源自奥斯汀的"言语行为理论"，由德里达重新阐释并移用到文学研究中，在德里达与德曼的论述中文学性与政治性联系起来，并为朱迪斯·巴特勒对性与身份范畴的思考提供了新的基础。

奥斯汀在《如何用语言做事》中提出"施为性（performative）"与"表述性（constative）"的区分。但后来发现"猫在地毯上"这样的表述性句子也可在前面加上"我确认"之类的施为动词而成为施为性句子。但这种语法扩展

---

① 转引自 Culler, LTh, 2007, p. 250。

② Culler, LTh, 2007, pp. 250~251.

③ ibid, pp. 252~253.

并非是奥斯汀所乐见的，他由此区分了"以言言事（locutionary）"与"以言行事（illocutionary）"两种言语行为［此外还有"以言成事（perlocutionary）"行为］。当我们说"猫在地毯上"这样的句子时，我们是在进行说出某个特定的句子这样的"以言言事"行为；而同时进行了声明、警告、宣布或抱怨这种"以言行事"行为。因而，"言语行为"理论的目标在于描述"以言行事"行为的意义，即奥斯汀所谓话语的"以言行事"效力。奥斯汀声称，若让施为性正常运作："（A1）需存在某种可接受的规约程序来规定在某种场景由某些人说某些话，它有一定的规约效果；（A2）在指定事件中，特定的人与场景应能激活特定的程序。（B1/B2）所有参加者应正确地/完整地履行程序"①。如此一来，奥斯汀就拒绝以思想和意图来诠释意义，而是要去分析话语的规约性。

利奥塔和哈贝马斯注意到"施为性"这个概念，但他们有着不同的解释。在《后现代状况》中，利奥塔曾用"施为性"来代替科学研究的"总体性"及基本原则。利奥塔提出将"小型叙事（petit recit）"作为想象性创造（特别是在科学中）的典型形式，而认为"共识"原则作为审核标准似乎不太适当。他列举了两种"共识"。"共识"之一，如哈贝马斯所阐述，是人与人之间的协议，是通过对话而达成。但这种论述的基础是承认"解放叙事（narrative of emancipation）"。"共识"之二，它被视为系统的组成部分。系统操纵"共识"以维护、提升其性能。但它由此听任自身被用做达到真正目的之工具，这正是让系统合法化的理由：权力。基于此，他建议一种完全基于"形似性（paralogy）"的合法性，以"施为性"为目标，并枚举了"施为性"相对于"系统"的种种好处②。对于利奥塔的"施为性"的具体目标，詹姆逊在该书前言中也这样介绍："进行科学研究的原因不在于为某些外部现实创建一种适当模式或复制品，而只是简单地产出更多的作品，出品耳目一新、新颖别致的科学论述，让自己充满'新想法'，或最好是不断地推陈出新"③。由此观之，利奥塔的"施为性"实际上是由"小型叙事"所造就的状态，具有某种认识论意

---

① John Austin, *How to Do Things with Words*, Oxford: Oxford University Press, 1978 (1955), pp. 14 ~ 15.

② Jean-Fran? ois Lyotard, *The Postmodern Condition: A Report on Knowledge (Translated by Geoff Bennington and Brian Massumi)*, Minneapolis: University of Minnesota, 1984, pp. 60 ~ 63.

③ Frederoc Jameson, *Preface*, in Lyotard, 1984, p. ix.

义。而哈贝马斯则侧面触及了"施为性"概念，他将自己的"交际行动（communicative action）"与"策略行动（strategic action）"与奥斯汀的"以言行事（illocutionary acts）"与"以言成事（perlocutionary acts）"联系起来。哈贝马斯在《交往行动理论》中申明：达成共识是人类言语的内在终级目的。他区分了交际行动、象征行动与策略行动。"象征行动"与非命题性（non-propositional）系统相关，指的是象征性表达的一般行动模式；而"策略行动"则面向成功，而非达成共识；而"交际行动"则指相关各方行动不以自我为中心，不以成功为算计，而通过达成共识的行为来协调。其中"交际行动"和"策略行动"至关重要。他认为：为达成共识而使用语言（"交际行动"）是语言使用的原初模式，而对语言的工具性使用（"策略行动"）则是寄生性的。他借奥斯汀的"以言行事"与"以言成事"的区分来阐明"策略行动"的派生性。①

不同于利奥塔和哈贝马斯，卡勒注意到：德里达抓住了奥斯汀在分析中排除那些"非严肃的（non-serious）"话语这点，声称能在新的语境下被重复是语言的本质性特征。任何在"非严肃"话语中不能被重复的东西就不是语言，而只是某种无法与物理环境切割开来的记号。因而可重复性是语言的基本特性，而奥斯汀的施为性仅仅在被当做是某些常规公式（如结婚仪式上说"我愿意"或"我承诺"）的样板或语录时才发挥作用。可以认为：语言是施为性的，它不仅仅传达信息，还通过重复既定话语实践或行事方法来履行行为。德里达通过对政治话语和文学话语中创造行为的分析来进一步说明了上述观点。在《独立宣言》中，宣布各州独立的话语是施为性的，它意在创建某种新的现实；但为了支撑《独立宣言》中的声明，其中就隐含着表述性断言，即这些州应该成为独立的国家②。而文学之中亦存在着施为性与表述性之间的张力，卡勒自己以弗罗斯特（Robert Frost）的小诗《秘密的位置》（*The Secret Sits*）为例，阐明了"秘密知道"这个表述性断言是基于某种施为性的"假设"：即诗中所言"秘密知道"事实上不过是表明诗句本身是一种假设。

卡勒由此作出了引申。（1）意义仅仅产生于此指意序列具有重复性的情

---

① 卡勒曾对语言的修辞性与哈贝马斯的"交际行动"以及"交际能力"之间的关联进行过精彩的分析，有兴趣者可参见 Culler, FSi, 1988, pp. 187~200。

② 转引自 Culler, LT, 1997, pp. 99~100。

况下，它能在各种严肃和非严肃的语境下被重复、被引用、被戏拟，同样，解构的实践也因为重复性而存在。批评家总要希望回归到德里达关于解构实践的原始论述，并分辨出其信徒的种种模仿。但正是这些重复、引用、戏拟或扭曲才形成了解构的实践。因而，将一种话语嫁接到一种新的语境、或在不同情形下重复同一规约，并非是对"'以言行事'效力由语境而非意图决定"这条原则的抵触，而恰恰相反，它确认了该原则，在引用、重复或建构的同时，正是新的语境特征才改变了"以言行事"效力①。所以卡勒提出："意义受语境限制，而语境无所限制（Meaning is context-bound, but context is boundless）"。(2) 施为性与表述性之间的差异被重新定义。表述性是语言要表征事物的真实状况、是对已存在事物的命名；而施为性则是它的修辞性运作，是语言的行为，它通过运用语言范畴、产生新事物、组织实际世界来侵蚀着上述表述性对世界的简单表征②。应该说，德曼的论述正是这种施为性分析的代表。德曼在《阅读的寓言》中，针对卢梭《社会契约》中关于国家的讨论，他区分了"语法系统"（指国家主权）、"修辞系统"（指国家实体）与"文本"（指国家名称）。其中"文本"是由"语法系统"（表述性）对"修辞系统"（施为性）自相矛盾的干涉来定义。按照卡勒的阐述，它们组成了一种结构模式，区分了"体制"（语法系统）、"身份"（文本）与"行动"（修辞系统）③。

卡勒认为：女性主义和同性恋研究中的"性别与性的施为性理论"是施为性的最新阶段。朱迪斯·巴特勒的《性别之麻烦：女性主义与身份的颠覆》(1990)、《身体关系重大》(1993)、《言语激扬：言语行为的政治》(1997) 在文学和文化研究领域影响巨大。在《性别之麻烦》中，巴特勒建议我们应将性别视为施为性的，它不是某个人的属性，而是某个人的行为。你的性别由你的行为来创建，正如承诺由承诺的行为来创建一样。一个人通过重复行为成为男人或女人，它如同奥斯汀的施为性一样，取决于社会规约和某种文化习惯的行事方法。一如承诺、打赌、命令、结婚皆有社会既定方式那样，亦存在着社会既定方式让我们成为男人或女人。因而，为女孩命名就启动了"女孩化 (girling)"这个持续的过程，它把强制性的、重复的性别标准分派给了她。其

① Culler, OD, 1982, pp. 114~123.
② Culler, LT, 1997, pp. 99~102.
③ Culler, LTh, 2007, pp. 114~115.

重点落在先前标准、先前行为的重复性所带来的语言施为性效力上。①

卡勒指出，奥斯汀与巴特勒之间的区别在于：前者帮助我们思索语言的某个特定方面，而后者则关注关键性的社会过程［身份本质、社会标准的运作、能动性（agency）、个人与社会变革］。奥斯汀关注在单个事件中重复性规约如何让事件产生，而巴特勒则将其视为能产生历史和社会现实的繁杂、强制性重复标准的某个特例②。

卡勒进一步思考施为性的这种差别所产生的不同文学观。以奥斯汀的版本来看，一本论述因满足了相关标准而成为了文学作品；以巴特勒的版本来看，文学作品成功了，它不过是繁杂的重复性标准的复活或某种改变。借此卡勒总结了"理论"中的几个重大问题：语言的影响、社会规约和个人行为、语言所言与语言所行、媒体事件和真相。他指出：施为性分析了现实与虚构之间的模糊界限，而文学事件作为一种行为，也能为文化事件提供一种思考模式。③

应该说，卡勒先前对"结构主义诗学"的关注与奥斯汀的施为性版本相似，这也许是为什么卡勒会对"施为性"理论的发展如此关心的一个原因。但在《文学理论：简介》中，卡勒就明显把注意力转向了巴特勒式文学观。他在分析"什么是文学"时声称："有时考察对象具有某种特征，让其具有文学性；而有时却正是文学语境才让我们将其视为文学"④。这里包含的两种不同的文学观正是上述奥斯汀和巴特勒关于"施为性"理论的翻版。卡勒承认两种视角如此不同，很难调和，因此我们"应在两者之间穿梭"⑤。而其后对"身份"的考察中，卡勒以"个人"与"社会"、"既定"与"构建"这两对区分来宏扬巴特勒式"施为性"理论。它或许可以被用来阐释卡勒"诗学"与"文学性"这两者之间的差异：前者指向作为文学作品要件的"重复性规约"；而后者则着重强调了能将不同媒介、不同学科领域的文本塑造成文学作品的动态发展中的"文学性"。

---

① 转引自 Culler, LTh, 2007, pp. 102~105。

② Culler, 2007, p. 107.

③ ibid, pp. 108~109.

④ Culler, LT, 1997, p. 27.

⑤ ibid, p. 28.

第 5 章

理论中的文学与比较文学的危机

本章立足于卡勒与米勒、詹姆逊在文学理论研究上的异同比较与分析，突出分析了卡勒的文学理论研究的特色。以下主要讨论他们在知识背景、哲学立场、文学/文化理论立场、叙事理论立场、文化研究立场、意识形态立场诸方面的异同。①

5.1　知识背景

弗雷德里克·詹姆逊的博士专业方向是法国文学，博士论文是《萨特：一种风格的起源》。法国文学专业背景决定了他最初从事文学批评的研究取向。但自《政治无意识》起（20世纪80年代初），他就或多或少地开始转向文化研究。1985年詹姆逊在中国北京大学做了长达一学期的文化学术讲座。在此讲座上，他曾公开说明："我是搞法国文学的，并不是研究美国的专家，我注意的是世界范围内后现代主义文化的发展，因此可以说是个文化批评家。我讲的并不局限于文学理论"②。此后，他把目光聚焦于弥漫在西方社会的后现代主义文化现象，并将其纳入历史化的语境中分析。因为他对马克思辩证法与文学/艺术的关系情有独钟，由此，与英美传统对抗成为詹姆逊的一个标签。这种对抗也部分表明了他对源自黑格尔③、历经马克思、直到卢卡奇、萨特这

---

① 由于篇幅与作者知识面所限，以下讨论只能是蜻蜓点水式、浮光掠影式。同时，我们也意识到：詹姆逊、米勒与卡勒对文学/文化批评界的影响也非不相伯仲。因而以下相关探讨更多是服务于突出卡勒理论研究特色这个目的。

② 詹姆逊：见1985年他在北京大学演讲。又见［美］詹姆逊：《后现代主义与文化理论》（精校本），唐小兵译，北京：北京大学出版社，2005年版，第1页。

③ 陈永国认为詹姆逊的文学/文化批评始于黑格尔，并终于黑格尔。具体可参见陈永国，2000，第300页。

派德国哲学传统的热爱。可以认为：他在学术旨趣与思想背景上应是一个"欧洲中心论者"。他曾指出："我接受的著作大部分是欧洲的，它们有很强的理性思辨色彩，这一点足以使保守的美国作品如希尔顿·布莱默的《新标准》汗颜"①。他对欧洲大陆当时流行的现象学、存在主义、结构主义、后结构主义等思潮耳熟能详。詹姆逊强调他坚持和运用的理论基础是西方马克思主义，而他的最终落足点是当下问题，他被誉为发现、诊断当下后现代文化现象的大师。

米勒是在大学第二年从物理专业转到文学的。他首先被视为日内瓦学派批评家中的一员，与布莱、雷蒙德（Marcel Raymond）、比跟（Albert Beguin）、理查德（Jean-Pierre Richard）为伍，由此认为了解一位作家的主体性最有效的方式便是关注该作家的所有作品。但在 1972 年他加入耶鲁大学后，与德曼、布鲁姆、哈特曼一起，他成为解构主义批评的重要代表人物。而在最近，米勒又对全球化时代的新媒介对文学研究的影响也颇为关注②。米勒的学术兴趣明显在于维多利亚文学、现代英美文学、比较文学与文学理论，基本远离文化批评。同时，与詹姆逊的宏大理论建构不同，米勒则以研读文本为基础。他自己提到：他的分析出发点是文学作品中语言使用的异常或奇怪的现象③。因而，对米勒而言，文学本身即其目的，它的存在并不需要任何理由。但它却是有历史性的，它始自西方，也自有终结之日，可能由其他形式取而代之。④ 他的上述看法也在很大程度上解释了为什么米勒如此热衷于跟踪新媒介与文学之间的关联。

相对而言，卡勒对文学的兴趣也是当他在哈佛大学攻读"历史与文学"学士学位时产生的。而在牛津大学时，他的论文是关于梅洛-庞蒂作品中现象学与文学批评的联系。此后，他研究并评述了结构主义、解构主义以及后"理论"时代的种种文学文化现象。在他的研究中，索绪尔的语言学理论、法国结构主义思想与德里达/德曼的解构主义理论对他的影响都很大，由此，他

---

① 詹姆逊：《文化转向：后现代论文选》，胡亚敏等译，北京：中国社会科学出版社，2000 年版，第 110 页。

② J. Hillis Miller, "A Defense of Literature and Literary Study in a Time of Globalization and the New Tele-technologies", *Neohelicon*, 34（2），2007, pp. 13～22.

③ J. Hillis Miller, *The J. Hillis Miller Reader*（Ed. Julian Wolfreys），Edinburgh：Edinburgh University Press, 2005, pp. 405～406.

④ ibid, pp. 419～420.

始终以"诗学"而非"解释"为出发点，运用解构主义中"嫁接"思想来分析种种文学与文化现象，较好地将文学理论、文学批评与文学研究结合起来。

5.2　哲学立场：（后）结构主义①

在《语言的牢笼》中，詹姆逊在介绍结构主义运动进程时，对其基本方法进行批判，揭示了形式主义与结构主义中视为智性总体性的"绝对预设（absolute presuppositions）"。他认为：这些"绝对预设"既不可被全盘接受，亦不可被完全拒绝②。由此可见，詹姆逊对结构主义并非是全盘否定的态度。但在1984年，他发表了《后现代主义：晚期资本主义的文化逻辑》一文；在1998年出版的新书《文化转向》，标志着詹姆逊从早期对文学艺术形式的分析转入后现代文化研究。他的这种转向不仅表现为研究领域的扩展，也表现为研究视角和思维方式的变化。他前期的二元对立的结构主义思维方式开始向多元共存的后现代思维转变③。正如王逢振所言，詹姆逊的思想沿着辩证思维的道路发展，又融合精神分析后结构主义的方法，直至抵达后现代主义④。

米勒曾和布莱一起，是美国现象学批评的代表人物。在转变到解构主义立场后，米勒对结构主义持一种排斥的立场。他将代表结构主义文学批评的卡勒划为"机警（canny）"派，将自己与解构主义阵营列入"神秘（uncanny）"派，对卡勒所追寻的结构主义诗学极尽嘲讽。⑤ 在1987年，米勒作为美国语言协会的主席，更是高调宣布"理论的胜利"，为解构主义而欢呼。⑥ 而即使时至今日，解构主义已风光不再，米勒仍坚守解构主义批评。⑦

---

①　在本节中，我们仅关注詹姆逊、米勒、卡勒他们对结构主义/后结构主义的态度，并非考察三位学者的总体哲学背景。

②　Jameson, 1972, pp. v - xi.

③　郑敏：《从多元到对抗——谈弗·杰姆逊学术思想的新变化》，《外国文学评论》，1993年，第4期。

④　参见王逢振为詹姆逊《快感：文化与政治》（王逢振等译，北京：中国社会科学出版社，1998年版）所作前言。

⑤　Miller, 1976, pp. 330～348.

⑥　J. Hillis Miller, "Presidential Address: The Triumph of Theory, the Resistance to Reading, and the Question of the Material Base", *PMLA*, 102, 1987b, pp. 281～291.

⑦　参见 Miller, 2005, pp. 405～421。

卡勒的立场则看起来有点摇摆不定。但事实上，他典型的结构主义立场一直未曾动摇。在《结构主义诗学》中，面对后结构主义的批评，他这样为结构主义批评辩护："如果说结构主义不能免除意识形态，有自己的基础，这一点无关紧要。因为对结构主义、特别是对结构主义诗学的那些批判本身也不能做到这一点，它们（指后结构主义）采取的回避策略让它们自身的立场无法立足。相反，我们应该声称：诗歌所拥有的系列意义取决于它明显没有众多其他的意义。而意义若想在将来有所改变，也必须现在就有运作的规约来生产意义。因而，我们不是要置身于意识形态之外，而是要坚定地守护着它，因为我们所要分析的规约及理解它的种种概念都身在其中"①。

而在论《论解构》中，卡勒不赞同那种米勒式的观点，它将解构视为结构主义之后对其系统化工程的一种阻挠，它粉碎了结构主义对理智的信仰，进而认为结构主义是一种不可能的梦想。卡勒认为：在美国，批评在解构中找到了将阐释视为批评探索至高无上任务的理由，由此它在新批评目标与解构批评之间保持了某种延续。但是，那种认为解构主义拒绝系统化探索的想法只是基于自身需要的假设。德里达虽辩明在结构主义中的困难或两难，但这并不意味着他自己的作品远离系统化、理论化的追寻。他的作品更多与规则性相关：寻找在各种话语中重复出现的结构。在分析各种文本中潜在的、无法逃脱的逻各斯中心主义时，他是在考察话语的结构性决定成分。而这正是许多结构主义者以其他方式所寻求的。事实上，可以说，科学或语法的概念对结构主义，也正如系统化、全面置疑的概念对解构主义一样发挥了作用②。卡勒对解构主义的诠释更多是为了阐明其中结构主义之可能性。

在后来研究中，卡勒不断提到自己对结构主义诗学夭折的遗憾，并在不同场合③、以不同方式④重申结构主义的梦想。可以认为：米勒的划分正恰到好处，把他与卡勒的明显不同立场点明，而此种差异一直存续至今。

---

① Culler, SP, 1975, pp. 241～254.

② Culler, OD, 1982.

③ 参见 Culler, 1992a; Culler, LT, 1997; Culler LTh, 2007。

④ 参见卡勒有关"互文性与预设"、"过度诠释"、"文化研究的方向"、"叙事学"中的相关论述。

5.3   文学/文化理论

就文学/文化理论而言，詹姆逊的辩证性批评应是一种反思性思考，它既要对范畴和方法进行反思，同时还应进行具体的分析和研究；它也是一种相关性、历史化的思考，它将研究对象投射到具体的历史环境之中；它同时亦是一种乌托邦式的思考，它将目前所在现实与可能替代方案相比较，在文学、哲学与其他文化文本中找到乌托邦式希望；它还是一种总体化、综合性思考，它为文化研究提供了一种系统的框架，也为辩证法批评的运作提供了一种历史理论。① 而米勒的解构式批评则"也和罗兰·巴特的批评文字相近似，往往居于批评性评论和理论阐述之间，他的理论特色就在于通过具体事例来阐明一种理论立场"②。而卡勒的结构式批评则是"诗学"到"文学性"、"解构式嫁接"到"理论"、批评到"元批评"的一次组合式转型。我们以下就他们在研究定位、目标、方法和趋势上的明显不同进行具体讨论。

5.3.1   定位：文学批评抑或文化批评

詹姆逊是从文学批评前行到文化批评。尽管詹姆逊本人在《政治无意识》一书的前言中提出了"文化研究"的主张，但《政治无意识》的主体部分所借助的依然是对巴尔扎克、吉辛、康拉德等文学文本的阐释，可以认为，《政治无意识》并未脱离文学批评的范畴。不过"文化研究"的提出，已经表明詹姆逊不甘囿于文学文本的藩篱，而欲将批评对象由文学文本扩展至文化文本的企图。所以《政治无意识》既是詹姆逊文学批评的一部带有总结性的著作，同时也预示了詹姆逊从文学批评向文化批评的转型。在 1985 年詹姆逊在北京大学的自我介绍中，他本人不认为自己专属于文学研究，而应是一个"文化批评家"，"注意的是世界范围内的后现代主义文化的发展"。詹姆逊的这一道白概括了他的学术兴趣的转移，出版《政治无意识》之后，他的视野转入了"寓言"的研究，开始了对后工业社会的总体性观察。

而希利斯·米勒曾在《全球化时代文学研究还会继续存在吗?》中指出："新的电信时代正在通过改变文学存在的前提和共生因素（concomitants）而把

---

①   Douglas Kellner, *Frederic Jameson*, (1998), http：//www. uta. edu/huma/illuminations/kell19. htm.

②   王宁：《希利斯·米勒和他的解构批评》，《南方文坛》，2001 年，第 1 期。

它引向终结……文学研究的时代已经过去了。再也不会出现这样一个时代——为了文学自身目的，撇开理论的或者政治方面的思考而单纯去研究文学。那样做不合时宜"①。值得注意的是：米勒的声明固然没有明确提出"文学终结"的看法，却也没有明显的证据证明文化研究时代的到来。从他对文学研究的情有独钟以及于此中获得了"非同一般的乐趣"② 来看，"文学研究从来就没有正当时的时候，无论是在过去、现在，还是将来。……文学研究的时代已经过去，但是，它会继续存在，就像它一如既往的那样"③ 是理所当然的结论。只不过他在此种思考的基础上提出了新文学研究的方向④。这种把坚持文学研究与全球化、新技术对文学研究的影响结合起来的思考，在他的最新论文中有明确的表述⑤。但不可忽视的是：与之同时，米勒也逐渐迈向了泛文化批评的文学研究。

而卡勒研究的出发基点都是文学研究，文化研究则被视为一种歧途。他提出结构主义诗学，目标是读者在阅读文本时表现出来的文学能力与运作中的解释规约。他对解构的讨论，否定了那种认为解构主义会给文学研究带来毁灭的观点，建议可将解构主义视为一种阅读的策略，对如何开展解构主义文学批评提出了自己的思路。而在此后的文化研究中，卡勒视自己在此方面的努力为一种失误⑥，并进而在《文学理论：简介》中介绍了文学批评如何借助文化研究来发展自己⑦。而此后，他就一直宣扬自己的"理论中的文学性"（该种观点已在《符号构形》和《文学理论：简介》中稍有涉及，但未加详细阐述），认为目前的研究应该回归到"文学性"这个中心点。

比较而言，在定位方面，卡勒与米勒更为接近，而与詹姆逊的主张背道而驰。但米勒更偏重文本，理论阐述亦不脱离文本分析，而卡勒在自己的批评与

---

① J·希利斯·米勒：《全球化时代文学研究还会继续存在吗?》，《文学评论》，2001 年，第 1 期。

② 参见生安锋：《对文学研究的呼唤：J. 希利斯·米勒访谈录》，《外国文学研究》，2006 年，第 6 期，第 1～12 页。

③ 参见生安锋，2006。

④ 参见周玉宇：《我对文学的未来是有安全感的：希利斯·米勒谈访录》，《文艺报》，2004 年 6 月 24 日，具体可参见以下 5.2.4 节。

⑤ Miller, 2007.

⑥ 参见 Culler, LTh, 2007 及前面章节的讨论。

⑦ 参见其中"文学研究与文化研究"一章。

研究中则未显露出如此明显的迹象。

5.3.2　目标：阐释抑或诗学

詹姆逊的研究目标在《政治无意识》中有很好的阐释。他在开篇就充满自信地为自己的研究思路辩护："本书将论证文学文本进行政治阐释的优越性。它不把政治视角当做某种补充方法，不将其作为当下流行的其他阐释方法——精神分析或神话批评的、文体的、伦理的、结构的方法——的选择性辅助，而是作为一切阅读和一切阐释的绝对视域。"① 同时，詹姆逊指出存在着两种研究：一种是对"某一特定文化文本的'客观'结构的本质研究，研究其形式和内容的历史性，其各种语言可能性出现的历史时刻，及其美学的特定环境功能。另一种则与此截然不同，它突显我们用来阅读与理解的解释范畴与代码"②。詹姆逊坦言不管好坏，自己都坚定地选择第二条道路③。他指出：文本总是以已经阅读的东西呈现在我们面前，我们是通过先前解释的多次积累、或者是通过积累下来的阅读习惯与范畴（经传承下来的解释传统发展而来）来理解文本④。解释在这里被理解为某种本质性的寓言行为，它将指定文本按特定的解释主符码（master code）进行改写⑤。其研究目标与其说是文本本身，毋宁说是阐释本身。正如詹姆逊自己所解释的那样："马克思主义批评的框架不应被视为是其他解释方法（如伦理的、精神分析的、神话批评的、符号学的、结构的以及神学的）的简单代替。……那些方法的权威在于它们与部分社会生活中这种或那种局部法则、或复杂而又不断涌现的文化上层建筑的子系统忠实地吻合。而马克思主义以一种更为真实的辩证传统，被视为是不可超越的视域（untranscendable horizon）。它包含了那些明显相互敌对、不可通约的批评方法，而赋予它们在自身领域所具有的无可怀疑的有效性。"⑥ 由此可以看出：詹姆逊自己提出的目标不是以特定方法来阐释特定文本，而更多关注解释本身，即关注文本是如何通过调和（mediation）来实现意识形态和乌托邦两个功能。按詹姆逊自己的说法，即是"形式意识形态"。在詹姆逊阐

---

① 　Jameson, 1981, p. 17.

② 　ibid, p. 9.

③ 　ibid, p. 9.

④ 　ibid, p. 9.

⑤ 　ibid, p. 10.

⑥ 　ibid, p. 10.

释的具体操作过程中，最终的落脚点是对文本中乌托邦欲望的揭示。詹姆逊乌托邦思想的核心是政治无意识①，它是被压抑的乌托邦欲望，而阐释的任务就是找到这种最初的乌托邦欲望。

而米勒则基于德里达和德曼的解构主义阐释学思想，认为文学批评的任务不再是全力寻找一部小说文本的统一结构，探求它的本义，揭示它得以构成的思想和艺术奥秘，以最后回到它本身，恢复它的本来面目；而是深刻揭示它的复杂多样性，展露出它内隐的与表层结构矛盾的层面，以最后开发出新的结构，建构新的话语文本。所以对特定文本的解构主义的阅读是无法一次完成的，必然永远向前推移。所以米勒的目标是这种无尽的"求异"解构阅读②。而在其个人看来，米勒认为文学批评能让他"异常快乐"，他这样描述自己的文学批评过程："在特定情况下，我感到自己抓住了那篇诗歌或小说，把它写下来就让人快乐。……最近我一直在写关于卡夫卡的文章，是关于他的未竟之作、最后一本大部头小说《城堡》的。理解这部小说并写出些让人信服的东西相当具有挑战性。这种尝试就是乐趣。"③ 阐释应是研究的目标，这对米勒来说，是确凿无疑的。

卡勒的目标则泛化为"诗学"、"文学符号学"、"文本逻辑"、"符号机制"、"理论中文学性"，他对形式的关注可谓从一而终，总体可被誉为泛义的"诗学"④。在所有批评家中，他始终明确地坚持了巴特式"诗学"与"阐释"之分。虽然阐释在美国文学批评界大行其道，卡勒对此也多次哀叹自己"诗学"理想的失败⑤，但他始终将"阐释"视为末端，而坚持自己形式化的"诗学"目标。这在近期尤其见于他对预设与互文性的分析上、与艾柯关于"过度诠释"的辩论中以及对文化研究三种可能方向的理解上。

在否定文学批评的目标不是"以特定方法来阐释特定文本"上，卡勒与

---

① 根据詹姆逊的政治无意识理论，所有的文本都被看做是一定的社会集团或阶级集体以各种遏制策略投射其意识形态的愿望或幻想的场所。这是因为，历史是缺场的，无法再现，我们只能通过文本去接近它、认识它，而这只有依靠政治无意识才能完成，因为它挖掘出了被掩盖的现实，从而使我们看到了一个总体的历史。

② J. Hillis Miller, "Ariadne's Thread: Repetition and the Nnarrative Line", *Critical Inquiry*, 3 (1), 1976a, pp. 57~77; J. Hillis Miller, *Fiction and Repetition: Seven English Novels*, Oxford: Blackwell, 1982.

③ 参见生安锋，2006。

④ 可参见本书中相关章节的讨论。

⑤ 参见 Culler, LT, 1997; Culler, LTh, 2007。

詹姆逊完全相同，因而他们都站在了米勒的对立面。但在具体目标上，卡勒"出世"的"形式"取向与詹姆逊的"入世"的"探究政治无意识"的态度则又完全是对立的。

5.3.3 方法：批评抑或元批评

在詹姆逊的文学/文化批评理论中，乌托邦与意识形态一起构成了詹姆逊的马克思主义阐释学的双重视角。在《政治无意识》里，詹姆逊就对意识形态与乌托邦之间的关系作了清楚的阐释，他认为有两种谈论意识形态的方式：一种是肯定的，另一种是否定的。前者称做乌托邦，后者称做意识形态。意识形态与乌托邦之间构成了一种张力。对意识形态概念的有效运用需要对这两种方式都加以考虑。否定的意识形态是错误的、虚假的，而肯定的意识形态则是任何群体行动所依赖、并对此加以确证的理论。如现代主义是一种群体理论，是一种肯定的意识形态，也是一种乌托邦。在詹姆逊看来，意识形态无处不在，它与乌托邦具有密不可分的关系。马克思主义的意识形态功能也同时是它的乌托邦功能，因为它投射了一种性质完全不同的未来形象。可以说，意识形态和乌托邦是文学和文化文本的两个基本构成方面，它们共存于任何话语构造之中。前者在文本中以显现文本的形态而存在，后者则以"政治无意识"的形态而成为一种潜在文本，它是一种乌托邦的欲望，是对总体性的渴望。而批评家的主要任务就是阐释这一潜在文本，透过文本表面的意识形态将这种政治无意识恢复为文本的乌托邦功能。在詹姆逊看来，只有认识到文本的意识形态和乌托邦的双重功能，马克思主义文学思想的革命性才可能在当代资本主义世界的政治实践中得到体现。意识形态是马克思主义的否定阐释学，乌托邦是肯定阐释学，肯定阐释学与否定阐释学并不是两种不同的分析方法，而是马克思主义阐释学中相互补充、相互统一的两个方面。孤立地实践任何一种，都是有问题的。因此，"马克思主义的否定阐释学，马克思主义实践的正统的意识形态分析，在对实际作品的解读和阐释中，应与马克思主义的肯定阐释学或对相同的意识形态文化文本的乌托邦冲动的破译同时进行。"我们可以看出：在詹姆逊的马克思主义阐释学中，意识形态与乌托邦是一种辩证的、共生的关系。两者缺一不可，它们共同构成了詹姆逊的批评话语的总体性视角①。

---

① 参见 Jameson，1981。

詹姆逊认为，为此目的，以马克思主义批评作为了解文学与文化文本的绝对语义先决条件应遵循三个同心圆框架：政治历史（狭义的，指即时发生的事件）、社会、历史［广义的，指按生产方式的先后、各种人类社会构成（human social formations）的承继而排列的历史，包括史前与将来的历史］①。在第一阶段，文本被解释为个人的文学作品或话语，它主要被视为本质上是一种象征行为；在第二阶段，语义视域拓展到包括社会秩序，分析对象被辩证地转化为集体的、阶级的话语，它成为"意识形态素（ideologeme）"；在第三阶段，上述个人文本与意识形态素都经历了最终的转化，以"形式意识形态"的面貌出现。它即是由各种共存的符号体系传送给我们的象征性信息（symbolic messages），而这些符号体系本身就是生产方式的踪迹或预示（traces or anticipations）②。如果以语言学来类比，第一阶段文本与研究对象之间的关系是皮尔斯符号体系中的"象征"关系。这时，美学行为（个人文本）被视为某种意识形态行为③。它是文本性或解释性模式。第二阶段文本与研究对象之间的关系是索绪尔符号体系中的"言语"与"语言"单位的关系。这时，个人文本被视为"意识形态素"，阶级集体话语（class langue）正是围绕它们而形成的④。它是对话式、阶级斗争式模式。第三阶段文本与研究对象之间的关系是叶姆斯列夫的"形式的内容"。这里，个人文本或文化产品不再是"作品的明示内容"，它成为"形式意识形态"，它是诸如"自身存在的日积月累的内容"、"自身的意识形态信息"这样的形式过程，是历时在共时中（以踪迹或预示形式）的存在。⑤

由以上介绍可知：詹姆逊所介绍的批评模式可以视为一种"元评论"模式。它不是要承担直接的解释任务，而是致力于问题本身所据以存在的种种条件或需要的阐发。他由此将共时与历时、总体性与历史化辩证地结合起来⑥。应该说，此种思想在詹姆逊的《元评论》（1971）中就早有宣告。詹姆逊声

---

① Jameson, 1981, p. 75. 详细内容可参见陈永国，2000，第149~154页。

② ibid, pp. 75~76.

③ ibid, p. 79.

④ ibid, p. 87.

⑤ ibid, p. 99. 在其原理上，它与法国学者莫里斯·哈布瓦赫的"集体记忆"颇多相通之处。

⑥ Phillip Wegner, "Periodizing Jameson, or, Notes towards a Cultural Logic of Globalization", in Caren Irr and Ian Buchanan, eds, *On Jameson: From Postmodernism to Globalization*, New York: State of University of New York Press, 2006, p. 243.

称：传统意义上的那种"连贯、确定和普遍有效的文学理论"或批评已经衰落，取而代之的是，文学"评论"本身现在应该成为"元评论"——"不是一种正面的、直接的解决或决定，而是对问题本身存在的真正条件的一种评论"。作为"元评论"，批评理论不是要承担直接的解释任务，而是致力于问题本身所据以存在的种种条件或需要的阐发。这样，批评理论就成为通常意义上的理论的理论，或批评的批评，也就是"元评论"，"每一种评论必须同时也是一种评论之评论"。对于注重历史视角的詹姆逊来说，"元评论"意味着返回到批评的"历史环境"上去，"因此真正的解释使注意力回到历史本身，既回到作品的历史环境，也回到评论家的历史环境。"①

米勒则认为自己在某种程度上如果不是实证主义者，那就是一个经验主义者。他认为文学作品的看法应能够证实或相反能够证伪。在他看来，文学批评应是去证明关于一个文学作品的假设是对的还是错的，这通过引用与对引用的理解来实现。② 换言之，文学作品对于米勒来说就是在页码上的词语，它向各种解读和阐释开放。③ 他这样介绍自己的文学批评方法："通常我结束阅读后，会记下某些要点（至少是那些我认为重要的段落），它们会分成两部分：一些是典型母题或主题的事例，是常规或传统阅读中的支撑段落；另外一些则是那些似乎与总体框架格格不入的段落，它们有意思是因为它们异常而不太适宜。……对我的挑战是把它们都以某种方式安置好（甚至有时要说明它们如何不'合群'），以解释为什么它们会被放在那儿"④。具体来说，米勒的解构主义批评同时集结了"'单义'和'拆解'两种阅读，都是'坐在食物旁边'的同桌食客，兼主人与客人、寄主与寄食者为一身"。"它是既否定又肯定的矛盾行为"。一方面它是一种"单义"阅读，即紧紧追随作者的思路，探讨作者赋予作品的显的统一性或其本义；另一方面它又是"拆解"阅读，即发掘作品中作者未意识到的、由语言符号的修辞性赋予作品的暗藏的逻辑悖论或引申义，借之开发出新的结构。在它那里，"一方面'明显的或单义的阅读'常常包含着潜藏于它内部的、作为它自身的一部分的、以寄食者身份出现的

---

① 弗雷德里克·詹姆逊：《元评论》，见《快感：文化与政治》，王逢振等译，中国社会科学出版社，1998 年版，第 3 ~ 4 页。

② 参见生安锋，2006。

③ Miller, 1982.

④ 参见生安锋，2006。

'拆解'的阅读。另一方面，'拆解'阅读绝对无法从它执意挑战的形而上学批评中摆脱出来"，它是一种集二者为一体的批评，它既能全面跟踪文本的显在结构，又能深刻开掘文本的隐含结构。①

而不同于詹姆逊和卡勒对理论的推崇，米勒认为理论的价值在于以最好的方式来描述特定文学作品。他对抽象意义的文学理论兴趣不大，因为他认为文学理论的论述似乎是放之四海而皆准的，但它们实际上来自于在特定的时间下、特定语言中、具有特定文化的特定功能的特定文学作品。若假设亚里士多德或德曼的理论阐述对任何地方、任何时间内的所有文学作品都有效，这是大有问题的。而若将它们运用到非西方作品的阅读中，则更是问题重重②。由此可见米勒对元批评的保留态度和对阐释的推崇。

在卡勒的著述中，他所依赖的批评模式主要有以下几类：（1）寻找解释规约、文本的运作机制或文化机制，如"结构主义诗学"及他的解构主义式的文化研究。（2）对大学中体系和机制进行分析，这散见于《符号追寻》和《符号构形》这两本书集中。（3）对其他众多批评家评头论足，这多见于《结构主义诗学》、《论解构》及卡勒的三本论文集。（4）对"理论"的宏观分析，这是卡勒自《论解构》开始的兴趣所在。显然，第一类批评模式还不满足詹姆逊"批评之批评"的定义，而后三类批评模式则属于元批评，只不过它们各自从不同角度出发。

依上所述，詹姆逊和卡勒在研究方法上更垂青于"元批评"，而米勒则信守经验式批评，连文学理论也在其摒弃之列。但詹姆逊"意识形态与乌托邦"辩证式批评方法的落脚点是微观层面的操作，在某种程度上是系统的；而卡勒的各种元批评模式或是零散的（如对批评家的批评）、或是过于宏观的，仍期待一个更为合理的、可操作的框架。

5.3.4　趋势：现代性抑或文学性

詹姆逊认为存在于后现代时期的马克思主义应该与后现代时期的资本主义基本特征一致。这是一种文化马克思主义，研究重点是商品异化和消费主义。但在最近，詹姆逊却提出：现代性正在复活，并没有像后现代所想象的那样已被彻底制服了。其原因有两个方面：一是可以使学科体制获得某种谱系学

---

① 以上引用参见 J. Hillis Miller, "The Critic as Host", *Critical Inquiry*, 3, 1977, pp. 439～447。
② 参见生安锋，2006。

的认同；二是现代化的兴起及后发国家的现代化努力①。现代化虽受到了批判，但现代性却使人们相信了这样一种幻象，即西方拥有某种别人没有的东西，因此它对这些后发国家而言仍是一种值得向往的理想。那么，詹姆逊所理解的现代性到底是什么呢？他提出了关于现代性概念的四点提纲："1. 我们必须把现代性概念历史化、阶段化。2．现代性不是一个概念，而是一个叙事范畴。3. 一种拒绝叙事的手段就是坚持从主体性的角度看问题（它的题旨是主体性是不能够被再现出来的）。只有现代性的历史境遇才能够获得叙事形式。4. 任何有说服力的现代性'理论'都必须认真对待后现代性和现代性的断裂这个假设。"② 现代性成为詹姆逊前进的标杆。

而米勒在最近则指出："文学理论现在的形态就是由互相矛盾的两个方面组成的。首先，传统意义上的文学、文学理论还是有效的；另外一方面，与此形成矛盾的，是新的文学理论，即适应我们所说的新形态文学的理论"。他所谓的新形态的文学"越来越成为混合体。这个混合体是由一系列的媒介发挥作用的，这些媒介除了语言之外，还包括电视、电影、网络、电脑游戏等诸如此类的东西。它们可以说是与语言不同的另一类媒介。"他强调说："我在这里要用的词不是'Literature（文学）'，而是'Literarity（文学性）'，也就是说，除了传统的文字形成的文学之外，还有使用词语和各种不同符号而形成的一种具有文学性的东西。"③ 在这里，米勒突出"文学性"概念，并赋予"文学性"以全新的意义。传统意义的文学将被一种新的，即以"词语和各种不同符号的媒体"组成的混合体代替成为"新形态的文学"，这是"新的文学理论"研究的对象。

而无独有偶，卡勒认为理论的研究方向也是"理论中的文学性（the literary in theory）"。他借用雅各布森的"Literariness"这个概念声明：我们的研究方向应是"理论"中所有与文学相关联的部分，不应抛弃文学研究，反而应包含非文学现象中的文学因素。④ 在《理论中的文学性》中，他不仅以"文

---

① 参见詹姆逊 2002 年 7 月 28 日在华东师范大学发表的题为"现代性的幽灵"的演讲，并可参见《社会科学报》，2002 年 9 月 19 日、11 月 7 日、12 月 26 日关于詹姆逊的讨论。

② 弗雷德里克·詹姆逊：《现代性的神话》，《上海文学》，2002 年，第 10 期，亦可参见下节关于詹姆逊叙事思想的介绍。

③ 参见周玉宁，2004。

④ 参见 Culler, FSi, 1988; LT, 1997; 2000; LTh, 2007，具体可参见本书各章节相关论述。

学性"统领这部论文集的核心，更是进而宣称他的下一部研究著作将是"抒情诗诗学"。抛开众多学者的"回家"情结①不谈，卡勒的建议更多表明了他以下态度："新颖性"不应代替"文学性"成为评价文学批评与研究优劣的标准。

明显，卡勒与米勒再一次走到了一起，而詹姆逊则踏上他的"回家"之旅。卡勒与米勒稍微不一致的地方则是：米勒"文学性"的对象强调的是不同媒介所构成的混合体，而卡勒则以不同学科领域来区分文学现象与非文学现象。

5.4　叙事理论

詹姆逊认为叙事是任何马克思主义学术研究与政治的基本内容，因为"在政治与社会层面，叙事实际上在某种意义上总是意味着对资本主义的否定"②。他提出："在叙事本身看来不可行的情况下，坚持叙事分析是一种保持政治性与斗争性的姿态。"③ 在此后，他进一步声明这种斗争性在我们当代文化情景下（日益为图像、视觉符号所统治）的重要性④。

首先，我们有必要关注一下詹姆逊对叙事与历史关系的论述。总体而言，詹姆逊强调历史基本上是非叙事的、非表征的。历史虽然不是一个文本，但却仅仅通过话语或认识论的范畴［即再文本化（retextualization）］才能为我们所知⑤。对于这种因将历史再文本化而产生的"历史是不是一种现实"问题，他建议不用去争论，其解决方案是"必要性"⑥。历史就是必要性的体验。它不是表征着内容的叙事，而是我们体验必要性所借助的某种形式，是一种缺场原

---

① 面临文学危机，詹姆逊回头抬起"现代性"，米勒、卡勒的"文学性"可算是"旧瓶装新酒"，而盛宁先生的"返回经典"也可视为是另一种"回家"。

② Jameson, 1984, p. xx.

③ ibid, p. xix.

④ Frederic Jameson, *The Cultural Turn: Selected Writings on the Postmodern*, 1983 ~ 1998, Verso: London and New York, 1998, pp. 93 ~ 135.

⑤ 这种观点也颇多责难，如 John Frow, *Marxism and Literary History*, Oxford: Basil Blackwell, 1986, p. 39; Sean Homer, "Narratives of History, Narratives of Time", in Caren Irr and Ian Buchanan, eds, *On Jameson: From Postmodernism to Globalization*, New York: State of University of New York Press, 2006, pp. 77 ~ 84。

⑥ Jameson, 1981, p. 82.

因（非表征）的形式效果（詹姆逊形象地将它称为"形式的内容"）。它作为叙事性的政治无意识，不需要任何事物来证明①。由此看来，詹姆逊所言"叙事是人类思想的核心功能与实践"② 并不是浮夸之词。

显而易见，詹姆逊的"叙事"不同于多数叙事学家（这其中包括申丹称之为"后经典叙事"的卡勒和米勒）所言的"叙事"。在多数叙事学家看来，叙事学或是对"故事"（即情节结构）、或是对"话语"（即叙事手法）、或是两者兼顾③的研究，其理论来源是形式主义、结构主义④，它试图发现作品内部运作代码的统一模式⑤，它与巴特式叙事颇多渊源。而詹姆逊所谓"叙事"显然更多是某种认识论的模式，它与利奥塔的"叙事是惯例知识的典型形式"⑥ 这种概念更为接近。陈永国总结到："詹姆逊认为马克思主义实际上是一个宏大叙事，是包容所有叙事的一种叙事"⑦。

詹姆逊研究叙事的主要手段除了"政治无意识"外，还有"文化逻辑"以及"认知测绘"等等。"文化逻辑"更多是对叙事过程的思考，即文化与生产方式两者之间关系的内在逻辑。詹姆逊在从文学批评向文化批评的转向中，消费社会所引起的传媒和大众文化的发展使詹姆逊非常重视文化研究，他认为它们向我们展示了文化意识中的经济、权力和政治与生产方式的关系。他基于文化生产与经济生产之间的关系，把后现代主义视为是当前晚期资本主义阶段的文化形式（文化生产与经济生产完全统一），与现实主义是资本主义工业发展阶段特有的艺术形式（文化生产与经济生产完全分离）、现代主义对应于帝国主义和垄断资本主义经济阶段（文化生产与经济生产处于分离、统一之中）

---

① Jameson，1981，pp. 102.

② ibid，p. 13.

③ 即总体叙事学，参见 Gerald Prince，"Narratology"，in Michael Groden，Martin Kreiswirth，Imre Szeman，eds. *The Johns Hopkins Guide to Literary Theory and Criticism*，Baltimore：The Johns Hopkins University Press，1994，pp. 524～527。

④ 因此米勒所依据的解构主义并不为多数学者所认同，参见 Shlomith Rimmon-Kenan，"Deconstructive Reflections on Deconstruction：In reply to Hillis Miller"，*Poetics Today*，2，1980～1981，pp. 185～188；J. Hillis Miller，"A Guest in the House：Reply to Shlomith Rimmon-Kenan's Reply"，*Poetics Today*，2（1b），1980～1981，pp. 189～191。

⑤ 参见 Encyclopedia Britannica 中关于"Narrative"的词条。

⑥ Lyotard，1984，p. 19.

⑦ 陈永国，2000，第300页。

等并无二致①。对詹姆逊来说，后现代主义不是主题问题，也不是题材问题，而是艺术充分进入商品生产世界的问题。在后现代社会，由于文化生产与经济生产的完全统一，使文化从根本上干预经济的文化政治有可能实现。

而"认知测绘"则是另一种叙事媒介②。它指个人在对世界的表述上如何可以回避那些传统上对此种表述的批判，这事关批评的有效性、合法性问题。在他看来，认知测绘提供一种连接的方式，将最个人的局部（"人们通过世界的特殊道路"）与最全球性的整体（"我们这个政治星球的主要特征"）联系起来（毫无疑问，这让人轻易地联想到他对"寓言"的阐释）。就此而言，认知测绘是一种模式：即我们如何开始将局部与全球相连接的模式。他坚持整体性观点，试图根据有限的资料对全球形势进行概括。他相信这种概括是一种不可避免的文化过程。我们必须进行宏观的整体把握，使总是有限的资料足以构成一张地图，在某些关键的地方与其他解释的坐标交迭，从而形成对政治和经济作进一步分析的条件。以电影为例，只要把电影置入这种全球关系的政治语境以及电影系统本身内部的语境，就可以对电影进行认知的测绘，画出一张标示电影和政治、心理和社会的关系图，从而以寓言的方式表现出文化和生产方式的关系。③ 总体看来，詹姆逊的叙事概念已超越文学文本的范围，落入更为诡异复杂的当代社会空间里，由此叙事成为历史与认识之间的媒介。

米勒则称自己的叙事研究为反叙事学（ananarratology）。与詹姆逊的"历史化叙事"不同，米勒的名言是"小说是用词语来表征人类现实（the novel is a representation of human reality in words）"。由此米勒区分了对待小说的三种不同话语：人们若强调定义中的"人类现实"，就会把小说视做是现实的副本，由此会无视作品的虚构性，集中阐述小说中的伦理、善恶、悲欢的道理；而若是强调"表征"，就会关注叙事的规约，将其视为意义的载体，由此展开全面的"现象学"批评，它会集中关注作家对自己或他人（即叙事者或人物）意识的假定，会研究小说所激发的读者的情感反应；而若重视"词语"，就会对小说的风格特征、"修辞"感兴趣，就不会将"修辞"视为劝导方式，而是关

---

① 参见 Frederic Jameson, *Postmodernism*, *or*, *The Cultural Logic of Late Capitalism*, Durham : Duke University Press, 1991。

② 可参见陈永国，2000，第 275~290 页。

③ 参见王逢振：《詹姆逊近年来的学术思想》，《文学评论》，1997 年，第 6 期。

注修辞的运作，语言中所有与直截了当的指称意义相背离的情况。① 米勒声称，他写作就是为了探索"它们是由语词构成的事实"，"为了以某种方式让人们仍然明了文学语言的怪异之处，并试图对此作出解释"②。

为此目的，以解构主义为武器，米勒着重阐明了三种不同于一般结构叙事学的观点：重复、线条意象（line image）、歧义。他在《阿里阿德涅的引线：叙事线条》中明确指出：任何小说文本都是由纵横两轴的交叉交织构成的，他将横轴称做是"线条"，将纵轴称做是"重复"。横轴是线型的，是时间性的；纵轴是立体的，是空间性的。③ 而这种交织的结果是所有的文本都变得歧义丛生、晦涩难解。④ 但他的重复不同于洛奇（David Lodge）对"重复"（某一结构性主题）的追踪⑤，他指出重复主要有两种形式：一是文本内的事件、场景、母题、人物、意象等的一再出现［类似于格雷马斯的"同素线（iso-type）"概念］，二是文本内的词语符号是文本外的某种事物或精神观念的再现或复制（类似于"原型"、"互文性"概念）。前者在作者的意识的控制下，是同一性的重复，是理性的，它引导着作品中的所有的话语向同一个方向挺进，力图将作品因素集结到某一点上，对作品作出统一的解释和界定；后者却超出了作家的控制力，是异质性的重复，是非理性的，它将作品之外的某些与作品的主干成分无关或矛盾的东西不知不觉地引入到作品中，偷偷粘贴到作品主干上，编织成一条与作品的主线相矛盾的暗线。在具体的小说作品中这两种重复相互作用，交织交叉，永远缠结在一起。而读者对它们的认识可能是有意识的，也可能是无意识的⑥。

至于结构主义所坚守的情节单一性，即米勒眼中的"单一线条"，在米勒看来，是一种悖论。⑦ 由此他提出：一部小说作品的词语极为复杂多样，既有物质的也有观念的，既有形象的也有抽象的。这可归为 9 种叙事线条，如文字符号、语言叙述、人物性格、人物关系、经济方式、空间环境、图释、艺术语

---

① Miller, 1982, p. 20.

② ibid, p. 20~21.

③ Miller, 1976a, p. 57~77.

④ Miller, 1977, pp. 439~447; J. Hillis Miller, "The Figure in the Carpet", *Poetics Today*, 1 (3), 1980, pp. 107~118.

⑤ 参见申丹：《叙述学与小说文体学研究》，北京：北京大学出版社，1998 年版。

⑥ Miller, 1982.

⑦ 米勒认为，故事起点外还有起点，而结尾处却仍未结束。小说只是一个片断。

言、现实描绘。这众多的叙事线条不是相互连续衔接的，而是相互重叠重复的，它们不是共同指向一个中心，而是各自指向不同的方向。其中"没有一个线条（如人物性格、现实主义的描写、人物关系或其他的任何东西）可以将人们引向某个用来俯瞰、控制、理解整体的中心点"，它们相互交错盘缠，共同编织成了一个无中心的复杂多面的艺术空间。米勒将之看做是类似于"蜘蛛网"或"地毯上的图案"之类的东西①。他还采用了"椭圆形—双曲线—抛物线"这些几何图形来表明小说中充满了插曲式事件②。

不同于结构主义将歧义视为部分文学文本中的现象，米勒认为它是文学文本中的应有之义。米勒认为：解构主义批评同时集结了"'单义'和'拆解'两种阅读，都是'坐在食物旁边'的同桌食客，兼主人与客人、寄主与寄食者为一身"，"它是既否定又肯定的矛盾行为"。所以米勒说："寄主就是寄食者，寄食者就是寄主"③。

与米勒的解构主义性质反叙事明显不同的是，卡勒可被归为强调"表征"那类批评家。卡勒的"结构主义诗学"提出了文学能力、理想读者、规约、自然化、小说诗学、抒情诗诗学等概念。它既是对叙事学进行体系化归纳的一种尝试，亦拓展了叙事学的研究视野。而从第四章的介绍可知，卡勒的叙事学见解主要在于他对"故事"与"话语"的精彩解构、他对"虚构性"的高明见解，他对"全知视角"的详细剖析④。相对而言，卡勒叙事思想虽颇多亮点，但不同于詹姆逊与米勒那样肆无忌惮地重塑"叙事"，卡勒的论述更多落在对叙事学某个观点的论争上，明显小心翼翼。

三者相同的是，他们都有某种"反叙事"的倾向，并不积极融入当下主流的叙事学理论。但若按照米勒对不同叙事角度的分类，詹姆逊则会被归入强调"人类现实"，卡勒则强调"表征"，而米勒则旗帜鲜明地强调"词语"。相对而言，卡勒与米勒较为接近，而詹姆逊的叙事则是自行其是、另起炉灶。

---

① Miller, 1976a, pp. 57～77；1980, pp. 107～118；J. Hillis MILLER, *Ariadne's Thread*；*Story Lines*, New Haven：Yale University Press, 1992.

② J. Hillis Miller, *Reading Narrative*, Norman：University of Oklahoma Press, 1998.

③ Miller, 1977, pp. 439～447；1980, pp. 107～118. 有关这两种阅读方式，具体可参见 5.3.3。

④ 可参见第4章"诗学之思"中有关"叙事学"的内容。亦可参见 Martin 1986 与 Abbott 2002 中关于卡勒的部分。

5.5　文化研究

詹姆逊的文化研究可从三个时期来分析：艺术文本的文化研究、后现代文化研究、他者的文化研究。他最早在《政治无意识》中提出文化研究的目标。他认为：大众文化中意识形态素与力比多素的调和也就是意识形态和乌托邦两个功能的实现。他写道："只有以此为代价——即同时承认艺术文本内的意识形态和乌托邦功能——马克思主义的文化研究才有希望在政治实践中发挥作用，当然，这种实践依然是马克思主义的全部意义所在。"[①]

但在对后现代主义的研究中，詹姆逊的文化研究目标悄悄转移。当时他敏锐地感受到后现代的"文化"概念与以往侧重于精神特征的文化观念有了很大的区别。从德国古典美学一直到现代主义，文化都被理解为是与日常生活相对立的，是逃避现实的去处，是很高雅的事情，因此很自然地被理解为音乐、绘画或纯文学之类，这样便形成了文化圈层的自律性。在后现代社会里，"文化"的疆界被大大拓展，文化对各种事物的渗透或者说移入是普遍而深刻的现象，"由于作为全自律空间或范围的文化黯然失色，文化本身落入了尘世。不过，其结果倒并不是文化的全然消失，恰恰相反的是其惊人扩散"[②]。文化不仅是一种知识，而且成为一种行为方式，这种扩散的程度之泛滥使得文化与总的社会生活享有共同边界。"如今，各个社会层面成了'文化移入'，在这个充满奇观、形象或海市蜃楼的社会里，一切都终于成了文化——上至上层建筑的各个平面，下至经济基础的各种机制。……'文化'本体的制品已成了日常生活随意偶然的经验本身。"[③]　由此，文化研究实际上是对晚期资本主义发展逻辑的研究。他对文化概念扩张的论述突出强调了文化与商品生产的联系：当今一方面经济进入了各种文化形式，另一方面文化逐步经济化，一切艺术都被纳入商业文化之中。"美的生产也愈来愈受到经济结构的种种规范而必须改变其基本的社会文化角色与功能。"[④]

---

①　Jameson, 1981, p. 299.

②　弗雷德里克·詹姆逊著，陈清侨等译：《晚期资本主义的文化逻辑》，北京：三联书店，1997年版，第381页。

③　同上：381。

④　同上：429。

而在最近，詹姆逊开始关注另一类型的文化研究。他运用"他者"的概念限定文化，或者说，把文化还原为不同形式的群体关系（从词义上讲，"文化"概念在 19 世纪的重新定义缘起于人类学家对地球上原始民族的观察）。詹姆逊创造性地提出：文化"缘自至少两个群体以上的关系"，"任何一个群体都不可能独自拥有一种文化，文化是一个群体接触并观察另一群体时所发现的氛围，它是那个群体陌生奇异之处的外化"①。由此文化研究不再是一种孤立的美学现象，它不仅涉及到 20 世纪资本主义的文化生产（包括文化与经济生产之间的复杂关联），而且还涉及到跨国资本主义时期的民族或群体之间的关系。

米勒则认为文化研究有以下几种特点：（1）文化研究倾向于认为，艺术作品、大众文化、文学、哲学在了解作品的历史语境（包括诸如作品生产与消费的物质、社会、阶级、经济、技术及性别状况这些政治因素）的情况下，会得到较好的理解；（2）文化研究具有跨学科、多媒体化的导向；（3）文化研究故意打破下述假设：存在公认的经典作品，它们是人文研究的中心；（4）文化研究倾向假设艺术作品、大众文化、文学、哲学不仅能在了解作品的历史语境情况下得到较好的理解，而且如果它们需与具体的民族结合起来理解，就会更有价值；（5）文化研究倾向于通过还原型的二元对立来定义自身；（6）文化研究与理论（特别是解构或后结构主义）的关系难解难分，没有它们，也就没有目前的文化研究形式；（7）这种与理论的特殊关系与它对待阅读的态度（既不同于新批评也不同于解构主义）息息相关；（8）文化研究明显地具有政治性。②

此外，米勒认为文化研究的根源在于全球化。因为全球化和新电信技术，产生了新的社会组织形式、新的社区形式。另外一种后果是它让人产生了新的感性、新的生活方式。正如德里达所言，使用电脑上网的人的生活是一种孤独与新生活方式的结合体，它也表明了在新电信技术影响下的传统内外界限的崩溃。米勒认为：在这种新的电子空间中，我们的自我、家庭、工作场所、大学以及民族国家的政治都极大地改变了。而对这种边界模糊、错位、消失的一种反应是强烈地回归到民族主义、种族纯洁性、以及在地区实行狂热的军事化。

---

① 詹姆逊，1998，第 420 ~ 421 页。
② Miller, 2005, pp. 332 ~ 335.

另一种截然不同的反应则是大学人文系所的迅速转向：约在 80 年代起，从文学研究（主要是国别研究）转向文化研究。米勒认为文化研究可以作为一种手段来抵制、驯服新技术带来的"他性"对我们家庭、工作场所的入侵。它有两种自相矛盾的形式：一方面，它在国家、种族群体、性别团体之间重建牢固的界限，它有时假设个人的身份由参与某个团体来界定，因而传统的分界被扩展以包括女性研究、同性恋研究这些单独的项目；另一方面，采用各种方法将那些具有威胁性的他者转换为某种在理论上易于理解、转译、借用的东西。这样所有的文化、所有的个人都可被视为在某种程度上是混杂的、并非固定的、单义的实体①。

卡勒则对什么是文化研究提出了三种假设：（1）文化研究是对大众文化（mass culture）如何形成通俗文化（popular culture）的研究，也就是说，文化研究展示了人们如何利用资本主义强加的文化材料及媒体、娱乐产业来生产一种自己的文化；（2）文化研究是我们所谓"理论"的运作实践，或简而言之，它本身即是理论；（3）文化研究是一种识别潜在指意结构、运作其中的一般符号机制的企图，也即是对结构主义未竟事业的一种变相回归，但它是经由福柯的关键启示后的一种结构主义。他以约翰逊的《无声嫉妒》（*Muteness Envy*）及贝尔（Mieke Bal）的《文化分析实践》作为文化研究确立自身研究对象、进行学科定义的两个可能方向②。他告诫文化研究的一个危险是：大学将不再成为与世无争的追求知识的场所，不再是理性的天堂。这并非是说大学本身是与世无争的，实际上它是权力的工具。所以这并非是要将非政治化的大学政治化的问题。但是，文化研究将大学明白无误地定位在社会的工具，这还是会引发轩然大波的。另一个危险在于：文化研究会被主流文化所挪用，如此，主流文化与边缘文化之间的实际权力与权属关系就会被湮没③。

文化研究把学者们的目光从个案研究拉向了集体性思考，把他们从文学象牙塔拖入光怪陆离的社会，这种转变对某些学者来说显然是很痛苦的。这里，明显，米勒与卡勒对文化研究都抱着淡然的态度，而詹姆逊则热情四溢。但面

---

① Miller, 2005, pp. 372 ~ 376.

② Culler, LTh, 2007, pp. 240 ~ 253. 亦可参见本书第 4 章"理论之思"关于"文化研究"的具体阐述。

③ Jonathan Culler, "Whither Comparative Literature?" *Comparative Critical Studies*, 3（1 ~ 2），2006b, pp. 85 ~ 97.

对文化研究，卡勒认为自己曾身陷其中是一种迷失，警告我们它潜在的危险，并试图将其转向对"符号机制"的研究。而米勒则有点跃跃欲试的冲动①。

5.6　意识形态立场

在詹姆逊的著作中，马克思主义被置于至高无上的地位，它是无所不包的、综合性的理论架构，任何其他的方法都是它内部的一种子功能、一种局部性手段。詹姆逊在《政治无意识》中推崇马克思主义的优先性，原因在于它的历史和社会经济总体性视域提供了一个最全面的框架，以供性别、种族、阶级、性态、神话、象征、寓言以及其他更加狭小的视野的运用和解释。而在其后期的作品中，他企图在此框架内把握整个世界体系，詹姆逊声称是资本主义和商业化、物化的进程才造成了今天世界的格局，而在苏联解体后更是如此。因而詹姆逊的作品总的来说可被视为是一种马克思主义式的解释方法、一种美学理论。他借用意识形态和乌托邦这一双重解释学，一方面批评文化文本中的意识形态内容，而另一方面树立它们之中的乌托邦这一维度（它们包含着对新世界的美好憧憬，因而为批评现存社会提供了种种视角）。对詹姆逊来说，即使是保守的文本也常常提供了对新世界的想象，由此批评了现有社会的组织及其价值观。这种糅合了解释与乌托邦的马克思主义文化理论，明显体现了布洛赫（Ernst Bloch）的影响②。这样，詹姆逊的兴趣点就落在怪诞作品、科幻小说以及其他形式的通俗小说上，因为他相信它们之中包含着乌托邦与批评的动因；当然，同时他对现实主义文本深情不忘，因为他相信它们之中隐藏着对现存资本主义社会的洞察与批评。在詹姆逊的文学和文化批评中，可以如此认为：总是意识形态化。

米勒早期对意识形态的看法在《阅读的伦理》中有较为清晰的表述。在该书中，米勒认为在阅读行为中，存在着一个"必要的伦理时刻（necessary ethical moment）"，它"既不是认知性的、也不是政治性的、社会性的、人际之间的。它本身只是伦理性的"③。借此，米勒既反对当时那种主流的观点

---

① 可参见王宁：《希利斯·米勒和他的解构批评》，《南方文坛》，2001 年，第 1 期。

② 可参见陈永国，2000，第 47～48 页。

③ J. Hillis Miller, *The Ethics of Reading*: *Kant*, *de Man*, *Eliot*, *Trollope*, *James*, *and Benjamin*, New York: Columbia University Press, 1987a, p. 1.

（文学作品应参照其社会政治环境来解释），亦反对那种将解构主义视为"虚无主义"（即允许读者对文本作任意读解）批评理论的误解。他借康德对"尊敬"的定义（我们尊敬一个人是尊敬他所代表的法则）来说明阅读行为法则①。这种法则（并非是像"不能通奸"这样具体的法则）就是米勒所要寻找却并未给出答案的东西。但即使我们不知道它是什么，它也应是由每个阅读行为预设的："无论是作者、叙述者、人物，还是读者"，都需要遵从它。米勒声称我们就是通过这种伦理法则来判断一种阅读是好的阅读还是坏的阅读②。而叙事就是这种具体伦理规则（any particular ethical rule）与一般法则（the law as such）之间沟通的桥梁。最终，米勒宣扬解构主义是一种好的阅读。

在 2001 年的中国杂志《文学评论》上，米勒发表了《全球化时代文学研究还会继续存在吗?》的中译文，他引用麦克卢汉"媒介就是信息"，说如果用德里达的独特方式，这句话就是"媒介的变化会改变信息"，换言之即"媒介就是意识形态"。保罗·德曼曾说：我们所谓意识形态的东西，是语言和自然现实的混合体。米勒补充说：创造和强化意识形态的不仅是语言自身，而且是被这种或那种技术平台所生产、储存、检索、传送所接受到的语言或者其他符号。并非语言本身有那么大的力量可以形成意识形态错觉，而是受这种或者那种媒介（例如嗓音、书写、印刷、电视或者因特网电脑）影响的语言。我们可以看出：米勒所谓的意识形态并非是一种政治批判姿态，更多只是一种写作、阅读的策略。

而卡勒走的一直是形式主义路线，他也为此被伊格尔顿好好地奚落了一番。只是在着迷于文化研究那段时期，卡勒曾经试图有所转变，向詹姆逊的马克思主义批评方向尝试着靠近。③ 但在放弃文化研究后，他便很快回归到"非政治化"的轨道，"文学性"又成为卡勒的新目标。他的意识形态立场可用一句话来概括："我并不认为文学批评能够、而且应该非意识形态化，但它必定要取决于什么才是最有意思的、或是最为重要的"④。他一直如此保守而持中。

---

① "我们尊敬一本书，也像尊敬一个人，我们也可以说这是因为作者所写的这本书是对某种法则的反映。"参见 Miller, 1987a, p. 22。

② 同上：54。

③ 可参见 2.4 节。

④ Culler, 2006a, p. 347.

　　詹姆逊文学和文化理论中的意识形态是"政治无意识"，而米勒的则是阅读的"一般法则"与"媒介"，卡勒则是永远非政治化。应该说，米勒与卡勒的立场其实相差不大，只不过他从阅读与写作的策略这个角度来说明："清白的意识形态（ideology innocent）"是不可能的事。

第 6 章

结论：前进中的卡勒

作为结束语，我们结合"理论"现状和卡勒的文学理论、文学批评与研究实践，试图说明卡勒对文学理论批评的贡献与他可能的前进方向。同时我们希望此种探讨也会对中国批评家有所启示：因为在目前的中国批评家中，我们很难找到一个卡勒式的人物，这说明中国的文学理论和文学批评及文学研究是相互分割的，而这三者恰恰在卡勒的批评理论和学术生涯中是结合得比较好的。

6.1　卡勒的理论贡献与研究方向

米勒曾经这样提起卡勒：卡勒总是被视为解释文学理论的最佳人选，他对理论能做到既不简化，亦不偏见①。这样的声明虽然确凿无疑，却把卡勒的成就一笔带过了。在理论的迷宫中，如果需要一位向导，卡勒的著作是理想的出发点。因为它们不仅对相关议题介绍周详，还严肃地讨论了"理论转向"中那些基本的东西。那么，卡勒的学术批评思想有着怎样的理论贡献呢？以下我们分别从"新颖性"问题、"文学效果"问题、"文学性"问题这三方面入手，介绍卡勒对文学理论、文学批评与研究的主要贡献，并在同时探讨他在将来的可能研究方向。

6.1.1　研究标准："深度"还是"新颖性"

文学研究似乎位于哲学与历史两极之间的某个位置。但不同于哲学与历史对意义的迷恋，到目前为止，文学研究至少已在文学的研究对象（如作者一

---

① 参见《文学理论：简介》的封底。

文本—读者)、创造方式（如摹仿论—戏拟论—再现论）、所虚拟现实（如阶级—民族—性别—全球化）、语言使用方式（修辞—文本逻辑—意识形态）、元语言（批评之批评）这些方方面面轮流走过一遍。此外，我们还应该承认：与同属语言范围的语言学研究相比，林林总总的文学研究范式之间的界限并不清晰。虽然韦勒克和沃伦声称文学"外部"研究关注的是文学在生产过程中与诸多外在因素的关系问题；而文学"内部"研究则以文本为基础探讨文学的技术与审美问题。但这种效仿语言学研究的分类却早已在"理论"的泛滥中难觅踪影。这很大程度上当然是因为文学生产的复杂性，因为它不仅涉及到意义的生产，还会涉及到"意识形态"的生产，"乌托邦"的生产；但在另一方面，文学研究的价值判断标准也难辞其咎，它过于求新、求异、欲"弑父"而自立。由此带来的必然后果则是：文学研究较少寻求水滴石穿似的深邃，在某种意义上俨然成为思想的玩物与情绪的宣泄工具。而其表现形式是：各种流派你方唱罢我登场，轮流坐庄各五年。

由此，我们似乎应该反思：研究本身的判断标准是什么，"新颖性"还是"深度"？对于大多数学者或杂志主编来说，这似乎不是一个问题："深度"当然优先于"新颖性"。《新文学史》也如此广而告之："本杂志欢迎两类文章：其一是针对文学的理论性文章，它应聚焦于文学理论的本质、文学的目的、文学史、阅读过程、阐释学、语言学与文学之间的关联、文学变化、文学价值、文学阶段的界定与运用、风格/规约与体裁的演变；其二是来自其他学科、有助解释或定义文学史与文学研究问题的文章"[1]。但事实上，"求新"与"求异"已经日益成为判断一个文学研究成果出版与否的首要标准，这很大程度是因为研究范围的拓宽显然比研究问题的拓深要容易得多、对作品的阐释显然比挖掘其中的"诗学"要方便得多。但在另一方面，人文学科独特的思辨色彩、可验证性较差也是一个主要原因。

而回顾卡勒的学术批评生涯，我们发现：在结构主义诗学阶段，他就呼吁要关注"诗学"本身，而非作品"阐释"；在解构主义阶段，他就呼吁要寻找"文本中的逻辑"，而非那种"处于两难境地的结论"；现在，他又建议守住"理论中的文学性"。我们应注意到：随着时代的不同，卡勒的"诗学"建议

---

[1] *New Literary History* Editoral Office, retrieved Oct. 6th, 2008, http：//www. press. jhu. edu/journals/new_ literary_ history/guidelines. html.

越来越泛化，但这应与文学研究范围的扩大不无联系，一个简单针对文学文本的提议就显得益发力不从心；而就文学研究目的而言，卡勒明显着眼于文本中普遍性、深度的内容，而非具体文本，这与中国批评界目前类似"新批评"的现状刚好截然相反①；此外，卡勒似乎还建议，"新颖性"并不应成为文学研究的价值判断标准，文学研究的目标并不在于不断扩大研究范围，对"文学性"的深度研究才是它的职责所在。这也可能是为什么卡勒宣称他的下一部作品将是《抒情诗诗学》的潜在动因。应该说，有意无意之中，卡勒在其文学理论、文学批评与研究实践中，始终坚守"深度"标准，比较坚决地反对"新颖性"。②

有鉴于目前的理论研究状况，卡勒建议抛弃"新颖性"、守住"文学性"的信条显得尤为重要。只有这样，我们在一次次文学/文化研究危机或比较文学危机来临时，可以像物理学、哲学、语言学那样，可以借之来完成对原有范式的改进，或推动新范式代替旧范式。这样，对意义的生产方式、对意识形态生产方式、或对乌托邦生产方式的考察可以在部分程度上得到保留，而不总是被全盘否定，推倒重来。

6.1.2 研究对象："文学效果"

文学理论、文学批评与研究的对象是什么？"标准答案"已由《新文学史》在上面给出，自不用赘述。但卡勒还给出了另一种答案：对文学效果（literary effect）的考察。

卡勒在《结构主义诗学》中就敏锐地觉察到：语言学分析并不是用做发现文本中模式的工具，而是可以从思考诗学语言的效果着手，去构思一些假设来解释这些效果。仅仅声明在文学文本中存在大量平等关系及重复模式无济于事，亦毫无说服力。关键在于这种模式产生了什么样的效果。如果不把读者对文本成分的取舍与安排考虑在内，任何一种理论都无法给出答案。因而，如果假设语言学为诗学模式的发现提供了一种方法，那么就有可能落入一个盲处，会对语法模式在诗学文本中的实际运作方式视而不见。因为作为诗歌来阅读的

---

① 申丹和周小仪认为："直到今天，新批评仍是文学作品教学与解释中最为广泛运用的方式。"参见 Dan Shen and Xiao Yi Zhou, "Western Literary Theories in China: Reception, Influence and Resistance", *Comparative Critical Studies*, 3 (1~2), 2006, p. 141。

② 在他的解构主义阶段后期，亦即他从事文化研究那段时期，他显然为"新颖性"所吸引，他对此曾明确表示后悔。参见 Culler, LTh, 2007。

那些结构不仅仅是语法结构，它们产生的互动会让语法结构具有语言学家意想不到的功能。只有从诗歌的效果着手，试图发现语法结构是如何营造出这些效果，我们才可能避免那种把语法分析视为一种解释方法时所犯的错误。可以认为：在语言的诗学功能分析中，诗学效果才是需要解释的内容。① 从诗学观点看，需要解释的与其说是文本，不如说是阅读与解释文本的可能、文学效果与文学交际的可能。结构主义诗学的任务，正如巴特所言，是让那些产生文学效果的潜在体系显现出来②。

而在《符号的追寻》中，他亦注意到：戴维森（Donald Davidson）不像其他的隐喻研究学者那样将隐喻视为"语言"的一部分，是对结构的研究。他认为隐喻属于"言语"，是对效果、反应的研究。③ 在《论解构》中，卡勒声明解构的要旨在于：在我们寻求解释的过程中，意义似乎既是我们所体会到的语义效果，也是一种对文本属性的自我感悟。因而，受语境限制的意义与无限的语境本身两者的结合，在一方面使宣称意义不确定性成为可能，而在另一方面，也督促我们继续阐释文本、澄清言语行为、试图厘清意指的条件。由此，解构并非是一种破坏、一种抛弃，而是一种重筑（reinscibe）。④ 进而，在《符号构形》中，卡勒提议建立书写语言学，它将会密切关注书写的结构、策略与效果。⑤ 在 1992 年，卡勒在谈到弗莱反对将文本意图的阐释视为文学研究的目标时建议：对弗莱来说（也许也是对我们来说），它的替代对象应是诗学，它要描述的是让文学作品产生效果的规约与策略。⑥ 即使在最近出版的《理论的文学性》中，在针对叙事学中"全知视角"这个概念提出异议时，卡勒声称：与其以一个术语（Olympian narrator）替代另一个术语（Omniscience），我们不如从另一个方向来审视——人们试图用"全知视角"这个概念来描述的效果是什么？基于这种思考，卡勒重新分析了"全知视角"的四种效果。⑦

---

① Culler, SP, 1975, pp. 55～74.

② ibid, pp. 113～130. 相关论述亦可见 pp. 75～95；pp. 189～238；pp. 255～265。

③ As cited in Culler, PS, 1981, pp. 188～209.

④ Culler, OD, 1982, pp. 134～155.

⑤ Culler, FSi, 1988, pp. 217～230.

⑥ Culler, 1992, p. 115；Culler, LTh, 2007, pp. 173～174.

⑦ Culler, LTh, 2007, pp. 183～201.

应该承认：卡勒虽然给予了"文学效果"以特别的关注①，但很大程度上，他的出发点是将其视为某种研究"诗学"的手段。但他从"文学效果"的角度来分析"全知视角"时，他就很好地把握住"文学创造虚拟现实"的核心概念：虚构性。这样，以"文学效果"为研究目标显然可以进而把叙事学的"话语"概念予以进一步的澄清。总体看来，虽然卡勒并非在有意倡导文学研究向巴特"真实效果"靠近，但无疑，他以"文学效果"为对象的批评与研究实践会给文学理论、文学批评与研究以极好的启示。

6.1.3　研究方向："文学性"

当学者们都在讨论文学批评与研究的出路何在时，卡勒建议转向"理论"中的"文学性"。虽然卡勒并未具体指出如何具体操作这个概念，但从他对理论、关键观点与实践的梳理中，我们仍可从下面两个方面把握卡勒的建议。（1）从研究方法上说，我们可以把目光投向不同形式文本、不同语境、不同理论范式、甚至不同学科领域的文本。这里"不同形式文本"可指：从以前的文学文本，再到当下的文化文本；从之前的书面文本，再到现在的口头文本、图形文本；从长期以来的纸版文本，到如今的电子文本、博客文本；甚至从我们所习惯的延时文本，到正在发展中的即时文本、用户自由编辑的文本。而"不同语境的文本"可指那些预设着不同的"意旨前提"的文本，如"新批评"预设一种封闭、统一的文本；"后结构主义"预设一种延异性、修辞性文本；而文化研究则预设一种或阶级、或种族、或性别诸如此类的文本；而米勒和卡勒则预设了"文学性"。如《红楼梦》可以是曹家的一段家谱（文本意义）；可以是宝黛之间的悲欢离合（主题意义）；可以是阶级斗争，也可以是民族寓言（社会意义）；而闪烁其中的，还有人性、生死与真善美（超文本意义）。（2）而从研究目标来看，我们仍应坚持沿着"诗学"深度追寻。"新颖性"或"社会干预程度"不应成为判断文学批评与研究优劣的标准，更不应成为文学批评与研究的绝对标准，由此才能把握住"文学创造虚拟现实"的核心概念。因而，文学本质、文学目的、文学史、文学变化、文学价值、文学阶段、文学风格与体裁、文学阅读过程、文学效果、文学与各种学科之间的关联都可成为卡勒广义"诗学"的研究对象。

---

①　虽然雅各布森、巴特、格雷马斯也都分别从形式、语义多种不同角度对此表达了关注，但应该承认：巴特对"真实效果"的讨论对卡勒影响最大。

由以上分析看来，卡勒再次选择《抒情诗诗学》作为研究方向并非偶然，这不仅表明了他坚守"诗学"研究、"非政治化"研究的态度，还说明了他对"新颖性"诉求的拒斥。可以期待：卡勒的抒情诗诗学不会再以"非个性化"、"连贯性或总体性期待"、"主题意义"、"理解中的抵抗与复归"或"词语结构"、"事件"来结束。相应地，"文学效果"可能会成为卡勒探索理论中的"文学性"的最新对象。

6.2　卡勒对中国批评界的可能启示

卡勒曾在《比较之根》中这样表达过自己的迷惑不解："为什么浩浩荡荡的美国学者与知识分子大军自身并未生产出科恩（Kohn）、霍布斯鲍姆（Hobsbawm）、伊利－凯多尔利（Hie Kedourie）、欧内斯特－盖尔纳（Ernest Gellner）、安东尼·史密斯（Smith）那样的民族理论？"他从中得出的可能推测则是："当然总会可能的是，恢宏的理论从来就不是美国人的习惯"[1]。这种疑问似乎不仅适应于当前的卡勒，也较符合当前中国的研究现状。

总体看来，当代中国文学理论研究现状有以下几个特点。首先，在目前，几乎所有研究范式已被我们拿来实践过一遍了。现在的批评界与卡勒都面临着相似的境况：没有新的理论范式可供借鉴了。其次，中国学者一般不区分非西方背景的理论与欧美理论，所有上述理论都被视为西方理论；同时也不太区分理论产生的时代背景与意识形态，多数被视为不同方法论而同时引入中国。次之，众多西方理论在不同程度上遵照中国的文化与政治环境被挪用（这正如易卜生在中国被建构为革命的思想家而非戏剧家一样）[2]。这种颠覆性的引进也为张隆溪、陈小眉、赵毅衡、徐贲所承认[3]。当西方理论被输入到中国语境后，理论的文化意义经过转化，呈现出新的意义。它已不同于原理论或甚至与

---

①　Culler, GC, 2003, p. 238.

②　可参见 Ning Wang, "Postmodernizing Ibsen: Toward a New Interpretation of the Fin-de-Siecle", in Maria Deppermann, et al. eds. *Ibsen im europaiscben Spannungsfeld zwischen Naturalismus und Symbolismus*, Frankfurt and Main: Peter Lang, 1998, pp. 295～307。

③　Long Xi Zhang, "Western Theory and Chinese Reality", *Critical Inquiry*, 19 (1), 1992, pp. 105～130; Xiao Mei Chen, Occidentalism: A Theory of Counter-Discourse in Post-Mao China, Oxford: Oxford University Press, 1995; 赵毅衡："'后学'与中国新保守主义"，《二十一世纪》（香港出版），1995 年第 27 期; 徐贲："'第三世界批评'在当今中国的处境"，《二十一世纪》（香港出版），1995 年第 27 期。

原理论相对立。再次，它们在中国多数是被视为解释文本的策略，去除了其中的政治、社会批判或反思的意义。其形式、美学上的特征在文本解释中得到了强调，但各种理论的历史背景或与中国现状契合，或背道而驰。最后，由于在与西方不平等文化交往、单向的文化输入中，出现了文化身份危机，理论的"中国特色"越来越得到强调。而面对任何非大陆学者的批评，"中国性（Chineseness）"也会被用来作为抵制、防御的武器。它可能会发展成为某种本土民族主义①。总体来看，目前文学理论、文学批评与研究中诸多研究范式可以被进一步浓缩到以下表格中：

	语言模型	文学模型	研究目标	现有研究焦点	研究范式
1	发送者	词语	意义	修辞—预设—文本逻辑	解构主义
2	信息	虚拟现实	意识形态	阶级—民族—性别	文化研究
3	接收者	文学	乌托邦	形式—实体	诗学/阐释
			影响因素		
4	信道	创造方式	技术	方式—体裁—语境—学科	
5	上下文	时代	摹仿—戏拟—再现		
6	编码	元语言	理论	作者—文本—读者	
7		效果	出版	深度—干预程度—新颖性	

表1：文学研究模式简介②

---

① 按照汪晖、雷颐的论述，它有"华夏中心主义"与"现代民族主义"两种形式。可参见汪晖、张天蔚：《文化批判理论与当代中国民族主义问题》，《战略与管理》，1994年第4期；雷颐：《现代的"华夏中心观"与"民族主义"》，载萧旁编：《中国如何面对西方》，香港：明镜出版社，1997年版，第49～50页。

② 对此表格说明如下：

（1）本表格目的在于更为简要地说明目前理论现状，不在于推介新的文学模型，因而未加详细验证，缺陷与不足在所难免。但这应不损及对目前理论研究的总体介绍。

（2）根据詹姆逊的相关阐述、雅各布森的六要素模型、以及希利斯米勒的断言"小说是用词语来表征人类现实"，我们由此认为："文学用词语来创造虚拟现实"。根据此种看法，我们从上述各个方面来对理论现状进行粗略归纳与简要描述。它可被视为"词语"将"虚拟现实"汇集到"文学"这样一个记录、存储、出版过程，它们分别与"意义"、"意识形态"与"乌托邦"这三种生产方式对应。而在此过程中，这三种生产方式分别受到创造方式（时代与技术因素）、元语言（理论与批评因素）、效果（出版因素）的影响。

（3）雅各布森提出了语言的六要素模型，但在这个信息传递模型中，他似乎对传递的效果并未加以讨论。在此文学研究模式介绍中，我们参考卡勒的研究实践，添加上了对"效果"的考察。

那中国的文学批评与研究的未来前景会是怎样的呢？王宁指出：当代西方理论进入了一个"后理论时代"。"后理论时代"的西方理论思潮仍有着清晰的发展走向，但理论本身的功能已经发生了变化，纯粹的侧重形式的文学理论已经无可挽回地进入了衰落的状态，文学理论已经与文化理论融为一体，用于解释全球化时代的各种文化现象。① 而盛宁则指出：持续多年的"西方文论热"使国内人文学界实现了与20世纪60年代以后国际学术的接轨。至少取得三方面的收获：认识范式的转型、认识假设的改变和认识（批评）方法的更新。但近年来的一系列动向表明：20世纪80年代在美国文坛持续的所谓"理论鼎盛"时期已经过去，美国学界现在又开始对理论热所造成的文学的衰落和教育领域人文价值观的滑坡现象进行质疑和批判。因此，中国的文学理论研究应从中吸取教训，对二十年来所引进吸纳的西方文学理论再作一番剥析和扬弃，这样才能使我们的理论研究提高到一个新的水平。我们的理论研究也应该进入一个更为成熟的阶段，应该摆脱别人提问、而我们跟在后面进行思考那样一个蹒跚学步的阶段。我们或可作出三个选择：返回经典、深化实践、该放手则放手②。申丹和周小仪则倾向于理查德森（Brian Richardson）的结论：在主流批评范式（后结构主义）开始没落，新的批评范式（至少是另一个）开始崛起时，叙事理论极有可能会占据文学研究的中心位置③。曹顺庆早些时候亦提到：难道除了走向"泛文化"或退回"文学本身"，我们就没有别的选择了吗？非也！"大道如青天"。"跨文化"的比较文学研究，就是一条从危机走向转机的通天大道，是一条将全球比较文学界推向又一新阶段的坦途。它既不走向以比较文化取代比较文学的"泛文化"，又不退回保守和封闭的"文学中心论"。我们不应当反对文化研究介入文学之中，而应当将比较文学与文化研究相结合。这种结合，是以文学研究为根本目的，以文化研究为重要手段，以比较文化来深化比较文学研究④。

显然，在当代中国学者当中，面对"后理论"时代目不暇接的理论思潮，他们也并未达成一致共识。如果想了解卡勒的文学批评与研究实践会对中国的

① 王宁：《"后理论时代"西方理论思潮的走向》，《外国文学》，2005 年第 3 期。
② 盛宁，2002；2007。
③ Shen and Zhou, 2006, p. 145.
④ 曹顺庆：《是泛文化？还是跨文化，世纪之交比较文学研究的战略性转变》，《社会科学战线》，1997 年第 1 期。

批评界有何启示，我们可以试着让他回答以下三个问题：

在将来，现有各理论研究范式中何种范式会发挥重要作用？

何种理论能够适应不断变幻的学术、历史、政治、文化观念？

会出现何种新的理论范式？

卡勒对这三者的回答应该依然还是：动态的"诗学"。就第一个问题而言，它实际上不可避免地牵涉到文艺与"政治"、"美学"之间的复杂关系①，这也即是"政治干预程度大小"是否应是判断某种理论范式优劣的依据。若按照詹姆逊的标准，他历来主张从政治社会、历史的角度阅读艺术作品，但却决不认为这是着手点。相反，他认为人们应从审美开始，关注纯粹美学、形式的问题，然后在这些分析的终点与政治相遇。他以布莱希特的作品为例说明：如果在其作品中你一开始碰到的是政治，那么在结尾你所面对的一定是审美；而如果你一开始看到的是审美，那么你后面遇到的一定是政治。詹姆逊认为这种分析的韵律更令人满意。詹姆逊承认：这使得他的立场在某些人看来颇为暧昧，因为他们急不可待地要求政治信号，而他却更愿意穿越种种形式的、美学的问题而最后抵达某种政治的判断②。应该说，不同于詹姆逊在此问题上的解构式立场，卡勒的"诗学"建议完全落在美学这一端，坚持认为对"诗学"的深度耕耘才是文学理论、文学批评与研究的康庄大道。而就第二个问题与第三个问题而言，卡勒显然认为：只有"诗学"才是不断变幻的学术、历史、政治、文化观念中最恒定不变的；任何一门理论范式，也只有具有如此特征，才可以成为支撑起一门学科研究的基础。但在另一方面，这并非声明"诗学"就此一成不变，它应该是动态发展的：它并非是"规定性"的，而应是"描述性"的。也就是说，我们并非按规定的"文学性"在现有作品、理论、文化实践中搜寻"文学性"内容。恰恰相反，我们应该去寻找那些让这些作品、理论、文化实践具有文学效果的可能规约与条件（而它们多数会是以前我们所未知晓的）。

如此看来，也许卡勒的出路可视为中国文学/文化批评界的一种可能的出路。

---

① 相关评论可参见 Theodor Adorno，Walter Benjamin，Ernst Bloch，Bertolt Brecht and Georg Lukacs，*Aesthetics and Politics*（*Radical Thinkers*），London：Verso，2007，（1986）。

② 詹姆逊，1997，第 7 页。

卡勒作品

论著

Culler, Jonathan（1974），*Flaubert: The Uses of Uncertainty*, London: Elek;（1974），Ithaca, N. Y. : Cornell University Press;（1985），Revised edition, Ithaca, N. Y. : Cornell University Press.

— （1975），*Structuralist Poetics: Structuralism, Linguistics, and the Study of Literature*, London: Routledge & Kegan Paul;（1975），Ithaca, N. Y. : Cornell University Press.

— （1976），*Saussure*. Hassocks, U. K. : Harvester;（1976），London: Fontana/Collins; Republished as *Ferdinand de Saussure*（1977），Penguin Modern Masters. New York: Penguin; Revised as *Saussure*（1985）. London: Fontana; Revised edition republished as *Ferdinand de Saussure*（1986），Ithaca, N. Y. : Cornell University Press.

— （1981），*The Pursuit of Signs: Semiotics, Literature, Deconstruction*, London: Routledge & Kegan Paul;（1981），Ithaca, N. Y. : Cornell University Press;（2001），Republished, with a new preface by Culler, London: Routledge.

— （1982），*On Deconstruction: Theory and Criticism After Structuralism*, Ithaca, N. Y. : Cornell University Press;（1983），London: Routledge & Kegan Paul.

— （1983），*Barthes*, London: Fontana; Republished as *Roland Barthes*（1983），New York: Oxford University Press;（1986），Revised edition, Ithaca, N. Y. : Cornell University Press; Revised edition republished as *Barthes*（1990），London: Fontana; Republished as *Barthes: A Very Short Introduction*（2002），New York: Oxford University Press.

— (1988), *Framing the Sign*: *Criticism and Its Institutions*, Norman: University of Oklahoma Press; (1988), Oxford: Blackwell.

— (1997), *Literary Theory*: *A Very Short Introduction*. Oxford & New York: Oxford University Press; (2000), Revised edition.

— (2007), *The Literary in Theory*, Stanford: Stanford University Press.

编著

Culler, Jonathan (1966), ed. *Harvard Advocate Centennial Anthology*, Cambridge, Mass. : Schenkman.

— (1988), ed. *On Puns*: *The Foundation of Letters*, Oxford & New York: Blackwell.

— (2003), & Kevin Lamb, eds. *Just Being Difficult? Academic Writing in the Public Arena*, Stanford: Stanford University Press.

— (2003), ed. *Deconstruction*: *Critical Concepts in Literary and Cultural Studies*, New York: Routledge.

— (2003), & Pheng Cheah, eds. *Grounds of Comparison*: *Around the Work of Benedict Anderson*, New York: Routledge.

— (2006), ed. *Structuralism*: *Critical Concepts in Literary and Cultural Studies*, New York: Routledge.

论文（节选）

Saussure, Ferdinand de (1974), *Course in General Linguistics*, edited by Charles Bally, Albert Sechehaye, and Albert Riedlinger, translated by Wade Baskin, introduction by Jonathan Culler, London: Owen/Fontana.

Culler, Jonathan (1976), "Beyond Interpretation: The Prospects of Contemporary Criticism", *Comparative Literature*, 28 (3).

Todorov, Tzvetan (1977), *The Poetics of Prose, translated by Richard Howard*, foreword by Jonathan Culler, Oxford: Blackwell; Ithaca, N. Y. : Cornell University Press.

Culler, Jonathan (1979a), "Structuralism and Grammatology", *Boundary* 2, 8 (1).

— (1979b), "Jacques Derrida". In John Sturrock, ed. *Structuralism and*

Since: *From Lévi-Strauss to Derrida*, Oxford: Oxford University Press.

— (1979b), "Semiotics and Deconstruction", *Poetics Today*, 1.

— (1979c), "Comparative Literature and Literary Theory", *Michigan Germanic Studies*, 5 (2).

Genette, Gérard (1980), *Narrative Discourse*: *An Essay in Method*, translated by Jane E. Lewin, foreword by Jonathan Culler, Ithaca, N. Y. : Cornell University Press.

Zholkovsky, Alexander K. (1984), *Themes and Texts*: *Toward a Poetics of Expressiveness*, edited by Kathleen Parthé, foreword by Jonathan Culler, Ithaca, N. Y. : Cornell University Press.

Culler, Jonathan (1985), "Reading Lyric". In The Lesson of Paul de Man, edited by Peter Brooks, Shoshana Felman, and J. Hillis Miller, special issue of Yale French Studies, (69).

— (1986), "Lyric Continuities: Speaker and Consciousness", *Neohelicon*, 13.

— (1987), "Poststructuralist Criticism", *Style*, 21.

— (1988), "Interpretations: Data or Goals?" *Poetics Today*, 9; Issue reprinted as *"The Rhetoric of Interpretation and the Interpretation of Rhetoric"* (1989), in Paul Hernadi, ed. The Rhetoric of Interpretation and the Interpretation of Rhetoric, Durham NC: Duke UP.

— (1989), "Paul de Man's War and the Aesthetic Ideology", *Critical Inquiry*, 15.

— (1992a), "In Defence of Overinterpretation", in Stefan Collini, ed. *Interpretation and Overinterpretation*, contributed by Umberto Eco et al. , Cambridge: Cambridge UP.

— (1992b), "Literary Theory", in Joseph Gibaldi, ed. *Introduction to Scholarship in Modern Languages and Literatures* (*second edition*), New York: Modern Language Association of America.

Baudelaire, Charles (1993), *The Flowers of Evil*, translated by James McGowan, with an introduction by Jonathan Culler, Oxford & New York: Oxford University Press.

Bal, Mieke and Inge E. Boer (1994), eds. , *The Point of Theory: Practices of Cultural Analysis*, introduction by Jonathan Culler, Amsterdam: Amsterdam University Press; New York: Continuum.

Culler, Jonathan (1994), "*New Literary History* and European Theory", New Literary History, 25.

— (1999), "What is cultural studies?" In Mieke Bal, éd. *The Practice of Cultural Analysis: Exposing Interdisciplinary Interpretation*, Stanford: Stanford UP.

— (2000), "The Literary in Theory" . In Judith Butler et al. , eds. *What's Left of Theory: On the Politics of Literary Theory*, New York: Routledge.

— (2006a), "Knowing or Creating? A Response to Barbara Olson", *Narrative*, 14 (3) .

— (2006b), "Whither Comparative Literature?" Comparative Critical Studies, 3 (1 ~ 2) .

"Deconstruction. " Encyclopaedia Britannica, Encyclopaedia Britannica Online, 15 June 2008. http: //www. britannica. com/EBchecked/topic/155306/deconstruction.

其他

RADIO

Culler, Jonathan (1980), "Noam Chomsky", *A Question of Place: Sound Portraits of Twentieth Century Humanists*, National Public Radio, November.

INTERVIEWS

Bertonneau, Thomas F. (1985), "Interview with Jonathan Culler", *Science Fiction Odyssey* (Japan), 4.

Gelées, Paroles (1988), "An Interview with Jonathan Culler", *UCLA French Studies*, (6) .

Csató, Péter (2002), "An Interview with Jonathan Culler", *HJEAS* (*Hungarian Journal of English and American Studies*), 2 (VIII) .

Sawyer, Paul (2007), "On Taking Thought as Far as It Can Go, A Conversation with Jonathan Culler", *English at Cornell* (English Department's Newsletter), the fall issue.

BIBLIOGRAPHY

Gorman, David（1995），"Jonathan Culler: A Checklist of Writings on Literary Criticism and Theory to 1994", *Style*, 29.

中译本

伍鑫甫、胡经之主编：《西方文艺理论名著选编》，北京：北京大学出版社，1987 年版。

卡勒：《罗兰·巴尔特》，方谦译，北京：三联书店，1988 年版。

卡勒：《罗兰·巴尔特》，方谦、李幼蒸译，台北：时报文化出版企业公司，1988 年版。

卡勒：《索绪尔》，张景智译，北京：中国社会科学出版社，1989 年版。

卡勒：《结构主义诗学》，盛宁译，北京：中国社会科学出版社，1991 年版。

卡勒：《罗兰·巴尔特》，孙乃修译，北京：中国社会科学出版社，1992 年版。

卡勒：《当代女性主义文学批评》，张京媛编：《作为妇女的阅读》，北京：北京大学出版社，1992 年版。

卡勒：《文学理论》，李平译，辽宁：辽宁教育出版社，1998 年版。

卡勒：《论解构》，陆扬译，北京：中国社会科学出版社，1998 年版。

卡勒：《索绪尔》，宋珉译，北京：昆仑出版社，1999 年版。

参考文献

英文文献

Abbott, H. Porter (2002), *The Cambridge Introduction to Narrative*, Cambridge: Cambridge University Press.

Adorno, Theodor, Walter Benjamin, Ernst Bloch, Bertolt Brecht and Georg Lukacs [2007 (1986)], *Aesthetics and Politics (Radical Thinkers)*, London: Verso.

Allen, Graham (2000), *Intertextuality*, London: Routledge.

— (2003), *Roland Barthes*, London: Routledge.

Austin, John L [1978 (1955)], *How to Do Things with Words*, Oxford: Oxford University Press.

Bal, Mieke (2002), *Traveling Concepts in the Humanities: A Rough Guide*, Toronto: University of Toronto Press.

Bart, Benjamin F. (1975), "Review on 'Flaubert, The Uses of Uncertainty' by Jonathan Culler, *The Modern Language Journal*, 59 (7).

Barthes, Roland (1966), *Critique et Verité (Criticism and Truth)*, Paris: Seuil.

— (1970), *S/Z*. Paris: Seuil.

— (1986), *The Rustle of Language*, Trans. Richard Howard, Oxford: Blackwell.

Bellos, David (1977), "Review on *Flaubert: The Uses of Uncertainty*", *The Modern Language Review*, 72 (1).

Bernheimer, Charles (1976), "Review: La Ironie des Idées re? ues", *NOVEL: A Forum on Fiction*, 9 (2).

Bordwell, David (1989), *Making Meaning: Inference and Rhetoric in the Interpretation of Cinema*, Cambridge, Massachusetts: Havard University Press.

Bordwell, David and No? l Carroll (1996), eds. *Post-Theory: Reconstructing Film Studies*, Madison: University of Wisconsin Press.

Brown, Marshal (1983), "Review on *On Deconstruction*", *Modern Language Quarterly*, 44.

Butler, Judith, John Guillory, Kendall Thomas (2000), eds. *What's Left of Theory?* London: Routledge.

Cain, William E. (1984), "Review on *On Deconstruction*", *College English*, 46 (8).

Chatman, Seymour (1990), *Coming to Terms*, Ithaca: Cornell UP.

— (1988), "On Deconstructing Narratology", *Style*, 22.

Chen, Xiao Mei (1995), *Occidentalism: A Theory of Counter-Discourse in Post-Mao China*, Oxford: Oxford University Press.

Collini, Stephano (1992), ed. *Interpretation and Overinterpretation*, contributed by, Umberto Eco, Richard Rorty, Jonathan Culler, and Christina Brooke-Rose, Cambridge: CUP.

Contemporary Authors Online, Gale (2008), Reproduced in *Biography Resource Center*, Farmington Hills, Mich.: Gale, http://galenet.galegroup.com/servlet/BioRC.

Cunningham, Valentine (2002), *Reading After Theory*, Malden, MA: Blackwell Publishers.

de Man, Paul (1979), *Allegories of Reading: Figural Language in Rousseau, Nietzsche, Rilke, and Proust*, New Haven: Yale University Press.

Derrida, Jacques (1978), *Writing and Difference*, London: Routledge.

— (1988), *Limited Inc.*, Evanston, IL: Northwestern University Press.

Dictionary of Literary Biography, Gale (Detroit, MI), Volume 67 (1988), *Modern American Critics since* 1955; Volume 246 (2001), *Twentieth-Century American Cultural Theorists*.

Eagleton, Terry (1983), *Literary Theory: An Introduction*, Malden, MA: Blackwell Publishers.

— (2003), *After Theory*, New York: Basic Books.

Eco, Umberto (1992), "Tanner Lectures in Human Values", in Stefan Collini, ed. *Interpretation and Overinterpretation*, by Umberto Eco et al., Cambridge: Cambridge UP.

Eikhenbaum, Boris [1965 (1926)], "The Theory of the Formal Method", In Lee T. Lemon and Marion J. Reis, eds. *Russian Formalist Criticism: Four Essays*, Lincoln, Nebraska: University of Nebraska Press.

Eliot, Thomas Stearns (1934), "Tradition and Individual Talent", in *The Sacred Wood, Essays on Poetry and Criticism*, London: Metheun & Co. Ltd.

Fish, Stanley (1970), "Literature in the Reader: Affective Stylistics", *New Literary History*, 2.

Fludernik, Monika (1996), *Towards a 'Natural' Narratology*, London and New York: Routledge.

Frow, John (1986), Marxism and Literary History, Oxford: Basil Blackwell.

Frye, Northrop (1957), *Anatomy of Criticism: Four Essays*, Princeton, N. J. : Princeton UP.

Genette, Gérard (1972), *Figures III*, Paris: Seuil.

Grossberg, Lawrence, Cary Nelson, Paula Treichler (1992), eds. *Cultural Studies*, New York: Routledge.

Harpham, Geoffrey G. (1991), "The Future and Literary Theory (Review-essay of *Framing the Sign*)", *Modern Philology*, 89 (1) .

Harris, Roy (2001), *Saussure and his Interpreters*, Edinburgh: Edinburgh UP.

Hernadi, Paul (1989), ed. *The Rhetoric of Interpretation and the Interpretation of Rhetoric*, Durham: Duke UP.

Hirsch, Eric Donald (1976), *The Aims of Interpretation*, Chicago, Univ. of Chicago Press.

Homer, Sean (2006), "Narratives of History, Narratives of Time", In Caren Irr and Ian Buchanan, eds. *On Jameson: From Postmodernism to Globalization*, New York: State University of New York Press.

Iser, Wolfgang (1972), "The Reading Process: A Phenomenological Approach", *New Literary History*, 3.

Jakobson, Roman (1974), *Questions de poetique (Problems of Poetics)* . Paris: du Seuil.

Jameson, Frederic (1972), *The Prison-House of Language*, New Jersey: Princeton University Press.

— (1981), *The Political Unconscious*, New York: Cornell University Press.

— (1991), *Postmodernism, or, The Cultural Logic of Late Capitalism*, Durham: Duke University Press.

— (1998), *The Cultural Turn: Selected Writings on the Postmodern*, 1983 ~ 1998, Verso: London and New York.

— (1984), "Foreword", in Jean Fran? ois Lyotard, *The Postmodern Condition: A Report on Knowledge*, *Translated by Geoff Bennington and Brian Massumi*, Minneapolis: University of Minnesota.

Johnson, Barbara (1980), *The Critical Difference: Essays in the Contemporary Rhetoric of Reading*, Baltimore: Johns Hopkins University Press.

Kafalenos, Emma (1997), "Functions after Propp: Words to Talk about how We Read Narrative", *Poetics Today*, 18 (4) .

Kellner, Douglas (1998), *Frederic Jameson*, http: //www. uta. edu/huma/illuminations/kell19. htm.

Knapp, Steven and Walter B. Michaels (1981 ~ 1982), "Against Theory", *Critical Inquiry*, 8.

Kumar, Amitava (1999), ed. *Poetics/Politics: Radical Aesthetics for the Classroom*, New York: St. Martin's Press.

Leitch, Vincent B. (2003), *Theory Matters*, New York & London: Routledge.

— (2005), "Theory Ends", *Profession*, 1.

Lentricchia, Frank (1980), *After the New Criticism*, Chicago: The Univerisity of Chicago Press.

Lyotard, Jean Fran? ois (1984), *The Postmodern Condition: A Report on Knowledge*, Translated by Geoff Bennington and Brian Massumi, Minneapolis: University of Minnesota.

Martin, Wallace (1986), *Recent Theories of Narrative*, Ithaca: Cornell University Press.

Maxwell, Richard (1979), "Dickens's Omniscience", *ELH*, 46.

McQuillan, Martin, Graeme Macdonald, Robin Purves and Steven Thomson (1999), eds. *Post-Theory: New Directions in Criticism*, Edinburgh: Edinburgh University Press.

Miller, J. Hillis (1982), *Fiction and Repetition: Seven English Novels*, Oxford: Blackwell.

— (1987a), *The Ethics of Reading: Kant, de Man, Eliot, Trollope, James, and Benjamin*, New York: Columbia University Press.

— (1992), *Ariadne's Thread: Story Lines*, New Haven: Yale University Press.

— (1998), *Reading Narrative*, Norman: University of Oklahoma Press.

— (2005), *The J. Hillis Miller Reader* (ed. *Julian Wolfreys*), Edinburgh: Edinburgh University Press.

— (1976a), "Ariadne's thread: Repetition and the Narrative Line", *Critical Inquiry*, 3 (1).

— (1976b), "Stevens' Rock and Criticism as Cure, I & II", *The Georgia Review*, 30.

— (1977), "The Critic as Host", *Critical Inquiry*, 3.

— (1980), "The Figure in the Carpet", *Poetics Today*, 1 (3).

— (1980/1981), "A Guest in the House: Reply to Shlomith Rimmon-Kenan's Reply", *Poetics Today*, 2 (1b).

— (1987b), "Presidential Address: The Triumph of Theory, the Resistance to Reading, and the Question of the Material Base", *PMLA*, 102.

— (2007), "Defense of Literature and Literary Study in a Time of Globalization and the New Tele-Technologies", *Neohelicon*, 34 (2).

Moriarty, Moriarty (1991), *Roland Barthes*, Oxford: Polity.

New Literary History Editoral Office, retrieved Oct. 6th, 2008, http: //www. press. jhu. edu/ journals/new_ literary_ history/guidelines. html.

Norris, Christopher (1982), *Deconstruction: Theory and Practice*, London: Methuen.

— (1988), *Deconstruction and the Interests of Theory*, London: Pinter Publishers.

Olson, Barbara K. (2006), "Who Thinks This Book? Or Why the Author/God Analogy Merits Our Attention", *Narrative*, 14 (3).

Payne, Michael and John Schad (2003), eds. *Life. after. theory.*, London and New York: Continuum.

Prince, Gerald (1994), "Narratology", in Michael Groden, Martin Kreiswirth, Imre Szeman, eds. *The Johns Hopkins Guide to Literary Theory and Criticism*, Baltimore: The Johns Hopkins University Press.

Readings, Bill (1996), *The University in Ruins*, Cambridge: Harvard University Press.

Riffaterre, Michael (1986), "Textuality: W. H. Auden's Musee des Beaux Arts", in Mary Ann Caws, ed. *Textual Analysis: Some Readers Reading*, New York: MLA.

Rimmon-Kenan, Shlomith (1980 ~ 1981), "Deconstructive Reflections on Deconstruction: In reply to Hillis Miller", *Poetics Today*, 2.

Rorty, Richard (1992), "The Pragmatist's Progress", in Stefan Collini, ed. *Interpretation and Overinterpretation*, by Umberto Eco et al., Cambridge: Cambridge UP.

Russo, John Paul (1979), "A Review on *Structuralist Poetics: Structuralism, Linguistics, and the Study of Literature*", *Modern Philology*, 76, (4).

S. F. R (1984), "Review on On Deconstruction", *Comparative Literature*, 36 (3), 263 ~ 268.

Said, Edward (1982), "Traveling Theory", *Raritan*, 1 (3).

— (2000), "Traveling Theory Reconsidered", in *Reflections on Exile and Other Essays*, Cambridge, Mass: Harvard University Press.

Saussure, Ferdinand de. (1974), *Course in General Linguistics*, *Translated by W. Baskin*, London: Fontana/Collins.

— (2002), *écrits de linguistique générale. Texte établi et éditépar*, Simon Bouquet et Rudolf Engler, Paris: éditions Gallimard.

Saville, Julia (1989), "Review on *Framing the Sign*", *MLN*, 104 (5).

Scholes, Robert E. (1974), *Structuralism in Literature: An Introduction*, New Haven and London: Yale University Press.

Shaumyan, Sebastian K. (1965), *Structural Linguistics*, Moscow: Nauka.

Shen, Dan and Xiao Yi, Zhou (2006), "Western Literary Theories in China: Reception, Influence and Resistance", *Comparative Critical Studies*, 3 (1 ~ 2).

Shen, Dan (2002), "Defence and Challenge: Reflections on the Relation between Story and Discourse", *Narrative*, 10.

Simpson, David (1995), *The Academic Postmodern and the Rule of Literature: A Report on Half-Knowledge*, Chicago: University of Chicago Press.

Spivak, Gayatri Chakravorty (2003), *Death of a Discipline* (*The Wellek Library Lectures Series*), New York: Columbia University Press.

Staten, Henry (1985), "Review on *On Deconstruction*", *MLN* (French Issue), 100 (4).

Sturrock, John (1979), ed. *Structuralism and Since: From Lévi-Strauss to Derrida*, Oxford: Oxford University Press.

Todorov, Tzvetan (1970), "Comment lire?" *La nouvelle revue francaise*, 214.

Veronica, Forrest-Thomson (1978), Poetic Artifice: *A Theory of Twentieth-Century Poetry*, New York: St. Martin's Press.

Walsh, Richard (1997), "Who Is the Narrator?" *Poetics Today*, 18 (4).

Wang, Ning (1998), "Postmodernizing Ibsen: Toward a New Interpretation of the Fin-de-Siecle", in Maria Deppermann, et al. eds. *Ibsen im europaiscben Spannungsfeld zwischen Naturalismus und Symbolismus*, Frankfurt and Main: Peter Lang.

— (2006), "Toward a Global/Local Orientation of Comparative Literature in China", *Neohelicon*, 33 (2).

— (2007), "Contemporary Theories Revisited: Theoretical Trends in the 'Post-theoretic Era' and Cultural Construction", *National Central University Journal of Humanities*, 32.

Wegner, Phillip (2006), "Periodizing Jameson, or, Notes towards a Cultural Logic of Globalization", In Caren Irr and Ian Buchanan eds. *On Jameson: From Postmodernism to Globalization*, New York: State of University of New York Press.

West, Martin L. *Times: Literary Supplement*, 4 June 1976.

Zavarzadeh, Mas'ud (1982), "Review on *The Pursuit of Signs*", *The Journal of Aesthetics and Art Criticism*, 40 (3).

Zhang, Long Xi (1992), "Western Theory and Chinese Reality", *Critical Inquiry*, 19 (1).

"Narrative." Encyclopaedia Britannica, Encyclopaedia Britannica Online, 15 June 2008, http://www.britannica.com/EBchecked/topic/403613/narrative.

中文文献

鲍尔德温等著：《文化研究导论》，陶东风等译，北京：高等教育出版社，2004年版。

曹顺庆：《是泛文化？还是跨文化，世纪之交比较文学研究的战略性转变》，《社会科学战线》，1997年第1期。

陈永国：《文化的政治阐释学：后现代语境中的詹姆逊》，北京：中国社会科学出版社，2000年版。

陈永国：《互文性》，《外国文学》，2003年第1期。

弗莱：《批评的剖析》，陈慧、袁宪军、吴伟仁译，天津：百花文艺出版社，1998年版。

雷颐：《现代的"华夏中心观"与"民族主义"》，载萧旁编：《中国如何面对西方》，香港：明镜出版社，1997年版。

米勒：《全球化时代文学研究还会继续存在吗?》，《文学评论》，2001年第1期。

米勒：《重申解构主义》，北京：中国社会科学出版社，1998年版。

秦海鹰：《互文性问题研究》（国家社会科学基金项目结项报告），2000年立项，2003年8月结项。

申丹：《叙述学与小说文体学研究》，北京：北京大学出版社，1998年版。

申丹等：《英美小说叙事理论研究》，北京：北京大学出版社，2005年版。

生安锋：《对文学研究的呼唤：J. 希利斯·米勒访谈录》，《外国文学研究》，2006年第6期。

盛宁：《对"理论热"消退后美国文学研究的思考》，《文艺研究》，2002年第6期。

盛宁：《"理论热"的消退与文学理论研究的出路》，《南京大学学报（哲学社会科学版)》，2007年第1期。

汪晖、张天蔚：《文化批判理论与当代中国民族主义问题》，《战略与管理》，1994年第4期。

王逢振：《詹姆逊近年来的学术思想》，《文学评论》，1997年第6期。

王逢振：《前言》，载詹姆逊：《快感：文化与政治》（王逢振等译），北京：中国社会科学出版社，1998年版。

王敬民：《乔纳森卡勒诗学研究》，四川大学未出版博士论文，2005年版。

王宁：《希利斯·米勒和他的解构批评》，《南方文坛》，2001年第1期。

王宁：《"后理论时代"西方理论思潮的走向》，《外国文学》，2005年第3期。

王宁：《中国比较文学学科的全球本土化发展历程及走向》，《学术月刊》，2006年第12期。

徐贲：《"第三世界批评"在当今中国的处境》，《二十一世纪》（香港出版），1995年第27期。

詹姆逊：《后现代主义与文化理论》（精校本），唐小兵译，北京：北京大学出版社，2005年版。

詹姆逊：《晚期资本主义的文化逻辑》，陈清侨等译，北京：三联书店，1997年版。

詹姆逊：《快感：文化与政治》，王逢振等译，北京：中国社会科学出版社，1998年版。

詹姆逊：《现代性的神话》，《上海文学》，张旭东译，2002年第10期。

詹姆逊：《现代性的幽灵》，2002年7月28日在华东师范大学的演讲，有关该讲演的中文译文采用张旭东根据杰姆逊访华时带来的手稿翻译。

张法：《走向全球化时代的文艺理论》，合肥：安徽教育出版社，2005年版。

赵毅衡:《"后学"与中国新保守主义》,《二十一世纪》（香港出版），1995 年第 27 期。

郑敏:《从多元到对抗——谈弗·杰姆逊学术思想的新变化》,《外国文学评论》,1993 年第 4 期。

周玉宁:《我对文学的未来是有安全感的:希利斯·米勒谈访录》,《文艺报》,2004 年 6 月 24 日。

后 记

　　本书是在博士论文的基础上修改而成。三年走来，有诸多感谢、些许遗憾。

　　感谢我在清华大学的指导老师王宁教授。没有他在学业上的悉心指导和生活上的精心扶助，清华与我，可能会书写另一番故事，而本书则几无完成可能。

　　在清华大学外语系学习期间，还承蒙陈永国教授、封宗信教授、罗选民教授、刘世生教授、杨永林教授的授业解惑，以及曹莉教授、罗钢教授、罗立胜教授、生安锋副教授、王巍副教授等诸位师长的指导帮助，亦感恩在心，不敢有忘。

　　感谢北京语言大学宁一中教授、中国社会科学院王逢振教授、北京大学周小仪教授以及博士论文匿名评审专家在本书写作过程中提出的细致、中肯的修改意见。

　　同时，非常感谢北京市教委、北京第二外国语学院、教育部高等学校社会科学发展研究中心对本书出版的资助，更加感谢光明日报出版社负责本丛书出版各位编辑的认真审阅。没有他们的共同努力，本书难以顺利出版。

　　亦很感谢北京第二外国语学院的同事与学生、清华大学的同室与同窗，他们的激励总能让陷入困境的我再次勇敢，笑对人生。

　　而我的遗憾则多留给了我的家人：我的妻子、我的女儿、岳父岳母、父母及两位妹妹。多年以来，她/他们像一面镜子，反射或折射出我的自私。而她/他们回报给我的却是生活与心灵上始终如一的支持与激励。希望在以后的人生中，我可以多做一些。

　　一切永生难忘！

吴建设
2010 年 9 月 12 日